# 티보가家 사람들

6

로제 마르탱 뒤 가르

# 티보가 사람들

## 아버지의 죽음
La mort du père

정지영 옮김

미행

## 일러두기

· 이 책은 갈리마르 출판사에서 펴낸 Bibliothèque de la Pléiade판의 로제 마르탱 뒤 가르 전집 I, II(1955)에 실린 *Les Thibault*를 번역한 것이다.

·「티보가 사람들」은 총 여덟 작품으로 이루어진 대하소설이다. 이 책 『티보가 사람들—아버지의 죽음』은 그중 여섯 번째 작품이다.

· 주는 모두 옮긴이의 주이다.

## 차례

### 아버지의 죽음

## 티보가 사람들

1부　회색 노트

2부　소년원

3부　아름다운 계절

4부　진찰

5부　라 소렐리나

**6부　아버지의 죽음**

7부　1914년 여름(3권)

8부　에필로그

부록　회상

## 1

앙투안이 스위스행 기차를 타기 전에 이십사 시간 동안 집을 비우게 될 것이라고 베즈 유모에게 말하러 왔던 그날 저녁, 늙은 유모는 처음에는 그의 말을 별로 귀담아듣지 않았다. 자그마한 책상 앞에 앉아서 그녀는 메종 라피트와 파리 사이에서 분실된 야채 바구니에 대한 배상 청구 편지를 쓰느라고 한 시간 전부터 큰 고생을 하고 있었다. 굉장히 화가 난 그녀는 다른 것을 생각할 겨를이 없었다. 그럭저럭 편지를 다 쓰고 난 다음 어지간히 늦어서야 잠을 잘 채비를 하고 기도를 시작했다. 그때 문득 앙투안이 한 말이 머릿속에 다시 떠올랐다. '…닥터 테리비에한테는 잘 말해 놓았으니까 부르기만 하면 곧 올 준비가 되어 있다고 세린 수녀한테 일러두세요.' 그러자 오늘 저녁 당장 이 책임에서 벗어나려는 초조한 생각에서, 시간이 늦은 것도 아랑곳없이 기도도 끝내지 않은 채 그녀는 세린 수녀에게 일러두기 위해 아파트를 가로질러 달려갔다.

열시가 가까워왔다.

티보 씨의 방에는 전기가 꺼져 있었다. 방 안은 공기를 맑게 하기 위해 벽난로에 피워놓은 장작 불빛으로 겨우 밝혀져 있을 뿐이었다. 이러한 조치는 날이 갈수록 더욱 필요하게 되었는데, 그런데도 찜질 약의 시큼한 냄새, 에테르, 요오드, 아니면 페놀, 그리고 진통제의 박하뇌 냄새, 특히 쇠약해진 몸에서 나는 악취를 없앨 수는 없었다.

당장은 환자가 거의 고통스러워하지 않았다. 코를 골기도 하고 무엇인가 중얼거리면서 선잠을 자기도 했다. 몇 달 전부터 그는 숙면이라든가 편안한 휴식을 맛보지 못했다. 그에게 잠을 잔다는 것은 의식을 잃는 것이 아니라, 잠깐 동안 시간의 흐름을 그때그때 기억에 담는 것을 중단하는 것에 지나지 않았다. 그것은 자신의 사지를 반쯤 마비 상태로 내버려두는 것이었다. 그러나 그의 두뇌는 여러 가지 영상을 만들어내고, 자신의 지나간 삶의 단편들이 어지럽게 계속 이어지는 지리멸렬한 필름을 투사하는 것을 잠시도 멈추지 않았다. 그것은 마치 추억의 행렬처럼 매력이 있으면서도 동시에 악몽처럼 피곤한 광경이었다.

오늘 저녁에도 그런 혼수상태가 환자를 불안한 감정에서 벗어나게 하지 못했다. 환자는 이런 감정에 짓눌려 자신의 환각 속으로 빠져들었다. 곧 시시각각으로 증대되는 불안감, 이것은 그를 갑자기 기숙사의 공동 침실을 지나 중학교 건물 속으로, 지붕 덮인 운동장, 예배당, 운동장까지 쫓기어 도망가게 했던 것이다…. 바로 거기, 체육관 입구에 있는 성 요셉 상 앞에서 그는 머리를 두 팔 사이에 넣고 주저앉았다. 며칠 전부터 그에게 감돌던 무어라 말할 수 없는 무시무시한 것이 어둠의 한복판으로부터 갑자기 튀어나와 그를 짓누르려 할 때 그는 깜짝 놀라 잠에서 깼다.

병풍 뒤에서 보통 때는 컴컴한 방 한구석을 이상하고 희미한 불빛이 비추고 있었는데, 그림자 두 개가 벽의 돌출부까지 늘어져 있었다. 그는 소곤거리는 소리를 들었다. 그것은 유모의 목소리였다. 언젠가도 한번 이런 한밤중에 자신을 부르러 온 적이 있었는데…. 자크, 그 녀석의 발작…. 아이들 중에 누가 아픈가? …지금 몇 시나 됐을까?….

세린 수녀의 목소리가 티보 씨를 다시 정신 들게 했다. 말소리는 똑똑하게 들리지 않았다. 그는 숨을 죽이고 귀를 기울였다.

좀 더 명확한 몇 마디가 그에게 들려왔다. "…의사한테는 일러놓았다고 앙투안이 말했어요. 곧 와주실 거라고…."

아니구나, 환자란 바로 자신이로구나! 왜 의사를 불렀을까?

여러 가지 무서운 생각이 다시 떠오르기 시작했다. 몸이 더 나빠졌나? 무슨 일이 일어났나? 잠을 잤나? 용태가 나빠진 것을 자신은 모르고 있었구나. 의사를 오라고 했다니. 이 한밤중에. 끝장이구나! 이제 죽는구나!

그때 이제 곧 죽는다고 그가 엄숙하게 선언했던 모든 말들이—사실 그것은 믿지는 않았었지만—머리에 떠올랐다. 그러자 그의 몸은 땀으로 흠뻑 젖어버렸다.

그는 누군가를 부르고 싶었다. "나 좀 봐라! 살려줘! 앙투안!" 그러나 들릴까 말까 하는 소리만이 흘러나왔다. 그 목소리가 하도 비통해서 세린 수녀는 병풍을 밀어젖히면서 달려와 불을 켰다.

그녀는 그것이 발작임을 즉시 알아차렸다. 보통 때는 밀랍색이었던 노인의 얼굴이 붉은색으로 변했다. 눈을 부릅뜬 채 말은 한마디도 하지 못했다.

그런데 티보 씨는 자신의 주위에서 일어나고 있는 일에 대해 전혀 주의를 기울이지 않고 있었다. 그의 머리는 한 가지 생각에만 매달려서 냉혹하리만치 명석하게 움직이고 있었다. 잠깐 동안 그는 자기 병의 경과를 더듬어보았다. 수술, 몇 달 동안의 휴양, 재발, 점진적인 병세의 악화, 약의 효과가 점점 줄어드는 데서 오는 통증. 이런 여러 가지 사실이 연결되면서 비로소 의미를 가지게 되었다. 이번에는, 이번에는 정말 틀림없어! 조금 전만 해도 삶을 지탱시켜 주었던 안도감이 사라지면서 그 자리에 갑자기 공허감이 움푹 자리 잡았다. 그 공허감이 너무 갑작스러운 것이어서 모든 균형은 깨지고 말았다. 통찰력마저 사라졌다. 그래서 이제는 생각하는 일조차 불가능하게 되었다. 인간의 지능은 본질적으로 미래지향적이기 때문에 미래의 모든 가능성이 사라지는 순간에, 그리고 정신의 모든 움직임이 막연하게나마 죽음에 직면해 있을 때 사고력이란 불가능해지는 법이다.

환자의 두 손이 시트를 움켜잡았다. 그는 두려움에 사로잡혔다. 고함치려 했으나 그럴 수가 없었다. 자기 자신이 마치 눈사태 속의 지푸라기처럼 휩쓸려 가는 듯했다. 아무것에도 매달릴 수가 없었다. 모든 것이 뒤집히고 모든 것이 그와 함께 침몰했다…. 마침내 목구멍이 뚫리자 두려움이 그곳을 빠져나와 공포의 외마디 소리를 내뱉었다. 그러나 그것도 곧 막혀버렸다.

유모는 굽은 등을 펼 수 없기 때문에 무슨 일이 일어났는지 볼 수가 없었다. 그녀는 소리치며 말했다.

"맙소사, 무슨 일이에요? 무슨 일이에요? 수녀님."

수녀가 그녀에게 대답하지 않자 그녀는 방을 나갔다.

어떻게 해야 하나? 누구를 부르지? 앙투안은 집에 없으니. 옳지, 신부님! 베카르 신부님을 불러야지!

하녀들은 아직 부엌에 있었다. 그들은 아무 소리도 듣지 못했다. 유모의 몇 마디 말을 듣더니 아드리엔은 성호를 그었다. 그러나 클로틸드는 숄을 핀으로 꽂고 돈지갑과 열쇠를 챙겨 들고 뛰어나갔다.

## 2

베카르 신부는 그가 현재 교구 재산 관리 업무를 담당하고 있는 대주교 교구의 종무실 근처 그르넬가街에 살고 있었다. 그는 아직도 사무용 책상에 앉아 있었다.

클로틸드가 타고 온 택시는 몇 분 뒤 그녀와 신부를 위니베르시테가街로 인도했다.

유모는 현관 의자에 걸터앉아 두 사람을 기다리고 있었다. 신부는 그녀가 이마에 머리띠도 하지 않고 머리카락을 뒤로 젖혀 잠옷 위로 땋아 늘여두었기 때문에 처음에는 그녀를 알아보지 못했다.

"아이고" 하며 그녀는 신음하듯 말했다. "빨리 가보세요, 신부님…. 두려움이 없어지도록…."

신부는 그녀에게 인사를 하는 둥 마는 둥 하고는 방 안으로 들어갔다.

이불을 걷어 젖히고 있는 티보 씨는, 이 침대, 이 집으로부터 벗어나 어둠 속으로 달아나고 싶었으며, 이 지긋지긋한 위협을 피하고 싶었다. 그는 자신의 목소리를 되찾았다. 그리고 상스런 말로 욕설을 퍼부어댔다.

"몹쓸 년! 빌어먹을 년! 더러운 년! …에이, 망할 년! 잡년!"

갑자기 그의 눈길은 열린 문 안쪽에서 빛을 받고 서 있는 신부에게로 옮겨 갔다. 환자는 조금도 놀란 기색을 나타내지 않았다. 그러나 잠깐 말을 멈추었다가 소리쳤다.

"당신이 아냐! …앙투안! …앙투안은 어디 있어?"

신부는 모자를 의자 위에 던지고는 힘차게 다가갔다. 언제나 그렇지만, 그의 얼굴은 굳어져 있어서 그가 얼마나 충격을 받았는지 알 수 없었다. 그러나 반쯤 올린 팔과 반쯤 벌린 손은 도와주려고 하는 그의 마음을 나타내고 있었다. 그는 침대까지 가서 뚫어지게 자기를 보고 있는 티보 씨에게 아무 말도 하지 않고 간단하게 신의 가호를 빌었다.

그러고 나서 큰 소리로 엄숙하게 기도를 드렸다.

**"하늘에 계신 우리 아버지, 이름을 거룩하게 하옵시며 나라에 임하옵시며 그 뜻이 하늘에서 이룬 것같이…."**

티보 씨는 흥분을 가라앉혔다. 그는 신부와 수녀를 번갈아가며 멍하니 바라보았다. 입술은 늘어지고 얼굴은 잔뜩 찌푸리고 있어서 금방 울음을 터뜨릴 어린아이의 모습과 같았다. 머리를 좌우로 흔들더니 마침내 베개 위로 떨구었다. 비웃음과 비슷하던 흐느낌이 차츰 뜸해졌다. 마침내 입을 다물었다.

신부는 수녀 곁으로 다가갔다.

"괴로워하시나요?" 그는 목소리를 낮추어 물었다.

"그다지 심하지는 않으셨어요. 조금 전에 주사를 놓아드렸습니다. 보통 때는 고통이 자정이 지나서야 다시 시작되었는데."

"좋아요. 우리 둘만 있게 해주세요…. 그리고" 하며 그는 덧붙여 말했다. "의사한테 전화를 걸어주세요." 그의 거동은 마치 '내가 모든 것을 할 수는 없지'라고 말하는 것 같았다.

세린 수녀와 아드리엔은 소리 없이 물러갔다.

티보 씨는 선잠이 든 것 같았다. 베카르 신부가 오기 전에도 이렇게 몇 번이나 무의식 속에 빠져들어 갔었다. 그러나 그러한 갑작스런 무의식 상태는 오래 지속되지 않았다. 그는 곧 의식 세계로 떠올라와 공포를 느끼며 다시 새로운 힘으로 몸부림치기 시작하곤 했다.

신부는 이 소강상태가 짧으리라는 것과, 이때를 놓치면 안 되겠다는 직감이 들었다. 얼굴이 확 달아올랐다. 직무상 해야 하는 모든 것 중에서도 죽음을 맞이하는 사람에게 격려와 위안을 주는 일은 언제나 그가 가장 두려워하는 일이었다.

그는 침대로 다가갔다.

"괴로우시지요, 형제여… 가장 힘든 때를 겪고 계십니다…. 혼자 담아두지 말고 하느님께 고백하시지요…."

티보 씨는 돌아눕더니 심히 불안한 시선으로 신부를 응시했기 때문에 신부는 눈을 깜빡거렸다. 그런데 환자의 눈에는 이미 분노, 증오, 경멸의 빛이 이글거렸다. 그것도 잠시, 갑자기 공포의 빛이 되살아났다. 그런데 이번에는 괴로워하는 표정이 하도 안쓰러워 신부는 눈을 아래로 깔고 얼굴을 반쯤 올려야만 했다.

환자는 이를 딱딱 마주쳤다. 그러고는 더듬거리며 중얼거렸다.

"아이고… 아이고… 무서워…."

신부는 마음을 가다듬었다.

"저는 도움을 드리려고 왔습니다." 하며 그는 부드럽게 말했다. "먼저 기도합시다…. 우리 안에 하느님이 계시도록 기원합시다…. 자, 함께 기도합시다, 형제여."

티보 씨는 신부의 말을 가로막았다.

"그렇지만! 이것 보세요! 나… 나는 지금… 나는 곧…."(그는 명확한 말로 죽음과 맞설 용기가 없었다.)

그는 괴상한 눈초리로 어둠침침한 방구석을 응시했다. 어디에서 구원을 찾을까? 그의 주위에는 어둠이 짙어지고 있었다. 그는 소리를 질렀다. 그것은 침묵 속에서 터져 나오는 것이었기에 신부에게는 오히려 한결 마음이 놓이는 것이었다. 그러고는 온 힘을 다해 불렀다.

"앙투안! 앙투안은 어디에 있지?" 신부가 손을 움직이자, "당신은 가만히 있어요! …앙투안!"

그러자 신부는 방법을 바꾸었다. 그는 몸을 바로 세우고 고해자를 고통스러운 듯이 바라다보았다. 그러고 나서 마치 마귀를 쫓는 것처럼 팔을 크게 움직여 두 번째로 신의 가호를 빌었다.

이런 침착한 태도가 결국 티보 씨를 화나게 만들었다. 찌르는 듯한 허리의 통증에도 불구하고 팔꿈치로 몸을 일으키더니 주먹을 불쑥 내밀었다.

"몹쓸 놈! 추잡한 놈! …그리고 당신, 당신의 넋두리! …집어치워!" 그러고 나서 절망적으로 외쳤다. "말해두지만 나는 곧…

죽을 거야! 살려줘!"

신부는 선 채로 대꾸도 하지 않고 물끄러미 환자를 바라보았다. 이번에야말로 티보 씨는 자신의 삶이 막바지에 이르렀다고 확신하고 있었을지 모르나, 어쨌든 신부의 이러한 침묵이 그에게는 결정적인 충격을 가져다주었다. 오한으로 몸을 떨며, 힘이 빠지는 것을 느꼈다. 그리고 턱에 흘러내리고 있는 침을 닦지도 못하면서 마치 신부가 자기의 말을 잘 알아듣지 못하고 있기나 한 것처럼 애원하는 말투로 되풀이했다.

"나는 곧 죽-을 거야… 나는 곧 죽-을 거야…."

신부는 한숨을 쉬었다. 그러나 부인하는 몸짓은 하지 않았다. 그는 참다운 자비란 언제나 죽어가는 사람들에게 헛된 환상을 갖게 하는 것이 아니라고 생각했다. 그리고 정말 임종에 처했을 때, 인간을 공포로부터 벗어나게 하는 유일한 처방은 다가오는 죽음을 부정한다든가 또는 그 죽음을 은밀하게 느낀 육체가 그 죽음 앞에서 몸부림치는 것이 아니라, 오히려 그것을 직시하고 기꺼이 받아들이는 것이라고 생각했다.

그는 잠시 시간 여유를 두었다가 다시 용기를 내어 분명하게 말했다.

"그러나 설사 그렇다 하더라도, 형제여, 그것 때문에 그렇게 두려워할 필요가 어디 있습니까?"

노인은 얼굴을 얻어맞기나 한 것처럼 베개 위로 쓰러지면서 신음 소리를 냈다.

"아이고… 아이고…."

이제는 끝장이다. 그는 소용돌이에 휘말려서 정처 없이 떠내려가다가 결국 침몰하는 듯한 느낌이 들었다. 그래서 그의 의식의 최후의 번득임은 허무함을 좀 더 잘 헤아려보는 데만 소용될 뿐이었다. 다른 사람들의 경우에 죽음이란 흔히 있는 일이며 자신들과는 무관한 것이었다. 곧 수많은 단어 중의 한 단어에 지나지 않았다. 그러나 그에게 죽음은 현재의 전부이며, 그것은 바로 현실인 것이다! 그리고 그 자신인 것이다! 심연을 향해 크게 떠 있고, 현기증 때문에 휘둥그레진 두 눈에는 살아 있는 얼굴, 그러면서도 생소한 신부의 얼굴이 낭떠러지를 사이에 두고 아주 멀리서 나타났다. 세상으로부터 내쫓긴 홀로인 존재. 무서운 공포를 안고 있는 고독한 사람. 절대 고독의 밑바닥에 이르다!

조용한 가운데 신부의 목소리가 울려 퍼졌다.

"자, 보세요. 주님께서는 우리 위에 죽음이 갑자기, Sicut latro, 즉 '도둑처럼' 달려드는 것을 원하지 않으십니다. 우리는 그런 은총을 받아들일 준비를 해야 합니다. 왜냐하면 영원한 삶의 문턱에서 이러한 예고는 주님께서 죄인들인 우리한테 해주실 수 있는 것 중의 하나인 가장 커다란 것이니까 말입니다…."

티보 씨는 바위에 부딪히는 파도처럼 공포로 굳어진 자신의 머리를 헛되이 때리는 그런 신부의 말들을 아주 멀리서 들었다. 순간 그는 지금까지의 버릇대로 무엇인가 의지할 곳을 찾기 위해 하느님을 생각해보려고 애썼다. 그러나 그런 충동은 처음부터 깨지고 말았다. 영생, 은총, 하느님. 이런 것들은 이해할 수 없게 된 언어, 곧 무서운 현실과 비교할 수 없는 헛된 말들이었다!

"하느님께 감사를 드립시다." 신부는 말을 계속했다. "하느님께서 그들을 당신의 소망과 이어지게 하기 위해 그들의 소망으로부터 떠나게 하는 사람들은 행복합니다. 기도합시다. 함께 기도합시다. 형제여… 온 정성을 다해 기도합시다. 그러면 하느님께서 당신을 구해주실 것입니다."

티보 씨는 머리를 돌렸다. 공포의 밑바닥에는 일말의 난폭함이 이글거리고 있었다. 할 수만 있었다면 그는 기꺼이 신부를 때려눕혔을 것이다. 그는 하느님을 모독하는 말을 서슴지 않고 입에 담았다.

"하느님이라고? 무슨 말이야? 무슨 도움? 결국은 바보 같은 소리야! 정말로 '그가' 아니라고? 이렇게 되길 '그가' 바라지 않았단 말이지?…" 그는 씩씩거렸다. "그런데, 도대체 나를 어떻게 구한다는 거야?" 그는 화가 나서 외쳤다.

그는 조금 전에 괴로운 나머지 하느님을 부인한 사실도 잊고 토론하기 좋아하는 성격으로 다시 돌아갔다. 그는 탄식하는 소리를 질렀다.

"아, 하느님은 어째서 나를 이 지경으로 만드는 걸까!"

신부는 고개를 저으며 이렇게 말했다.

**"너희가 나에게서 멀리 있다고 생각할 때, 나는 언제나 너희와 가장 가까운 곳에 있느니라…."**

티보 씨는 듣고만 있었다. 잠시 아무 말이 없었다. 신부 쪽으로 돌아눕더니 이번에는 슬픈 시늉을 하며 말했다.

"신부님, 신부님" 하며 그는 애원했다. "어떻게 해줄 수 없습니까? 당신이 기도해주세요! …그것이 가능하지 않다고 말씀하시는 겁니까? …제발 나를 죽게 내버려두지 마세요!"

신부는 의자 쪽으로 다가가서 앉았다. 그리고 살짝 누르기만 해도 핏기가 가셔 흰 자국이 남는 부어 있는 그 손을 잡았다.

"아" 하고 노인은 소리를 질렀다. "신부님, 당신도 곧 알게 될 겁니다. 당신도 그때가 되면 알게 될 겁니다!"

신부는 한숨지었다.

"누구라도 '나한테는 그런 유혹이 없을 것이다'라고 말할 수는 없지요…. 그러나 나는 임종의 순간에 나로 하여금 늦지 않게 정신을 가다듬을 수 있도록 도와줄 친구를 보내주시기를 하느님께 부탁할 겁니다."

티보 씨는 눈을 감았다. 조금 전의 움직임이 등골에 있는 딱지를 건드려서 시뻘겋게 달은 쇳덩이처럼 그를 따갑게 했다. 노인은 몸을 쭉 뻗었다. 그리고 꼼짝도 않은 채 꽉 다문 입으로 같은 말을 띄엄띄엄 되풀이했다. "아이고… 아이고…."

"자, 보세요. 당신은 신자이십니다." 신부는 조심스럽고도 슬퍼하는 듯한 목소리로 말을 이었다. "이 지상에서의 삶이 언젠가는 끝난다는 사실을 잘 알고 계시잖습니까. Pulvis es*… 이런 생명이 우리들의 것이 아니라는 사실을 잊으셨습니까? 마치 당신이 얻은 것을 빼앗기는 것같이 난리를 피우시는군요! 그러나 우리의 생명은 하느님한테서 단지 빌려 온 것에 지나지 않는다는 것을 아셔야 합니다. 이제 그 빚을 갚으려 할 때 흥정을 하고 있다니 정말 배은망덕한 짓입니다…."

티보 씨는 눈을 슬며시 뜨고는 신부에게 원망이 가득한 눈길을 보냈다. 그리고 천천히 방 안을 둘러보았다. 방 안이 매우 어두웠지만 그가 익히 알고 있는 방 안의 모든 물건들을 두루 살

* 라틴어로 '너는 티끌의 몸이니라'라는 뜻.

펴보았다. 오래전부터 매일 보아왔고, 단 하루도 그에게서 떨어져나간 적이 없는 그의 소유물들.

"이 모든 것들과 헤어지는 건가!" 그는 중얼거렸다. "나는 그러고 싶지 않아!" 그는 갑자기 오한이 나서 몸을 떨었다. 그는 되풀이했다. "무서워!"

신부는 측은한 생각이 들어 앞으로 더 몸을 굽혔다.

"예수님께서도 단말마의 고통과 피의 노고를 경험하셨습니다. 예수님께서도 어느 한순간, 아주 짧은 순간, 아버지이신 하느님의 뜻을 의심한 적이 있었습니다. Eli Eli, lama sabachthani! '나의 하느님, 나의 하느님! 어찌하여 나를 버리시나이까?…' 잘 생각해보세요, 형제여. 당신의 고통과 주님의 고통 사이에는 감격스러운 일치점이 있지 않습니까? 그러나 그때 예수님께서는 곧 기도하셨습니다. 그리고 넘치는 사랑에 가슴 설레며 부르짖으셨습니다. '아버지여, 제가 여기 있나이다! 아버지여, 저는 당신을 믿습니다! 아버지여, 제 몸을 바치겠나이다! 제 뜻보다 먼저 아버지 뜻대로 하옵소서!'"

그때 신부는 자기 손 밑에서 커다란 손이 떨고 있는 것을 느꼈다. 그는 잠시 멈추었다가 목소리를 더 높이지 않고 그대로 말을 이었다.

"지나간 몇십 세기, 몇천 세기에 걸쳐 우리들의 가엾은 인류는 우리들의 운명을 지상에서 수행해왔다는 사실을 생각해본 적이 있으십니까?…" 신부는 이런 너무나 막연한 이야기로는 도저히 그 목적을 달성하지 못하리라는 것을 깨달았다. "그렇다면 단지 당신의 가족만을 생각해보세요" 하며 그는 이야기를 구체적인 방향으로 돌렸다. "당신의 아버지, 당신의 할아버지, 당신의 조상들, 당신보다 앞서서 당신처럼 살고, 싸우고, 괴로워하고, 희망을 걸기도 했는가 하면, 또한 거역할 수 없이 모두 애초에 정해진 시간에 차례로 자신들이 태어난 곳으로 되돌아간 당신과 비슷한 그 모든 사람들…. Reverti unde veneris, quid grave est?*…모든 것은 전지전능하신 아버지 품 안으로 돌아간다는 생각, 그 생각이야말로 마음을 평화롭게 해주는 것이 아닐까요?"

"그건 그래… 그렇지만… 아직은 아니야!" 하고 티보 씨는 한숨지으며 말했다.

"당신은 불평하시는군요! 그러나 그 많은 사람 중에 몇 사람이나 당신과 같은 복된 경우를 만날 수 있었겠습니까! 당신은 많은 사람한테 허락되지 않은 나이까지 살아온 특권을 가졌습니다. 하느님께서는 당신을 구하기 위해서 당신한테 기나긴 생을 인정함으로써 당신을 만족시킨 겁니다."

티보 씨는 소스라쳤다.

"신부님!" 그는 더듬거리며 말했다. "나는 그것이 두려워 죽겠어요…."

"두려우시겠지요. 이해합니다. 그렇지만 당신은 다른 사람보다는 덜 두려워할 만할 텐데요, 당신은…."

환자는 갑자기 손을 다시 당겼다.

"그렇지 않아요." 그는 말했다.

"아니, 그렇습니다. 그렇고말고요." 신부는 다정하게 자기주장을 역설했다. "저는 당신이 여러 가지 많은 일을 하신 것을

* 라틴어로 '온 곳으로 돌아가느니라, 무슨 고통이 있겠느냐'라는 뜻.

알고 있습니다. 언제나 이 지상의 행복 이상의 것에 목표를 두고자 애쓰셨습니다. 이웃을 사랑하는 마음에서 가난과 싸웠고, 정신적 타락과 싸웠습니다. 당신의 일생이야말로 정말 훌륭한 분의 삶이라고 말할 수 있지요. 안심하고 이 세상을 떠나실 수 있는 것입니다."

"그렇지 않아요!" 환자는 희미한 목소리로 말했다. 그리고 신부가 손을 다시 잡으려고 하자 세차게 뿌리쳤다.

그는 신부의 이 말을 듣고 마음의 상처를 입었다. 아니, 그렇지 않다. 지상의 행복을 뛰어넘으려 하지 않았다! 이 점에 관해서 모든 사람을 속였다. 신부도, 그리고 자기 자신까지도. 언제나 그래왔다. 사실 자신은 사람들의 존경을 받기 위해 모든 것을 희생했다. 더러운, 아주 더러운 감정밖에 가지고 있지 않았었다. 그리고 그것을 숨겨왔었다! 이기주의, 허영! 부자가 되고 싶었고, 모든 것을 지배하고 싶었던 것이다! 남에게서 존경받고, 무엇인가 그럴듯한 연기를 하기 위한 과시적인 자선! 불순, 겉치레, 허위. 모두가 허위였다! …어떻게 하면 이 모든 것을 다 지워버리고 완전히 새롭게 다시 시작할 수 있을까! 아, 덕망 있는 사람의 생활이란 것이 자신을 부끄럽게 하는구나! 결국 예전에 자신이 그러했던 모습 그대로를 알아보았던 것이다. 너무 늦었다! 심판의 날이 온 것이다.

"당신같이 믿음을 가진 분이…."

티보 씨는 버럭 화를 내며 고함을 질렀다.

"제발 그만하세요! 믿는 자라고요? 아닙니다. 나는 결코 신자가 아닙니다. 일생 동안 나는… 나는 원했어요…. 이웃에 대한 사랑이라고요? 집어치우세요! 나는 결코 사랑할 줄 모르고 있었어요! 그 어느 누구도, 그래, 결코!"

"이것 보세요, 이것 보세요." 신부가 말했다.

그는 티보 씨가 자크를 자살하도록 한 데 대해서 한 번 더 참회하기를 기다리고 있었다. 그러나 그것은 틀린 생각이었다. 임종이 가까운 요 며칠 동안 티보 씨는 단 한 번도 실종된 아들을 생각해본 적이 없다. 지금 생각나는 것은 아주 먼 과거뿐이다. 야심에 찼던 청년 시절, 세상에 첫발을 내디뎠던 때의 일, 초기에 투쟁하던 일, 또 처음으로 세상에서 인정받았을 때의 일, 또 장년기에 이르러 때때로 있었던 영광스러운 일들. 그러나 지난 십여 년은 황혼의 어스름 속으로 이미 소멸해갔던 것이다.

티보 씨는 아픔을 참고 팔을 들었다.

"그건 당신의 잘못이요!" 갑자기 그가 외쳤다. "왜 그때 나한테 아무것도 말해주지 않았습니까?"

그러자 비통한 생각이 분노의 마음보다 앞섰다. 그는 곧 울음을 터뜨렸다. 마치 웃을 때처럼 몸을 흔들면서 흐느꼈다.

신부는 몸을 굽혔다.

"사람의 일생 중에 어느 날, 어느 때, 아주 짧은 한순간, 하느님이 전지전능한 모습으로 나타나시어 갑자기 그 손을 뻗치실 때가 있습니다. 그것은 때로는 신앙이 없는 일생을 보낸 다음에 나타날 때도 있고, 때로는 신자로서 지내온 긴 생애의 마지막 순간에 나타날 때도 있습니다…. 누가 알겠어요? 당신을 위해서 하느님께서 손을 뻗치신 것은 오늘 저녁이 처음이 아닐까요?"

티보 씨는 눈을 떴다. 그는 어찌나 피곤했던지 하느님의 손과 아주 가까이에 있는 신부의 생생한 손을 혼동할 정도였다. 그는 그 손을 잡으려고 팔을 들었다. 그리고 헐떡거리며 낮은 소리로 말했다.

"어떻게 하면 좋겠습니까? 어떻게 하면?"

말투가 달라졌다. 이번에는 죽음을 눈앞에 둔, 까닭 모를 갑작스러운 공포가 아니었다. 그것은 대답을 들을 수 있는 물음이었고, 이미 뉘우침의 빛이 보이는 두려움, 사죄를 받게 되면 없어져버릴 그런 두려움이었다.

주님의 시간이 다가오고 있었다.

그러나 이런 시간이 신부에게는 그 어느 때보다도 어려운 순간이었다. 그는 강론을 시작할 때 설교단에서 하는 것처럼 잠시 마음을 가다듬었다. 사실 겉으로 나타내지는 않았지만 티보 씨의 비난은 그의 아픈 곳을 건드린 것이다. 아주 오래전부터 자신을 신뢰해온 이 거만한 정신의 소유자에게 과연 자신은 얼마나 감화를 주었는가? 어떻게 자신의 임무를 수행했는가? 아직 고해자와 기도자로서의 의무를 수행할 시간은 충분하지 않은가? 오늘 이렇게 떨고 있는 영혼을 꼭 붙들어서 그를 하느님 앞에 무릎 꿇도록 해야겠다.

그러자 성직자로서의 평소 습관이 그에게 일종의 경건한 방법을 암시해주었다.

"슬퍼해야 할 것은" 하고 그는 말했다. "지상에서의 당신의 삶이 끝나간다는 사실이 아니라 그 삶이 하느님의 뜻과는 어긋난 삶이었다는 사실인 것입니다…. 어쨌든 당신은 일생을 통해 항상 교화된 사람은 아니었습니다만, 자, 진실된 신자로서의 종말이 후세 사람들에게 훌륭한 모범이 되도록 합시다! 죽음에 임하는 당신의 태도가 당신을 알고 있는 모든 사람들에게 하나의 귀감이 되고 교훈이 되도록 합시다!"

환자는 마음의 동요를 느꼈다. 그리고 손을 뺐다. 그에게 이런 생각이 들었다. 그래 맞아! 사람들이 이렇게 말하도록 해야지. '오스카르 티보는 성자처럼 세상을 떠났다.' 겨우 손끝을 맞잡은 그는 눈을 감았다. 신부는 환자의 턱이 움직이는 것을 보았다. 환자는 지금 하느님의 은혜로 복된 죽음을 맞이할 수 있도록 기도하고 있다고 신부는 생각했다.

이미 환자가 느끼고 있었던 것은 공포심보다는 일종의 낙담 같은 것이었다. 그는 사라져가는 모든 것 중에서도 자신이 가장 비참한 것같이 느껴졌다. 이런 돌발적인 두려움 뒤에 오는 자기 연민에는 무엇인가 감미로움마저 깃들어 있었다.

신부는 머리를 들었다.

"사도 바울은 말하기를 '**희망 없는 사람같이 탄식하지 말라**' 하셨습니다. 당신은 꼭 그중의 한 사람 같습니다. 이렇게 중대한 순간에 모든 희망을 버리고 계시는군요! 하느님이 당신의 심판관이시기 전에 먼저 당신의 아버지라는 것을 잊고 있습니다. 그리고 그분의 자비로움을 인정하지 않으려는 불손을 저지르고 있습니다!"

환자는 신부에게 모호한 눈길을 보냈다. 그리고 한숨지었다.

"자, 침착하셔야 합니다!" 신부는 계속했다. "하느님의 관대함을 굳게 믿으세요. 성실하게 온 정성을 다한 참회 앞에서는 마지막 순간의 용서만으로도 일생의 죄가 씻겨진다는 것을 잊지 마십시오. 당신은 하느님의 피조물인 것입니다. 우리를 어떻게 만드셨는지 하느님이 우리보다 더 잘 알고 계시지 않을까요? 하느님은 우리를 있는 그대로 사랑하고 계십니다. 그리고 이러한 확신이야말로 우리의 용기, 우리의 믿음의 근원인 것입니다. 그렇습니다. **믿음**, 복된 죽음의 모든 비결은 바로 이 낱말 속에 깃들어 있습니다. In te, Domine, speravi*… 하느님에 대한 믿음, 하느님의 은혜에 대한 믿음, 무한한 하느님의 자비로움에 대한 믿음인 것입니다!"

신부는 이런 말을 할 때면 무게가 있으면서도 침착하게 힘을 주어 말하는 그 나름대로의 방식을 갖고 있었다. 그런 경우에 그는 충분히 설득력이 있도록 손을 반쯤 올리곤 했다. 그러나 단조로운 말투, 긴 코를 가지고 있는 무감각한 얼굴에서는 별로 열의가 보이지 않았다. 그렇지만 이런 성스러운 말들은 그 자체만으로도 아주 효과적인 것임에 틀림없었다. 또한 그것은 몇 세기에 걸친 경험의 결과이기 때문에, 임종의 순간에 그 많은 두려움과 그에 따른 반항을 아주 빠르고 직접적으로 없애주기에 아주 적합한 것임에 틀림없었다.

티보 씨는 고개를 축 늘어뜨리고 있었다. 턱수염이 가슴에 와 닿았다. 자신에 대한 연민이나 절망보다는 훨씬 값진 새로운 감정이 살며시 가슴속에 스며들었다. 눈물이 볼을 적시며 흘러내렸다. 어떤 충동이 벌써 그를 전지전능한 위안자에게 다가가게 했다. 그는 자신을 맡기고 굴복하기를 바랄 뿐이었다….

티보 씨는 별안간 이를 악물었다. 이미 몇 번이나 경험했던 통증이 허리부터 넓적다리까지 왔기 때문이다. 신부의 말을

* 라틴어로 '주여, 주께 부탁드리나이다'라는 뜻.

듣다 말고 몸을 꼿꼿이 했다. 잠시 뒤에 통증은 다시 수그러들었다.

신부는 말을 계속했다.

"…그것은 마치 정상에 도달한 여행자가 지나온 길을 더듬어보려고 뒤돌아보는 것과 같습니다. 인간의 일생은 얼마나 비참한 모습입니까! 가소로우리만큼 좁은 행동 영역 안에서 언제나 똑같은 일만 계속하는 것에 지나지 않습니다! 헛되기만 한 바쁜 삶, 하잘것없는 기쁨, 언제나 허망하게 되풀이되면서도 결코 채워지지 않는 행복에 대한 욕구! 제가 과장하고 있는 것일까요? 당신의 일생이 바로 그러했습니다. 아니, 이 세상 사람들의 모든 일생이 그렇습니다. 그런 생활이 과연 하느님의 피조물인 우리를 만족시킬 수 있을까요? 거기에는 후회스러운 것이 없을까요? 그렇다면? 과연 무엇이 우리의 마음을 그토록 끌 수 있을까요? 말씀해보세요! 계속해서 쇠약해지기만 하는 고통스러운 육체, 애쓰지만 부단히 시들어가며 시련과 노쇠에는 속수무책인 가련한 육체가 아니고 무엇입니까? 자, 우리는 이것을 알아야 합니다. 육체가 소멸한다는 것이 바로 은총인 것입니다! 오랫동안 그것의 노예였으며 그것의 죄인으로 지내다가 드디어 그것을 거부하고, 그것을 벗어버리고, 그것에서 자유로워져서 마치 헌 옷처럼 길바닥에 버릴 수 있다는 것, 이것이야말로 은총이 아니고 무엇이겠습니까!"

자유로워진다는 신부의 이런 말이 빈사 상태에 있는 환자에게는 그 어느 것보다도 즉각적인 현실성을 가져다주었던 것이다. 환자는 마치 구원의 약속이라도 얻어낸 듯 돌연 회심의 미소를 띠었다…. 벌써 그의 마음속에 깃들어 있는 이 평화로운 마음, 이것은 또 다른 모습으로 나타난 삶에 대한 유일하고도 끈질긴 희망이 아니고 무엇이겠는가? 이런 생각이 신부의 마음을 스치고 지나갔다. 내세에 대한 희망, 하느님의 품 안에서 영원히 살려는 희망, 이것이야말로 살아 있을 때 삶에 대한 희망이 필요한 것처럼 임종을 맞이하는 이 순간에 또한 필요한 것이다….

잠깐 쉬었다가 신부는 말을 이었다.

"자, 하느님께 눈을 돌리시지요, 형제여! 당신이 떠나가게 될 그 보잘것없는 것을 저울질해본 다음에 무엇이 당신을 기다리고 있는지 생각해보세요. 이제 비열함이나 불평등이나 불공평 같은 것은 끝났습니다! 고통도 책임감도 사라졌고 매일매일의 잘못, 그로 인한 회한의 행렬도 없어졌습니다! 선과 악의 틈바구니에서, 이러지도 저러지도 못하는 죄인으로서의 삶도 끝났습니다! 이제 당신은 평정과 안정, 최상의 조화와 하느님의 나라를 얻게 되는 것입니다! 항구적이고 영원한 것에 도달하기 위해 덧없고 연약한 것은 버리십시오! 아시겠습니까? Dimitte transitoria, et quoere oeterna*… 당신은 죽는다는 것을 두려워하고 계십니다. 당신은 상상 속에서 무섭고 암흑 같은 것을 그리고 계십니다. 그러나 기독교 신자에게 죽음이란 오히려 빛나는 미래인 것입니다! 그것은 평화요, 평화로운 안식처이며 영원한 안식처인 것입니다. 글쎄, 뭐라고 말씀드릴까요? 그 이상의 것입니다! 그것은 이승의 삶을 꽃피우는 것이며, 커다란 전체의 완성인 것입니다! Ego sum resurrectio et vita**… 그것은

* 라틴어로 '순간적인 것은 버리고 영원한 것을 구하라'라는 뜻.

단순한 해방이나 영원한 수면이나 망각이 아닙니다. 그것은 잠에서 깨어나는 일이고 꽃피우는 일인 것입니다! 죽음은 곧 다시 태어나는 것입니다! 죽음은 전지의 세계, 선택받은 자들의 지복의 세계로의 부활인 것입니다. 죽음은 하루의 노동 뒤에 오는 저녁때의 보상에 비할 수가 없습니다. 그것은 광명과 영원한 새벽을 향한 비약인 것입니다!"

눈을 감고 있는 티보 씨는 몇 번이나 알겠다는 시늉을 했다. 그의 얼굴에는 미소가 감돌았다. 특히 찬란했던 옛날 일들이 선명하게 떠올랐다. 아주 어릴 때 어머니의 침대—지금 그가 죽음을 앞둔 환자로 누워 있는 이 침대—아래쪽에 무릎을 꿇고 앉아서, 어머니의 손 위에 자기 손을 얹고, 영복을 받던 어느 여름날 아침에 그에게 천국을 알게 한 최초의 기도말인 '하늘에 계신 우리 아버지…'를 암송하던 때의 자신이 생각났다. 또한 교회에서 난생처음 자기에게 다가오는 면병 앞에서 첫 영성체자가 되어 감격으로 몸을 떨던 자신의 모습이 떠올랐다…. 어느 오순절 아침에 미사가 끝난 다음 약혼녀와 함께 모란이 만발한 다르느탈 정원의 오솔길을 걷던 일도 생각났다…. 이런 싱그러운 추억을 더듬으면서 그는 미소를 지었다. 죽음을 앞둔 자신의 육신도 잊고 있었다.

이제 그는 죽음을 더 이상 두려워하지 않았다. 그러나 이 순간 그를 조바심 나게 하는 것은 얼마 남지도 않았지만 아직도 더 살아야 한다는 생각뿐이었다. 이미 그는 이 세상의 공기를 더 이상 호흡할 수 없는 것 같았다. 조금만 더 참으면 그것도 깨

** 라틴어로 '나는 부활이요 생명이니라'라는 뜻.

끗이 끝장이 날 것이다. 그는 자신의 진정한 중심을 찾은 듯했으며, 자신의 마음을 가다듬고 마침내 자신의 처지를 알아차린 것 같았다. 그러자 지금까지 느껴보지 못했던 편안한 마음을 가지게 되었다. 그러면서도 힘이 빠지고 나른해지는 듯했다. 말하자면 자기 주위에 널브러지는 듯했다. 그런 것이 무슨 상관이 있겠는가? 이제 그는 더 이상 그런 것에 매여 있지 않았다. 그런 육체의 힘은 이미 그와는 인연이 끊어졌으며, 지상에 있는 한 인간의 잔해에 지나지 않았다. 그리고 곧 닥쳐올 더 완벽한 분해, 곧 죽음을 내다보면서 아직은 그가 접근할 수 있는 법열의 상태를 느꼈다.

성령이 함께하셨다. 신부는 이미 자리에서 일어나 있었다. 신부는 하느님께 감사를 드리고 싶었다. 그 감사의 기도에는 인간적인 자만심과 소송에서 이긴 변호사의 만족감 같은 것이 섞여 있었다. 그는 그것을 의식하면서 양심의 가책을 느꼈다. 그러나 지금은 자신을 뒤돌아보고 있을 때가 아니었다. 즉, 한 사람의 죄인이 곧 하느님의 심판을 받으려는 순간이었다.

신부는 고개를 숙이고 턱 밑에 두 손을 모은 채 온 마음을 기울여 큰 소리로 기도를 시작했다.

"오, 하느님, 때가 왔습니다! 주여, 자비로우신 하느님, 당신 앞에 엎드려 비옵니다. 마지막으로 주님의 은총을 베풀어주옵소서. 오, 주여! 때가 왔습니다. 당신의 사랑 가운데서 죽게 하옵소서.

De profundis*… 어둠의 밑바닥 깊은 늪에서, 두려움에 떨며, Clamavi ad te, Domine!** 주여, 저는 불렀사옵니다. 그리고 외쳤사옵니다!… 이때야말로!… 당신의 영원한 나라에 가까이

왔으며, 마침내 당신을 마주 대하고 있습니다. 전지전능하신 주여! 저의 뉘우침을 보살펴주시옵고, 저의 기도를 받아주옵소서. 저를 또다시 비열함 속으로 내던지지 마옵소서! 용서해주시는 표지로 저를 보살펴주옵소서! In te, Domine, commendo!*** 저는 주님을 의지하겠나이다…. 이때야말로!… 하느님 아버지, 저를 버리지 마옵소서…."

죽음을 앞둔 환자도 메아리처럼 되풀이했다.

"저를 버리지 마옵소서!"

오랜 침묵이 흘렀다. 그런 다음 신부는 침대 쪽으로 몸을 굽혔다.

"내일 아침에 성유聖油를 가지고 오겠습니다…. 오늘 저녁에는 고해를 하도록 하십시오. 제가 사죄를 드리겠습니다."

티보 씨는 그 두툼한 입술을 움직이면서 전례 없는 성의를 가지고 몇 마디 더듬거렸다. 그 말은 자기 죄를 고백한다기보다는 회개를 하기 위한 절망적인 표현이었다. 신부는 그에게 몸을 굽히고 손을 들어 속죄하는 말을 속삭였다!

"Ego te absolvo a peccatis tuis… In nomine Patris, et Filii, et Spiritus Sancti…."****

환자는 잠자코 있었다. 그의 두 눈은—마치 언제까지나 그렇게 있어야 되는 것같이—떠 있었으며, 이제는 의문을 띠었다기보다는 더욱더 놀라움의 빛을 발하고 있었다. 그리고 그 눈

* 라틴어로 '깊은 연못'이라는 뜻.
** 라틴어로 '주께 이 외침을 올립니다'라는 뜻.
*** 라틴어로 '저를 주님께 맡기겠나이다'라는 뜻.
**** 라틴어로 '성부, 성자, 성령의 이름으로 너의 죄를 용서하노라'라는 뜻.

은 천진함으로 빛나고 있었는데, 그로 인해 어쩐지 죽어가는 이 노인은 램프 위 벽에 걸려 있는 자크의 어릴 때의 모습을 그린 파스텔 그림과 비슷한 것 같았다.

그는 지금 자기의 영혼을 이 세상과 잇고 있는 마지막 끈이 풀어지고 있다는 것을 느꼈다. 그렇지만 쇠진해지고 부서져간다는 사실을 즐겁게 음미하고 있었다. 바야흐로 꺼지기 전에 흔들리는 불꽃에 지나지 않았다. 수영객이 강에서 수영을 한 다음에 산기슭에 올라가 그 강을 쳐다볼 때 강물은 여전히 흘러가듯이, 삶이란 자신이 없어져도 흘러가는 법이다. 그래서 그는 삶의 밖에 있을 뿐만 아니라 또한 죽음의 밖에 처해 있었던 것이다. 그는 지금 어느 여름 하늘과도 같이 초자연적인 빛으로 충만한 하늘로 높이높이 올라가고 있었다.

문을 두드리는 소리가 들렸다.

기도를 드리고 있던 신부가 성호를 긋고는 문쪽으로 걸어갔다.

세린 수녀였다. 방금 도착한 의사도 같이 있었다.

"계속하십시오, 신부님." 테리비에가 신부를 알아보고 말했다.

신부는 세린 수녀를 보자 몸을 비키면서 낮은 소리로 말했다.

"들어오세요, 의사 선생님. 이제 끝났습니다."

테리비에는 환자 쪽으로 다가갔다. 항상 그렇듯이 신뢰감을 주는 태도와 다정한 말투로 이야기하는 것이 좋겠다고 그는 생각했다.

"어떻습니까? 오늘 저녁에는 좋지 않으세요? …열이 좀 나지요? 뭐, 새로운 혈청 때문이니까요!" 그는 손을 비비더니 수염을 만지작거리면서 수녀를 증인으로 삼고 이렇게 말했다. "앙투안도 곧 돌아올 겁니다. 아무 걱정 마세요. 곧 편안하게 해드릴 테니까…. 이 혈청으로 말하면…."

티보 씨는 거짓말하는 이 남자를 말없이 물끄러미 바라보고 있었다.

그가 지금까지 수없이 들어왔고, 그러면서도 속아 넘어갔던 어린애 같은 설명, 이런 버릇없는 말투, 거짓 시늉, 모든 것이 그에게는 속이 뻔히 들여다보이는 짓들이었다. 그는 이런저런 거짓말들을 분명히 알고 있었다. 몇 달 전부터 해온 불길한 연극을 그는 마침내 꿰뚫어 보고 있었던 것이다. 앙투안이 온다는 것은 사실일까? 아무것도 믿을 수가 없어…. 하기야 무슨 상관이 있단 말인가? 이제 모든 것은 아무래도 좋다. 결국 다 마찬가지니까. 그는 지금 이토록 사람들의 마음속을 분명하게 읽으면서도 별로 놀라지 않았다. 세상은 이제 죽어가는 그에게 더 이상 몸 둘 곳이 없는 낯설고 밀폐된 하나의 총체를 이루고 있었다. 그는 혼자였다. 신비로움과 마주 앉아 있는 혼자일 뿐이었다. 하느님께서 같이 계시는 혼자일 뿐이었다. 그리고 외로움이 어찌나 절실했던지 하느님께서 같이 계신다 해도 이 고독감을 달랠 길이 없었던 것이다!

그의 눈꺼풀은 자신도 모르게 내려앉았다. 이제 그에게는 꿈과 현실을 분별하려는 생각도 없었다. 그는 감미로운 평정 속으로 빠져 들어가고 있었다. 조금도 초조한 기색 없이, 움직이지도 않고 조용히 멍한 상태에서 진찰하고 만지는 대로 몸을 내맡겼다. 그는 피안의 경지에 있었다.

## 3

파리로 가는 기차 안에서 두 형제는 잠도 자지 않고 오랫동안 저마다 구석에 몸을 웅크리고 앉아 어두운 차의 분위기에 정신이 몽롱해진 채, 서로 자신의 고독을 지키면서 조금이라도 그 상태를 더 끌고 가려고 끝까지 자는 척하고 있었다.

앙투안은 눈을 붙일 수가 없었다. 일단 돌아가는 길이라는 생각이 들자 중태에 빠진 아버지를 그냥 두고 왔다는 걱정이 앞섰다. 그리고 밤새 몇 시간 동안이나 열차의 소음에 시달리며 잠을 이루지 못한 탓으로 불길한 생각만 떠올랐다. 그러나 아버지에게 가까워질수록 그 불안감은 점점 사라져갔다. 도착하는 즉시 다시 사정을 알아본 다음에 치료를 해드릴 수 있을 것이다. 그런데 다른 어려운 문제들이 분명하게 윤곽을 드러냈다. 가출했던 동생의 귀가를 아버지에게 어떻게 알릴 것인가? 또 지젤에게는 어떻게 알려줄까? 오늘이라도 당장 런던에 편지를 보내려고 생각했으나 그것도 쉬운 일은 아니었다. 지젤에게 자크가 살아 있었다는 것, 그를 찾아냈다는 것, 그가 파리에 돌아왔다는 것을 알려주어야 하겠지만, 그렇다고 그녀가 당장 달려오는 것은 어떻게 해서든지 막아야겠다고 생각했다.

다른 승객들이 일어나 떠들며 재채기를 하고 또 전등갓을 벗기고 하는 통에 두 형제는 눈을 떴다. 그들의 시선이 마주쳤다. 체념과 불안으로 위축되어 있는 자크의 얼굴을 보자 앙투안은 측은한 생각이 들었다.

"그래, 제대로 못 잤지?" 동생의 무릎을 가볍게 치면서 앙투안은 말했다.

자크는 애써 웃으려 하지도 않고 무심한 표정으로 어깨를 으쓱해 보였다. 그러고 나서 유리창 쪽으로 얼굴을 돌리더니 잠자는 듯한 침묵 속으로 빠져 들어갔다. 그는 그 침묵에서 당장 나올 생각도 없고 또 나올 수도 없는 것 같아 보였다. 식당차에서 아침 식사를 하는 동안 기차는 아직 어둠 속에 잠겨 있는 파리 교외를 지나고 있었다. 기차는 멈추었다. 새벽의 냉기가 감도는 플랫폼에 내렸다. 자크는 택시를 찾고 있는 앙투안에 이끌려 역 밖에서 서성거렸다. 밤안개에 싸여 있어서 별로 현실감을 주지 못하는 이 모든 행위는 아무런 동의도 필요로 하지 않는 일종의 필연적인 동작의 연속이었다.

앙투안은 서로 불편해지는 일이 없도록 하기 위해 별로 말을 하지 않았다. 말을 해도 자크가 대답하지 않아도 되는 이야기만 했다. 그는 모든 움직임을 되도록 쾌활하게 했다. 그 결과 이렇게 되돌아오는 일이 너무나 당연한 것 같은 생각이 들었다. 마침내 자크는 위니베르시테가街 보도 위에 와 있는 자신, 그리고 아래층 현관에 와 있는 자신을 발견했다. 그러면서 전혀 아무것도 의식하지 못했다. 심지어 자신이 무기력하다는 것조차도 의식하지 못했다. 레옹이 소리를 듣고 뛰어나와 부엌문을 열었을 때 앙투안은 그의 시선을 피해 우편물이 쌓여 있는 책상 위로 몸을 굽히면서 무심한 투로 이렇게 말했다.

"잘 있었어, 레옹. 자크와 같이 왔어. 저…"

그때 레옹은 그의 말을 가로막았다.

"선생님, 모르고 계십니까? 아직 위층에 올라가보시지 않으셨나요?…"

앙투안은 벌떡 몸을 다시 일으켰다. 그의 얼굴은 금세 창백해졌다.

"…어르신네의 상태가 매우 좋지 않으신데…. 테리비에 선생님이 밤새 계셨고… 식모들의 말로는…"

앙투안은 벌써 문밖으로 뛰어나갔다. 자크는 현관 한복판에서 있었다. 그에게는 비현실적이며 악몽 같은 느낌이 더해갈 뿐이었다. 그는 잠시 머뭇거리다가 급히 형의 뒤를 따라갔다.

계단은 컴컴했다.

"빨리" 하고 자크를 승강기 속으로 밀어 넣으면서 앙투안이 말했다.

창살이 닫히는 소리, 유리문 제동기 소리, 승강기가 움직이면서 내는 소리, 이 모든 것은 너무나 귀에 익은 소리들이었다. 이것은 오래전부터 같은 순서로 계속되어 왔으며, 망각 속에서 긴 세월이 흘렀지만 다시금 그 하나하나의 소리가 자크의 마음을 뭉클하게 했다. 그러면서 자크를 과거의 추억 속으로 몰아넣었다. 그런데 그 추억들 중에서 갑자기 생생하고 쓰라린 추억 하나가 떠올랐다. 앙투안과 같이 나란히 그 유리 창살 속에 감금되었던 일, 다니엘과 가출했다가 마르세유에서 붙잡혀 끌려왔을 때 아무 말 못 하고 이 승강기에 실렸던 일!

"층계참에서 기다리고 있어." 앙투안이 속삭이듯 말했다.

뜻하지 않은 일이 앙투안의 세심한 주의를 헛되게 만들었다. 집 안에서 종종걸음으로 왔다 갔다 하던 베즈 유모는 승강기가 멈추는 소리를 들었다. 이제서야 앙투안이 돌아왔구나! 그녀는 활같이 굽은 허리를 흔들면서 급히 달려왔다. 그녀는 네 다리가 서 있는 것을 보고는 어리둥절해서 멈추어 섰다. 자크가 그녀를 포옹하기 위해 몸을 구부렸을 때야 비로소 자크를 알아보았다.

“아이고머니나!” 그녀는 어설픈 투로 말했다.(그녀는 그저께부터 정신이 나가 있었기 때문에 아무리 뜻하지 않은 일이 일어나도 별로 놀라지 않았다.)

방 안에는 불이 켜져 있었다. 문이란 문은 모두 열려 있었다. 사무실 입구에는 샬르 씨의 겁먹은 얼굴이 나타났다. 그는 자크를 유심히 살펴보더니 눈을 깜박거리며 변함없는 투로 말했다.

“아, 도련님 아니세요?”

‘이번에는 제대로 말하는군.’ 앙투안은 생각했다. 그는 동생은 아랑곳없이 혼자 방으로 급히 달려갔다.

방 안은 어둡고 조용하기만 했다. 앙투안은 반쯤 열린 문을 밀고 들어갔다. 처음에는 작은 램프의 불빛 말고는 아무것도 눈에 띄지 않았다. 베개 위에 있는 아버지의 모습이 보이기 시작했다. 두 눈을 감고 꼼짝도 안 하고 있지만 아버지는 살아 있는 것이 틀림없었다.

그는 방으로 들어갔다.

한 걸음 방으로 들어서자 무슨 일이 일어나기나 한 것처럼 침대 곁에 테리비에, 세린 수녀, 아드리엔, 그리고 또 한 사람, 그가 모르는 나이 먹은 수녀가 서 있는 것이 보였다.

테리비에는 어둠 속에서 걸어 나와 앙투안에게로 왔다. 그리고 앙투안을 화장실 쪽으로 데리고 갔다.

“자네가 제때에 오지 못할까 봐 걱정하고 있었어.” 그는 엉겁결에 말했다. “신장이 막혔어. 이제 분비가 안 돼. 전혀…. 불행하게도 요독증이 경련 증상을 가져왔어. 여자들만으로는 어려울 것 같아서 내가 줄곧 여기에 있었어. 자네가 오지 않으면 간병인을 부르려던 참이었지. 어젯밤에는 발작이 세 번 있었는데, 마지막 발작은 아주 심했어."

"언제부터 신장이…."

"스물네 시간 전부터야. 세린 수녀는 어제 아침 처음으로 알았대. 물론 주사는 중단했지."

"응, 그랬군…." 앙투안은 고개를 끄덕이며 말했다.

그들은 서로를 바라보았다. 테리비에는 앙투안의 심정을 충분히 이해했다. '신장이 하나밖에 없는 환자한테 두 달 동안이나 계속해서 유해물을 주입했으니까 지금 와서 걱정해봐야…' 테리비에는 얼굴을 똑바로 들고 두 팔을 벌렸다.

"그렇다고, 여보게, 무모한 짓을 해서는 안 되지…. 요독증이 심할 때는 절대로 모르핀을 써서는 안 되네!"

물론이다. 앙투안은 말없이 동의했다.

"그럼, 나는 가네." 테리비에는 말했다. "열두시쯤에 전화하겠네." 다시 갑자기 이렇게 물었다. "그런데 동생은 어떻게 됐나?"

앙투안의 황금빛 나는 두 눈에서 섬광이 빛났다. 그는 아래를 보다가 얼굴을 들었다.

"찾아냈지." 그는 슬쩍 미소를 지으며 말했다. "데리고 왔어. 저기 있어."

테리비에는 두툼한 손을 수염 밑으로 가져갔다. 그는 날카롭고 쾌활한 눈으로 앙투안을 바라다보았다. 그러나 지금은 때와 장소가 그런 만큼 이런저런 질문을 할 계제가 아니었다. 때마침 세린 수녀가 앙투안이 입을 가운을 가지고 들어왔다. 테리비에는 수녀와 앙투안을 번갈아 보면서 기탄없이 말했다.

"그럼, 나는 실례하겠네. 오늘 밤은 자네도 괴로울 걸세."

앙투안은 눈살을 찌푸렸다.

"모르핀을 놓아드리지 않으면 환자가 몹시 괴로워하시겠지요?" 앙투안은 세린 수녀에게 물었다.

"뜨거운 찜질을 해드리고 있는데… 겨자 연고를 가지고…" 앙투안이 못 미더워 하는 것 같으니까 덧붙였다. "그래도 조금은 편해지시는 것 같아요."

"그럼 찜질 위에 아편 약이라도 발라드리는 것이 어떨까요? 안 그래요?" 그는 잘 알고 있었다. 모르핀 없이는…. 그러나 그는 그것을 포기한다는 생각을 해본 적이 한 번도 없었다. "필요한 것은 모두 아래층에 있어요." 그는 세린 수녀에게 말했다. "잠깐 아래층에 갔다 올게요." 그러고 나서 테리비에를 문 쪽으로 밀면서 말했다. "나가지!"

'그런데 자크는 어떻게 됐을까?' 그는 방을 질러 나가면서 생각했다. 그러나 동생을 걱정할 틈이 없었다.

두 사람은 한마디 말도 없이 층계를 급히 내려갔다. 층계를 다 내려가자 테리비에는 돌아서서 손을 내밀었다. 앙투안은 그 손을 잡았다. 그리고 이렇게 물었다.

"이것 봐, 테리비에… 솔직히 말해줘…. 어떻게 생각하나? … 이렇게 되면 빨라지겠지?"

"물론이지. 요독증이 이대로라면!"

앙투안은 잡은 손을 꼭 쥐는 것으로 대답을 대신했다. 그렇다. 스스로 인내심과 불굴의 의지가 용솟음치는 것을 느꼈다. 이제 시간이 문제다…. 그리고 자크도 다시 찾았다.

위층 방에는 아드리엔과 늙은 수녀만이 티보 씨의 머리맡에서 있었다. 두 여인은 티보 씨의 발작이 곧 시작되리라는 징후도 눈치채지 못했다. 마침내 환자의 이상한 숨결을 알아차렸을 때는 이미 환자의 두 주먹은 경련을 일으키고 있었으며, 목은 굳어 있었고, 머리는 위로 젖혀져 있었다.

아드리엔은 급히 복도로 뛰어나갔다.

"세린 수녀님!"

아무도 없었다. 그녀는 현관까지 뛰어갔다.

"세린 수녀님! 앙투안 씨! 빨리요!"

자크는 샬르 씨와 단둘이 사무실 안에 있다가 이 소리를 듣고 엉겁결에 방 쪽으로 뛰어갔다.

문은 열려 있었다. 그는 의자에 걸려 넘어졌다. 아무것도 보이지 않았다. 사람의 그림자가 불빛 앞에서 움직였다. 육중한 덩어리가 침대 옆으로 넘어진 채 두 손을 휘젓는 것이 보였다. 환자는 이미 침대 매트 끝까지 밀려나 있었다. 아드리엔과 간호 수녀는 환자를 들어 일으키려고 했지만 소용이 없었다. 자크가 뛰어가 이불 위에 무릎을 올려놓았다. 그리고 아버지의 허리를 두 팔로 얼싸안았다. 겨우 상반신을 일으켜 베개 위에 원래대로 눕혔다. 아버지의 따뜻한 육체와 헐떡임을 느낄 수 있었다. 그리고 벌렁 나자빠지듯 밑에 누워 있는 이 얼굴, 눈동자도 없이 흰자위만 보이는 얼굴을 아주 가까이서 보면서 그는 겨우 아버지의 얼굴을 알아볼 수 있었다. 그는 몸을 굽혀 경련을 일으키고 있는 아버지의 몸을 끌어안고 움직이지 않았다.

이미 신경 발작은 뜸해졌다. 혈액 순환도 정상을 되찾았다. 초점을 잃었던 눈동자도 다시 제 모습을 찾아 한쪽으로 모였다. 생기를 되찾은 환자의 시선은 자기를 내려다보고 있는 청년의 얼굴을 차츰 알아보는 듯했다. 잃었던 아들의 모습을 알아보았을까? 잠깐 제정신이 들었다 해도 착란 속에서 허우적거리는 그가 현실과 지리멸렬한 환상을 구별할 수 있었을까? 입술이 떨렸다. 눈동자가 갑자기 커졌다. 그런데 흐리멍덩한 그의 눈에서 자크는 갑자기 정확한 추억을 되살려냈다. 옛날에 아버지가 잊었던 날짜나 사람 이름을 생각해내려고 할 때 그 눈에는 지금과 같은 주의 깊으면서도 모호한 표정, 중심을 잃은 듯한 시선을 하고 있었던 것이다.

자크는 손목에 힘을 주어 아버지의 몸을 일으켰다. 그리고 목이 메어 무의식적으로 중얼거렸다.

"그런데 아버지? …이게 웬일입니까? …어떠세요, 아버지?"

천천히 티보 씨의 눈꺼풀은 내려앉았다. 아랫입술과 턱수염이 보일 듯 말 듯 움직였다. 그리고 점점 심하게 떨면서 얼굴이며 어깨며 상반신이 흔들렸다. 그는 울고 있었다. 축 늘어진 입에서 빈 병이 물속에 가라앉을 때와 같은 소리가 흘러나왔다. 부루, 부루, 부루…. 늙은 간호 수녀는 솜으로 턱을 닦으려고 손을 내밀었다. 한편 눈물이 앞을 가려 움직일 생각도 못 하고 있는 자크는 아버지의 몸을 흔들면서 얼빠진 사람처럼 부르짖었다.

"아버지… 어떠세요? …네, 아버지? …어떠시냐 말이에요?…"

세린 수녀를 데리고 들어온 앙투안은 동생을 보자 그냥 그 자리에 서버렸다. 도대체 무슨 일이 벌어졌는지 알 수 없었다. 그렇다고 알려고도 하지 않았다. 그는 손에 무엇인가 반쯤 들어 있는 눈금이 새겨진 병을 들고 있었다. 세린 수녀는 변기통과 수건을 들고 있었다.

자크는 다시 일어났다. 사람들은 그를 침대에서 물러서게 했다. 앙투안과 세린 수녀는 환자를 돌보기 위해 이불을 들어 올렸다.

자크는 방구석까지 물러갔다. 그에게 관심을 두는 사람은 아무도 없었다. 여기에 그대로 있으면서 아버지의 고통을 바라보며 고함 소리를 듣고 있어야 하나? 그럴 수는 없다…. 그는 문 앞까지 갔다. 그리고 문밖으로 나오자 비로소 숨을 쉴 것 같은 느낌이 들었다.

복도는 어두컴컴했다. 어디로 갈까? 사무실로 갈까? 그곳은 이미 샬르 씨와 마주 앉아 본 적이 있는 곳이다. 샬르 씨는 의자 위에 웅크리고 앉아 어깨를 오므린 채, 두 손을 무릎 위에 올려놓고는 까닭 없이 바보처럼 웃으면서 마치 결정적인 소식을 기다리는 듯했다. 유모는 한술 더 떴다. 둘로 접힌 허리, 땅에 닿을 듯한 코, 그리고 소리만 나면 남몰래 엿보는가 하면 자기 방문 곁을 지나가는 모든 사람들의 뒤를 쫓아다니면서 마치 주인 잃은 강아지처럼 이 방 저 방을 쏘다녔다. 그녀는 그 작은 체구로 텅 빈 온 집안을 가득 채우고 있었다.

방 하나가 유일하게 닫혀져 있어서 몸 둘 곳을 마련해주었다. 지젤의 방이었다. 그러나 지젤의 방이라고 해서 문제될 것이 없지 않은가? 그녀는 영국에 가 있으니까!…

자크는 발끝으로 살금살금 걸어서 그 방으로 들어가 숨었다. 그리고 빗장을 질렀다.

그러자 곧 마음이 가라앉았다. 만 하루 반 만에 숨 막힐 듯한 속박에서 벗어나 혼자가 된 것이다! 방 안은 추웠다. 전기도 들어오지 않았다. 섣달 아침의 늦은 햇살이 덧문 사이로 조금 비쳐 들 뿐이었다. 그는 지젤과의 추억을 어두운 이 방에다 즉시 결합시킬 수는 없었다…. 의자에 부딪히자 거기에 주저앉았다. 그리고 추운 듯 팔짱을 끼고, 새우처럼 몸을 움츠린 채 아무 생각 없이 거기에 있었다.

문득 제정신이 들었을 때 햇살은 커튼을 통해 스며들고 있었다. 그는 곧 커튼의 푸른색 꽃가지 무늬가 머리에 떠올랐다. 파리… 지젤…. 잠결에 잊어버렸던 주변의 가구들이 떠올랐다. 그는 두리번거렸다. 그 옛날 자신의 손으로 만져보았던 여기에 있는 물건 하나하나. 전에 여기에서 살 때… 그의 사진은 어떻게 되었을까? 벽 위에는 훨씬 밝은 정사각형의 앙투안 사진이 나란히 있었다. 그렇다면 지젤은 그의 사진을 치워버린 것일까? 홧김에? 아니겠지! 그 사진을 가지고 가기 위해서였겠지! 물론 영국으로 가지고 가려고! 새로 시작해야 하는가? …그는 마치 그물에 걸린 동물이 빠져나오려고 하다가 더 꼼짝 못 하게 되었을 때 하는 것처럼 어깨를 흔들었다. 지젤은 영국에 있다. 다행스럽게도! 그러자 갑자기 그녀가 미워졌다. 그녀를 생각하자마자 위축되는 것 같았다.

그는 모든 추억을 지워버리고 싶은 강한 충동을 느꼈다. 그래서 이 방에서 도망가려고 홀연히 일어섰다. 그런데 자신은 아버지와 아버지가 겪고 있는 그 임종의 고통을 잊고 있었던 것이 아닌가…. 적어도 이 방에서는 하나의 형체와 싸우면 그만이다. 거의 혼자나 다름없으니까. 그는 방 한가운데로 되돌아와 책상 옆에 앉았다. 지젤의 필적이 압지 위에 남아 있었다. 그녀의 보라색 잉크…. 마음이 어수선해진 그는 거꾸로 된 그 글씨를 잠시 읽어보려고 했다. 받침을 다시 밀었다. 그의 눈에는 또다시 눈물이 가득 고였다. 아, 잊어버리고 잠자는 거다! 그는 팔짱을 끼고 책상에 앉았다. 그리고 머리를 숙였다. 로잔, 친구들, 혼자만의 생활…. 되도록 빨리 되돌아가자! 돌아가는 거다, 돌아가는 거야….

자크는 누군가가 문을 열려고 하는 소리에 잠에서 깨어났다.

앙투안이 그를 찾고 있었다. 정오가 지난 지는 이미 오래되었다. 환자의 병세가 소강상태를 이루고 있는 사이에 식사를 해두자는 것이었다.

식당에는 두 사람의 식사가 준비되어 있었다. 유모는 샬르 씨를 자기 집에서 식사하도록 보냈다. 유모로 말하자면 다행히도! '걱정이 너무 많아서' 도저히 식탁에 앉을 수 없다는 것이었다.

자크는 별로 배고프지 않았다. 앙투안은 말없이 게걸스럽게 먹고 있었다. 그들은 서로 시선이 마주치는 것을 피했다. 이렇게 서로 얼굴을 맞대고 식탁에 앉아본 지가 얼마 만의 일인가? 여러 가지 사건이 계속 일어나 그들에게는 그런 감회에 젖을 틈도 없었다.

"너를 알아보시든?" 앙투안이 물었다.

"모르겠어."

잠시 침묵이 흘렀다. 자크는 접시를 밀어놓으면서 고개를 들었다.

"형, 알고 싶은데… 어떻게 되는 거야? 지금부터 어떻게 되는 거지?"

"그런데… 벌써 서른여섯 시간이나 신장의 기능이 멈춰 있어! 알겠니?"

"알겠어. 그렇다면?"

"그러니까 중독 증세를 전혀 막을 수 없다면… 확실히 말하기 힘들지만 아마 내일… 경우에 따라서는 오늘 밤이라도…."

자크는 안도의 한숨이 나오려는 것을 참았다.

"그런데 고통은?"

"오, 그거야!" 하고 말하는 앙투안의 얼굴은 침울해졌다.

유모가 손수 커피를 가지고 오는 것을 보고 그는 입을 다물었다. 자크는 그녀가 커피를 따르려고 자기 곁에 왔을 때, 커피포트가 하도 심하게 흔들리기 때문에 그녀의 손에서 그것을 뺏으려고 했다. 그녀의 야위고 누렇게 된 손가락, 어린 시절의 숱한 추억이 담겨 있는 그 손가락을 보는 순간 그의 가슴이 뭉클해졌다. 그는 억지로 미소를 지으려 했다. 몸을 구부려도 그녀의 눈은 보이지 않았다. 그녀는 한마디 질문도 없이 '자코'의 귀가를 즐겁게 받아들였다. 그러나 삼 년 동안을 자크가 죽은 줄 알고 그의 죽음을 슬퍼했던 것이다. 그가 지금 돌아와 있어도 그녀는 이 망령을 감히 똑바로 쳐다보려고 하지 않았다.

"고통이라는 건 말이야" 하고 단둘이 되자 앙투안이 말을 계속했다. "점점 심해질 뿐이야. 일반적으로 요독증은 지각 마비의 촉진을 가져와 상당히 편안한 마지막이 될 수 있어. 그런데 그것이 이처럼 경련 형태로 나타난다면…."

"그렇다면 어째서 모르핀을 못 쓰게 하지?" 자크가 물었다.

"왜냐하면 이제 아무것도 배설을 못 하니까. 그 주사를 놓으면 틀림없이 사람을 죽이는 결과를 가져올 거야."

바람결에 문이 열렸다. 겁에 질린 식모의 얼굴이 나타났다가 사라졌다. 누군가를 부르려고 애썼지만 그녀의 입에서는 아무런 소리도 나오지 않았다.

앙투안은 즉시 그녀 뒤를 쫓아갔다. 그는 마음에 두고 있던 본의 아닌 하나의 희망 때문에 자리에서 벌떡 일어났던 것이다.

자크도 자리에서 일어났다. 똑같은 희망이 그의 뇌리를 스쳐갔다. 잠시 머뭇거리다가 형을 쫓아갔다.

그러나 아직 임종이 가까워진 것은 아니었다. 그것은 또 다른 발작에 지나지 않았다. 그러나 이번에는 갑작스럽고 대단히 심한 것이었다.

티보 씨는 이를 어찌나 꽉 물고 있었던지 자크는 문에서부터 아버지가 이 가는 소리를 들었다. 얼굴은 자줏빛이었고 눈은 뒤집혀 있었다. 호흡은 불규칙적이었다가 멈추곤 했는데, 이런 상태가 당분간 계속될 듯했다. 한편 자크는 조마조마해지고 숨이 막힐 것 같아 형 쪽으로 몸을 돌렸다. 환자의 사지는 완전히 오므라들었기 때문에 뻣뻣해진 몸은 발뒤꿈치와 뒤통수만이 간신히 매트에 닿아 있었다. 그렇지만 시시각각으로 몸은 점점 더 활 모양으로 구부러졌다. 근육의 긴장이 극도에 달했을 때 몸은 떨고 있지만, 어떻게 보면 균형을 이루면서 꼼짝도 않고 있는 것 같았다. 이것이야말로 순간적이기는 하지만 노력의 극치를 보여주는 것이었다.

"에테르를 조금." 하고 앙투안이 말했다. 자크가 볼 때 형의 목소리는 놀랄 만큼 침착한 것 같았다.

발작은 점점 더 심해졌다. 점점 강해지는 고함 소리는 비틀어진 입에서 발작적으로 나왔다. 머리는 좌우로 뒹굴기 시작했다. 팔다리가 제멋대로 요동했다.

"팔을 붙들어." 앙투안이 말했다. 그 자신도 한쪽 손목을 잡았다. 두 간호 수녀는 발버둥 치며 이불을 걷어차는 환자의 두 다리를 붙잡으려고 애썼다.

실랑이가 얼마 동안 계속되었다. 드디어 심한 경련이 가라앉았다. 간질병 같은 요동이 뜸해졌다. 머리도 흔들거리지 않았다. 오금을 펴는 듯하더니 몸을 쭉 뻗고 쓰러졌다.

그때 다시 신음 소리가 시작됐다.

"아이고… 아이고…."

자크는 잡고 있던 팔을 침대 위에 놓았다. 거기에 자신의 손가락 자국이 나 있는 것을 보았다. 셔츠 소매 끝이 찢어져 있었다. 칼라 단추 하나가 떨어져 나가고 없었다. 자크는 똑같은 신음 소리가 끈덕지게 흘러나오며, 퉁퉁 부은 채 젖어 있는 아버지의 입술에서 눈을 뗄 수가 없었다. "아이고… 아이고…." 그러자 별안간 마음의 충격, 먹다 만 점심, 에테르 냄새… 토할 것만 같았다. 몸을 다시 가눈 다음 몸을 일으키려고 했다. 그는 자신이 창백해지는 것을 느꼈다. 휘청거리며 간신히 문까지 갈 수 있었다.

늙은 간호 수녀와 함께 침대를 정돈하고 있던 세린 수녀가 갑자기 앙투안 쪽을 돌아다보았다. 그녀는 시트를 들고 있었다. 환자가 몸부림치던 장소에 엷은 핏자국이 섞인 얼룩이 번져 있었다.

앙투안은 별다른 기색을 보이지 않았다. 그러나 잠시 뒤에 그는 침대 곁을 떠나 난롯가에 가서 몸을 기댔다. 신장은 다시 기능을 회복해—얼마 동안이나?—중독 증상을 지연시키고 있었다. 물론 그때가 오리라는 것은 틀림없는 사실이다. 다만 그것이 연기되었을 뿐이다. 어쩌면 며칠이 걸릴지도…. 그는 몸을 일으켰다. 이처럼 실망스런 사실 확인에 구애받고 싶지 않았던 것이다. 어차피 투쟁은 예상보다 더 길어질지 모른다. 어쩔 수 없는 일이 아닌가? 더 길어질수록 완벽한 계획을 세우는 것이 중요하다. 무엇보다도 충분한 인원을 확보해 두자. 환자 곁에는 두 팀을 짜서 교대로 번갈아가며 쉬도록 해야지. 보충 인원으로는 레옹을 올라오도록 해야겠다. 자신은 두 팀 모두에 들어가야지. 그는 방을 떠나고 싶지 않았다. 다행히 스위스로 떠나기 전에 며칠 동안의 휴가를 얻어놓았다. 만약 다른 환자 집에 응급한 일이 생기면 테리비에에게 부탁해서 가보게 해야지. 또 할 일이 무엇이지? 그렇다. 필립 선생에게 알려야지. 병원에도 전화를 할 것. 또 다음에 할 일은 무엇인가? 중요한 것을 잊고 있는 듯했다.(피곤해 있다는 증거다. 차가운 홍차를 준비시켜야겠다.) 아, 지젤의 일을 잊었구나! 저녁때까지는 편지를 쓰자. 늙은 유모가 자기 조카딸을 불러오자는 말을 하지 않은 것만도 다행스러운 일이다!

그는 난로 앞에 서서 두 손을 대리석 가장자리에 올려놓았다. 그리고 발을 번갈아 기계적으로 불가에 내밀었다. 계획을 짠다는 것은 이미 행동에 옮기는 것이나 다름없었다. 그는 냉정을 되찾았다.

방에서는 티보 씨가 다시 고통에 못 이겨 점점 더 큰 소리로 신음 소리를 내고 있었다. 두 수녀는 앉아 있었다. 이 틈에 잠깐 전화를 걸고 와야지…. 그는 나가려고 하다가 다시 되돌아와 환자 가까이에 가서 용태를 살폈다. 헐떡이는 이 숨소리, 점점 붉어지는 이 얼굴…. 벌써 새로운 발작이 시작되는 것일까? 도대체 자크는 어디에 있을까?

바로 그때 복도에서 말소리가 들려왔다. 문이 열렸다. 베카르 신부가 자크를 데리고 들어왔다. 앙투안의 시선은 시무룩한 모습을 하고 있는 자크에게로 향했다. 한편 무표정한 신부의 두 눈은 초롱초롱했다. 티보 씨의 신음 소리는 시시각각으로 심해졌다. 갑자기 두 팔을 뻗었다. 그의 손가락들은 호두 까는 듯한 소리를 내면서 오므라들었다.

"자크." 앙투안은 에테르 병을 향해 손을 내밀면서 말했다.

신부는 머뭇거리다가 아무 말 없이 성호를 그었다. 그러고 나서 소리도 없이 나가버렸다.

## 4

저녁 내내, 밤새도록, 그다음 날 아침까지 앙투안에 의해 구성된 두 팀은 티보 씨 머리맡에서 세 시간 간격으로 교대했다. 첫 번째 팀은 자크와 식모와 늙은 수녀로 구성되었고, 두 번째 팀에는 세린 수녀와 레옹과 클로틸드가 있었다. 앙투안은 지금까지 전혀 휴식을 취하지 못했다.

발작은 그 빈도수를 더해갔다. 일단 발작이 시작되면 하도 격렬해서 환자는 말할 것도 없고, 환자를 돌보던 사람들도 기진맥진해져서 환자가 괴로워하는 것을 멍하니 바라볼 수밖에 별도리가 없었다. 경련이 거듭될수록 신경통은 더욱더 심해졌다. 신체의 어느 한 곳 아프지 않은 데가 없었다. 그리고 발작이 일어날 때마다 긴 신음 소리만이 들렸다. 환자의 뇌신경은 극도로 약해져 있었기 때문에 무슨 일이 일어났는지 의식하지 못했다. 이따금 아무렇게나 헛소리를 내뱉곤 했다. 그러나 감성만은 또렷해서 쉴 새 없이 손짓으로 괴로운 곳을 가리켰다. 앙투안은 아버지가 병상에 누운 지 몇 달이 되었는데도 아직 그가 보여주고 있는 이 기력에 놀라지 않을 수 없었다. 환자의 온갖 추태를 다 겪어온 간호 수녀들도 어안이 벙벙해졌다. 수녀들은 이런 비정상적인 저항력은 요독증 때문에 곧 꺾일 것이라고 확신하면서, 침대가 여전히 건조한지, 또 이십사 시간 이래 신장이 그 기능을 회복했는지 어떤지를 확인하기 위해 한 시간에 몇 번씩 와보곤 했다.

첫날부터 벌써 수위는 모든 창문뿐만 아니라 덧문까지도 닫으면 어떨까 하고 물어보러 왔었다. 그 이유는 이렇게 함으로써 마당에까지 요란스럽게 새어 나가서 온통 집안을 공포에 휩싸이게 하는 신음 소리를 미리 차단할 수 있다고 생각했기 때문이다. 환자의 방 바로 뒤의 사층에 세 들어 있는 임산부는 이런 소리에 충격을 받아 한밤중에 친정으로 피난하지 않으면 안 되었다. 그래서 문이란 문은 모두 닫아버렸다. 방의 불빛이라고는 침대 머리맡에 있는 램프불뿐이었다. 방 안의 환기를 위해 끊임없이 벽난로에 장작을 피우고 있지만 탁한 공기 때문에 숨 쉬기조차 고통스러웠다. 한편 이런 탁한 공기와 어둠침침한 불빛에 정신이 몽롱해진 자크, 사흘 동안이나 안절부절못하고 흥분 속에서 지내다 보니 지칠 대로 지친 자크는 우뚝 선 채 깜빡 잠들었다가 소스라쳐 놀라 잠에서 깨는가 하면 중단했던 동작을 계속하곤 했다.

환자의 방에서 나와도 되는 시간이면 그는 형의 아파트로 내려갔다. 그는 벌써부터 그 방 열쇠를 가지고 있었다. 그리고 그곳에 가면 안심하고 혼자가 될 수 있었다. 그는 옛날의 자기 방으로 뛰어 들어가 옷을 입은 채로 침대 겸용의 긴 의자에 몸을 던졌다. 그러나 그곳에서도 휴식을 취할 수가 없었다. 창문에 걸린 얇은 명주 커튼 너머로 눈송이가 휘몰아치는 것이 보였다. 이 때문에 앞집의 정면도 안 보였고 길가의 소음도 차단되었다. 순간 로잔에서의 일, 에스칼리에의 좁은 길, 캄메르진, 소피아, 그리고 그곳의 친구들이 생각났다. 모든 것이 뒤죽박죽되었다. 현재와 여러 가지 추억, 파리의 눈과 그곳의 겨울, 이 방의 따스함과 작은 스위스식 난로의 온기가 뒤섞여 떠올랐다. 그리고 자기 옷에 배어 있는 에테르 냄새와 노란색의 전나무 마루의 진 냄새…. 그는 방을 옮기려고 일어섰다. 앙투안의 서재까지 발을 질질 끌다시피 해서 갔다. 완전히 지쳐버린 그는 안락의자에 주저앉았다. 너무나 긴 세월을 허망하게 기다렸다는 느낌, 만족할 줄 모르는 무모한 욕망을 가졌다는 느낌, 무엇을 해도 또 어디를 가도 구제받을 수 없는 이방인이라는 느낌이 들어 화가 치밀었다.

오후부터 발작은 그칠 사이 없이 계속되었다. 그리고 병세는 눈에 띄게 악화되었다. 간호할 차례가 되어 자기 팀과 같이 왔을 때, 자크는 아침 이후에 갑자기 일어난 변화에 깜짝 놀랐다. 안면 근육의 끊임없는 경련, 더구나 중독으로 인한 부기가 얼굴 모습을 완전히 일그러지게 해서 환자의 얼굴은 거의 알아볼 수 없을 정도였다.

자크는 형에게 물어보고 싶었다. 그러나 계속해서 환자를 돌보아야 하는 여러 가지 일이 두 사람을 필요로 했다. 게다가 피로 때문에 정신이 몽롱해져 있는 그가 생각한 것을 분명하게 말로 표현한다는 것은 정말 힘든 일이었다. 발작이 일 때마다 계속 고통스러워하는 아버지를 보고 너무나 측은한 생각이 들어 이따금 어찌된 영문인가 하는 의문의 눈길을 형에게 보내곤 했다. 그때마다 앙투안은 입을 꼭 다물고는 눈을 돌리는 것이었다.

점점 더해가는 아버지의 경련을 밤새 지켜본 자크는 이마에 땀을 흠뻑 흘리면서 녹초가 된 채 화가 치밀어 형 옆에 다가섰다. 그리고 형의 팔을 붙잡은 다음 형을 방구석으로 데려갔다.

"형! 이 상태로 내버려둘 수는 없잖아!"

그의 말투에는 비난의 뜻이 섞여 있었다. 앙투안은 힘없이 어깨를 으쓱해 보이고는 얼굴을 돌렸다.

"어떻게 해봐야지 않겠어!" 형의 팔을 흔들면서 자크가 말했다. "편하게 해드려야지! 무슨 방도를 찾아봐! 어떻게 해서라도!"

앙투안은 건방진 소리 하지 말라는 태도로 눈썹을 치켜올렸다. 그리고 긴 신음 소리를 내고 있는 환자를 바라다보았다. 무엇을 해볼까? 목욕? 물론 이 생각은 이미 여러 번 했었다. 과연 실행 가능할까? 욕실은 집의 맨 끝 쪽의 부엌 옆 오른쪽으로 돌아 좁은 복도 끝에 있었다. 위험한 모험일지 모른다…. 하지만….

잠시 그는 심사숙고했다. 그리고 결심했다. 머릿속에는 이미 계획이 짜여져 있었다. 발작 뒤로 대개 삼사 분 지속되는 소강상태를 이용해야 될 것 같았다. 그러기 위해서는 사전에 모든 준비를 해둘 필요가 있었다.

그는 얼굴을 들고 늙은 간호 수녀에게 말했다.

"수녀님, 여기는 이대로 놔두세요. 레옹을 불러주세요. 세린 수녀도. 그리고 시트 두 장을 가지고 오라고 하세요. 두 장. 아드리엔, 자네는 욕실에 가서 뜨거운 물을 받아주게. 물의 온도는 삼십팔 도. 알겠나? 거기에 있으면서 우리들이 갈 때까지 삼십팔 도를 유지해두고 있어. 그리고 클로틸드한테 수건을 오븐속에 넣어두라고 일러놓게. 마루를 따뜻하게 하기 위해 장작불을 피도록. 자, 빨리."

쉬고 있던 세린 수녀와 레옹이 마침 아드리엔과 교대하기 위해 방으로 들어왔다. 다시 발작이 시작되었다. 매우 심한 것이었지만 짧게 끝났다.

발작이 끝나고 짧으면서도 진정된 호흡을 하다가 다시 헐떡거리면서 여러 가지 몸짓을 하는 시기가 오자 앙투안은 주위의 조수들을 흘끗 둘러보았다.

"자, 지금이다." 그는 자크를 향해 덧붙였다. "서두르지 말자. 일 초도 헛되게 할 수 없으니까."

두 수녀는 벌써 침대의 시트 끝을 매트 밑에서 빼놓았다. 시트에서는 먼지가 나고 썩은 피부에서 풍기는 냄새가 방 안을 가득 채웠다.

"빨리 옷을 벗겨드리자." 앙투안이 말했다. "레옹, 목욕하고 돌아오시면 방 안이 따뜻하도록 장작 두 개를 넣어둬."

"아이고…" 하고 환자는 신음했다. "아이고…" 하루하루 부스럼이 번져 나가 깊이 파고들었다. 어깨뼈, 궁둥이, 발뒤꿈치에는 탤컴파우더를 발라 붕대를 감았는데도 내의에 달라붙어 거무스레한 상처를 드러내 보였다.

"잠깐만 기다려." 앙투안이 말했다. 그는 칼로 셔츠를 길게 찢었다. 천을 자르는 칼 소리에 자크는 소름이 끼쳤다.

몸 전체가 드러났다.

육중하고 무기력하며 희끄무레한 육체, 그것은 부어오른 것 같기도 하고 또 야윈 것 같기도 했다. 두 손은 피골이 상접한 팔 끝에 권투 장갑을 낀 것같이 달려 있었다. 엄청나게 긴 두 다리는 털이 난 뼈처럼 보였다. 가슴에는 회색 털이 수북이 나 있었다. 아랫도리도 그런 털로 감추어져 있었다.

자크는 눈을 딴 곳으로 돌렸다. 그 뒤에도 그는 여러 차례 이 순간의 일, 곧 자기를 낳아준 사람의 벌거벗은 모습을 보았을 때 이상하게 생각했던 일은 되살리곤 했다. 그리고 기자로서 튀니지에 있을 때의 일이 주마등처럼 그의 뇌리를 스쳐갔다. 아버지의 모습과 마찬가지로 벌거벗고 몸은 부은 채 회색 털로 뒤덮여 있던 한 이탈리아인의 육체를 보았을 때의 일, 목매어 죽은 시체로 발견되어 대낮에 밖에 눕혀 있던 끔찍한 그 시체. 근처 동네 장난꾸러기들이 떠들며 시체 주위를 뛰어다니던 장면이 떠올랐다. 그때 자크는 자살한 남자의 딸, 아직 어린애였던 그 딸이 울면서 광장을 지나 애들 무리를 발로 걷어차 쫓으면서 시체 위에 한아름의 마른 풀을 뿌리던 광경을 보았다. 그것은 아마 부끄러워서였든지 아니면 파리가 낄 것 같아서 그랬는지도 모른다.

"자크, 부탁해." 앙투안이 속삭이듯 말했다.

앙투안과 세린 수녀가 환자의 허리 밑으로 시트 끝을 집어넣는 사이에 그것을 잡기 위해 환자 밑으로 손을 넣는 것이 문제였다.

자크는 하라는 대로 했다. 그런데 그는 갑자기 그 끈끈한 감촉에 당황하고는 자신도 모르게 충격을 받았다. 그것은 동정심이나 애정을 훨씬 넘어선 육체적인 감동과 동물적인 감정이었다. 곧 인간이 인간을 대하는 이기주의적인 애정이었던 것이다.

"시트 가운데를." 하고 앙투안이 명령했다. "됐어. 좀 더 편안하게. 레옹, 이쪽을 잡아당겨. 자, 베개를 빼는 거야. 수녀님, 당신은 두 다리를 들어 올리세요. 조금만 더. 등창 상처를 주의해서, 자크, 시트 위쪽 끝을 꽉 잡아. 나는 다른 구석을 잡을 테니까. 세린 수녀님과 레옹은 와서 발 양쪽을 잡아요. 다들 됐어요? 그럼, 자, 우선 해보자. 하나, 둘!"

시트 네 구석을 힘껏 잡아당겨 환자 몸을 간신히 매트 위로 들어 올렸다.

"그래 됐어." 앙투안은 즐거운 듯이 말했다. 다른 사람들도 모두 성취감 같은 즐거움을 느꼈다.

앙투안은 늙은 수녀를 향해 말했다.

"수녀님, 환자한테 담요를 덮어드리세요. 앞에 가서 문을 여시고… 준비는 됐지? 그럼 가자."

천천히 일행은 움직이기 시작해서 좁은 복도에 들어섰다. 환자는 고함을 질렀다. 샬르 씨의 얼굴이 사무실 문 쪽에서 힐끗 보였다.

"다리 쪽을 좀 더 아래로." 앙투안은 숨 가쁜 목소리로 말했다. "자… 좀 쉴까? 괜찮다고? 그럼 그냥 계속 가자…. 조심해, 찬장 열쇠에 부딪힐라…. 힘을 내. 거의 다 왔다. 모퉁이 돌 때 조심하고." 욕실을 꽉 메우고 있는 유모와 두 식모의 모습이 멀리서 보였다. "자, 비켜요." 그는 외쳤다. "다섯 사람만 있으면 충분해. 아드리엔과 클로틸드는 그동안에 침대를 다시 정리해 놔. 그리고 침대를 탕파로 따뜻하게 하고…. 자, 이번에는 이쪽이다. 문을 지나가게 비스듬히. 그래, 그래… 바닥에 놓으면 안 돼! 올려, 올려! 더! 욕조까지. 그러고 나서 천천히 탕 속으로, 시트째로 말이야! 꽉 쥐고. 가만히. 조금 늦추어서. 좀 더. 자… 제기랄. 물이 많구나, 온통 물바다가 되겠다. 그냥 내려놓아…."

시트에 푹 싸여 있는 묵직한 체구가 욕조 물을 넘치게 하면서 천천히 가라앉았다. 탕 물은 사방으로 넘쳐흘러 시트를 들고 있는 사람들을 흠뻑 적시면서 욕실 바닥과 복도까지 흘러갔다.

"이제 됐어." 앙투안은 몸을 떨면서 말했다. "십 분쯤 쉴 수 있어."

티보 씨는 따뜻한 목욕 때문인지 고함치던 것을 멈추는 듯싶더니 다시 더 심하게 악을 쓰기 시작했다. 그는 몸부림치려고 했다. 다행히 손발이 시트에 말려 동작을 마음대로 할 수가 없었다.

차츰 흥분도 가라앉았다. 이제 고함 대신 신음 소리를 냈다. "아이고… 아이고…." 얼마 안 가서 신음 소리도 그쳤다. 확실히 편안해하는 것 같았다. 그가 내고 있는 '아이고' 소리는 만족스러운 데서 오는 짧은 한숨 같았다.

다섯 사람 모두 욕조 주위에서 발을 물에 담근 채 서 있었다. 그러면서 앞으로 할 일을 걱정스럽게 생각하고 있었다.

갑자기 티보 씨가 음성을 높이더니 눈을 떴다.

"아, 너니?… 오늘은 안 돼…." 그는 자기 주위를 한번 둘러보았다. 그러나 물론 주변에 있는 것을 알아보지는 못했다. "나를 내버려둬." 하고 덧붙였다.(이틀 동안 그가 말한 것 중에서 최초로 알아들을 수 있는 것이었다.) 환자는 입을 다물었다. 그러나 입술만은 마치 기도를 하듯이 계속 움직였다. 빨라서 알아들을 수 없는 말을 중얼거렸다. 귀를 기울이고 있던 앙투안은 겨우 몇 마디를 들을 수 있었다.

"성 요셉… 죽음에 임한 자들의 수호 성인…" 조금 있다가 "…불쌍한 죄인들…."

다시 눈을 감았다. 얼굴은 평온해 보였고, 숨은 가빴지만 규칙적이었다. 고함 소리를 더 이상 듣지 않게 된 것만 해도 모두에게는 더할 나위 없는 휴식이었다.

갑자기 노인은 작은 소리로 웃었다. 그것은 이상하리만큼 선명하고 어린애 같은 웃음이었다. 앙투안과 자크는 서로 바라보았다. 아버지는 무엇을 생각하는 걸까? 그의 두 눈은 감겨 있었다. 그때 뚜렷하게, 그러나 너무 소리를 질러서 쉰 목소리로 유모에게서 배운 어린 시절의 후렴을 또다시 부르기 시작했다.

이랴! 이랴! 말은 뛴다!
이랴! 빨리! 기다리고 계신다!

그는 반복했다. "이랴… 이랴…." 그러고 나서 조용해졌다.

거북스러워진 앙투안은 눈을 들지 못했다. '기다리고 계신다….' 하고 그는 생각했다. '고약한 취미군…. 자크는 어떻게 생각할까?'

자크도 똑같은 느낌이었다. 그것은 그가 그런 것을 들었다는 사실 때문이 아니라 그것을 들은 것이 자기 혼자가 아니었다는 것 때문이다. 형제가 저마다 거북스럽게 느낀 것은 상대방 때문이었다.

거의 십 분이 경과했다.

앙투안은 욕조를 유심히 살펴보면서 아버지를 방까지 모시고 갈 일을 곰곰이 생각했다.

"이렇게 젖은 시트로는 모시고 갈 수 없는데." 그는 나지막한 소리로 말했다. "레옹, 가서 접는 침대의 매트를 가지고 와. 그리고 클로틸드한테 말해서 오븐 속에 있는 수건을 가지고 오라고 해."

매트는 젖은 타일 바닥에 깔았다. 그러고 나서 앙투안이 하라는 대로 모두 시트의 네 모퉁이를 잡고 힘겹게 환자를 욕조에서 끌어 올려 흠뻑 젖어 있는 몸을 매트 위에 올렸다.

"빨리 몸을 닦아…." 앙투안이 말했다. "이번에는 담요로 싸고 몸 밑에 마른 시트를 덮어. 감기 들지 않게 서둘러."

'감기가 든다 해도 그것이 어떻단 말인가?…' 하고 앙투안은 생각했다.

그는 주위를 한번 둘러보았다. 모두가 물바다 같았다. 매트와 속옷 모두 물에 젖어 있었다. 구석에는 의자 하나가 뒹굴고 있었으며, 욕실은 홍수가 지나간 뒤의 처참한 광경을 연상케 했다.

"자, 모두 제자릴 찾아가서 출발하는 거야." 그는 명령하다시피 말했다.

마른 시트는 팽팽해졌지만 몸은 달아맨 그물 침대 속에 실려 있는 것처럼 잠시 좌우로 흔들거렸다. 일행은 비틀거리면서, 그리고 물속을 철벅거리면서 일어났다. 일행은 복도를 돌아 사라졌다. 그들이 지나간 자리에는 물줄기가 남아 있었다.

잠시 뒤 티보 씨는 머리를 베개 가운데 두고, 두 팔은 이불 밖으로 축 늘어뜨린 채, 새로 깐 침대에 눕혀졌다. 그는 꼼짝도 안 했다. 그리고 그의 얼굴은 창백했다. 며칠 만에 처음으로 그는 고통을 잊은 것 같았다.

그러나 그런 소강상태는 오래 지속되지 않았다.

네시가 되자 자크는 방을 나와 좀 쉬기 위해 아래층으로 내려가려고 했다. 그때 현관에서 앙투안이 그를 붙잡았다.

"빨리! 호흡 곤란이야! …고트로한테 전화해. 플뢰뤼스 국局 54-02번, 세브르가街의 고트로야. 산소 서너 주머니를 빨리 보내라고 해. 플뢰뤼스 국 54-02번."

"내가 택시로 갔다 오면 어때?"

"아니야, 그쪽에는 삼륜차가 있어. 빨리. 너는 너대로 할 일이 있어."

전화는 티보 씨 서재에 있었다. 자크는 달려갔다. 어찌나 급하게 뛰어 들어갔던지 샬르 씨는 의자에서 벌떡 일어섰다.

"아버지가 호흡 곤란이에요." 자크는 수화기를 들면서 내뱉듯 말했다.

"여보세요… 고트로 회사입니까? …아니라고요? …그럼 플뢰뤼스 국 54-02번 아닙니까?"

"여보세요… 아가씨, 부탁이 있는데요. 급한 환자가 있어서요! 플뢰뤼스 국 54…0…2!"

"여보세요… 고트로 회사입니까? 그런데… 여기는 의사 티보인데요… 네… 부탁드릴 수 있나요?…"

자크는 허리를 굽힌 채 전화기가 놓여 있는 까치발이 달린 책상 위에 팔꿈치를 기대고 등을 방 쪽으로 향하고 있었다. 말하면서 그는 무심코 앞에 있는 거울에 시선을 보냈다. 그러자 열려 있는 문가에 멍하니 서서 이쪽을 보고 있는 지젤의 모습이 눈에 띄었다.

## 5

지젤은 전날에 런던에서 전보를 받았다. 그것은 앙투안이 로잔에 가 있는 동안에 클로틸드의 착안으로 유모의 동의를 얻어 친 것이었다. 지젤은 전보를 받자마자 즉시 출발했다. 아무에게도 알리지 않고 파리에 도착하자 위니베르시테가街까지 택시를 타고 왔다. 수위에게는 물어볼 겨를도 없이 가슴 설레면서 곧장 집으로 올라온 것이다.

레옹이 와서 문을 열어주었다. 그가 위층에 와 있는 것을 보고 놀란 지젤은 더듬거리며 물었다.

"아저씨는?"

"아직 그러십니다."

"그렇다면…." 그때 옆방에서 누군가가 고함치는 소리가 들렸다. "플뢰뤼스 국 54-02번 아닙니까?"

지젤은 소스라쳤다. 환각일까?

"여보세요… 아가씨, 부탁이 있는데요. 급한 환자가 있어서요…."

그녀는 자신도 모르게 가방을 손에서 떨어뜨렸다. 두 다리가 휘청거렸다. 정신없이 대기실을 지나 조금 열려 있는 사무실 문을 두 손으로 밀었다.

자크는 등을 돌린 채 까치발이 달린 책상 위에 팔꿈치를 기대고 서 있었다. 벗겨진 이마에, 눈을 아래로 향하고 있는 그의 옆모습이 사실 같지 않게 멀리 거울 뒤에 입힌 푸르스름한 박에 비쳤다. 그녀는 자크가 죽었다고 생각한 적은 한 번도 없었다. '그를 찾았구나. 그래서 아버지 병상에 되돌아온 것이구나….'

"여보세요… 여기는 의사 티보인데요… 네… 부탁드릴 수 있나요?…"

서서히 그들의 시선은 가까워졌다. 손에는 여전히 사람의 목소리가 새어 나오는 수화기를 든 채 자크는 별안간 몸을 돌렸다.

"부탁드릴 수 있을까요?…" 하고 그는 되풀이했다. 목이 뻣뻣해졌다. 침을 삼키려고 노력은 했지만 죄는 것 같은 소리밖에 나오지 않았다. "여보세요…." 그는 지금 자기가 어디에 있는지, 왜 전화를 걸고 있는지를 몰랐다. 정신을 가다듬기 위해 대단한 노력을 해야만 했다. 앙투안, 빈사 상태의 아버지, 산소… '아버지는 지금 호흡이 곤란하다' 하고 그는 생각했다. 귀를 찢는 듯한 진동이 그의 뇌리를 뒤흔들었다.

"용건을 말씀하세요!" 저쪽에서 초조해하는 목소리가 들려왔다. 그의 마음속에는 무단으로 들어온 그녀에 대한 노여움이 치밀어 올랐다. 무엇 하러 왔단 말인가? 어떻게 해달라는 것인가? 모두 완전히 끝난 일이 아닌가?

지젤은 꼼짝도 안 하고 있었다. 좀 거무스름한 그녀 얼굴의 검고 큰 두 눈은 순한 개의 눈같이 아름답고 기막히게 부드러운 광채로 번득이고 있었다. 그녀는 퍽 날씬해 보였다. 아주 예뻐졌다는 생각은 분명히 들지 않았다. 그러나 어딘지 모르게 그렇게 된 듯한 느낌이 들었다.

정적 속에서 샬르 씨의 목소리가 시한폭탄처럼 터져 나왔다.

"아, 당신이었군요?" 그는 바보스러운 미소를 띠며 말했다.

자크는 신경질적으로 수화기를 뺨에 대었다. 그리고 마음속에 품고 있는 말 못 할 분노는 조금도 겉으로 나타내지 않으면서 멍청한 눈으로 아름다운 그녀의 출현을 주시하며 더듬더듬 말했다.

"부탁드릴 수 있나요… 즉시… 산소를… 편으로… 삼륜차 편으로… 뭐라고요?… 물론 주머니에 든 것… 호흡이 곤란한 환자에게 쓸 것이니까요…."

지젤은 그 자리에 못 박힌 듯 꼼짝도 않고 서서 눈 하나 깜짝하지 않고 물끄러미 그를 바라다보았다. 그녀는 그동안 수없이 그가 자기 앞에 다시 모습을 나타내는 순간과, 여러 해를 기다리다가 드디어 그의 품에 안기는 순간을 상상하곤 했었다. 그런데 지금 바로 그 순간을 눈앞에 두고 있는 것이다. 그런 그가 바로 자기 앞에 있다. 그러나 다른 사람에게 정신이 팔려 자기는 접근할 수 없다, 관계없는 사람이다. 그녀는 자크의 시선과 마주쳤을 때 거절하는 듯한 어떤 냉혹함을 감지했다. 이것을 의식하기 전에 이미 자신의 꿈과 거리가 먼 현실을 대하면서 계속 가슴을 태우리라는 것을 직감했던 것이다.

자크 역시 전화를 하면서도 끊임없이 그녀의 얼굴을 바라보고 있었다. 그들은 한동안 서로가 이렇게 눈길을 주고받았다. 자크는 다시 몸을 일으켰다. 그의 목소리에는 자신감이 있어 보였다. 어쩌면 지나친 자신감이었는지도 모른다.

"네… 산소를 서너 주머니… 곧 부탁합니다."

그는 지금 일부러 꾸민 듯이 평소보다 더 높은 어조, 떨고 있고 콧소리가 나는 어조로 말했다. "아, 실례했습니다. 주소는… 티보, 위니베르시테가街 사 번지 을 호… 아니요, 사 번지 을 호입니다. 곧장 삼층까지 올라와주세요…. 빨리 부탁드립니다. 대단히 급하니까요!"

서두르지도 않고 침착한 동작으로 그는 수화기를 내려놓았다.

자크도 지젤도 움직이려 하지 않았다.

"안녕?" 마침내 자크가 말했다.

몸이 오싹해지는 것을 느꼈다. 그녀는 응답으로 미소를 짓기 위해 입을 반쯤 벌렸다. 그러나 자크는 갑자기 현실을 의식이나 한 것처럼 지금까지의 태도를 바꾸었다.

"형이 기다리고 있어." 그는 황급히 방을 질러 나가면서 말했다. "샬르 씨한테 물어봐…. 저, 아버지가 호흡 곤란이셔… 가장 어려운 때 왔군…."

"그렇군요" 하고 그녀는 몸을 꼿꼿하게 하고 대답했다. 그리고 자크가 자기 앞을 지나갈 때 말했다. "빨리 가보세요!"

그녀의 두 눈에는 눈물이 글썽거렸다. 이렇다 할 뚜렷한 생각이나 이유 있는 아쉬움은 조금도 없었다. 망연하고 맥이 풀리는 듯하면서 마음이 괴로웠을 뿐이다. 시선은 대기실로 뛰어가는 자크의 뒷모습을 좇고 있었다. 자크가 가는 모습을 보고 나서야 그녀에게는 그가 살아 있고 또 그를 되찾았다는 실감이 더욱 확실하게 들었다. 그의 모습이 보이지 않게 되자 그녀는 신경질적으로 두 손을 모으면서 중얼거렸다.

"자코…."

샬르 씨는 아무것도 눈치채지 못한 채 목석처럼 그 자리에 있었다. 지젤과 단둘이 있게 되자 그는 예의상 이야기를 시작해야겠다고 생각했다.

"지젤 양. 보다시피 나는 여전해요." 그는 자기가 앉아 있는 의자를 치면서 말했다. 지젤은 눈물을 보이지 않으려고 얼굴을 돌렸다. 그는 조금 있다가 다시 말을 계속했다.

"우리는 시작할 때를 기다리고 있어요."

은밀한 말투에 지젤은 깜짝 놀라 되물었다.

"시작할 때라니요?"

노인은 안경 너머로 눈짓을 했다. 그리고 조심성 있게 입술을 꼭 다물었다.

"기도 말입니다, 지젤 양."

자크는 이번에야말로 대피소에 뛰어들듯 아버지 방으로 뛰어갔다.

천장에는 불이 켜져 있었다. 침대 위에 똑바로 앉혀놓은 티보 씨의 모습은 보기에도 무서웠다. 머리는 뒤로 젖혀 있고 입은 벌린 채였다. 완전히 의식을 잃은 것 같았다. 불쑥 튀어나와 휘둥그레진 두 눈은 떠 있었지만 생기를 찾아볼 수 없었다. 앙투안은 침대 위로 몸을 굽힌 채 두 팔로 아버지를 붙잡았다. 한편 세린 수녀는 나이 든 수녀가 건네주는 작은 이불로 상체를 덮어주었다.

"창문을 열어." 동생이 오는 것을 보자 앙투안이 외쳤다.

문을 연 사이에 외풍이 방 안으로 들어와 의식을 잃은 환자의 얼굴을 스쳤다. 콧방울이 뛰기 시작했다. 약간의 공기가 폐장 속으로 들어갔다. 호흡이 약하고 가쁘며 짧았다. 매번 내쉬는 숨결은 길디길었다. 그럴 때마다 느린 한숨이 마지막인 듯 싶었다.

자크는 앙투안 곁으로 다가갔다. 목소리를 낮추어 넌지시 말했다.

"지젤이 돌아왔어."

앙투안은 꼼짝도 않고 그저 눈썹만 약간 치켜올렸다. 그러나 지금 죽음과 대항해서 싸우는 절박한 이 순간에 그는 잠시라도 딴생각을 할 겨를이 없었다. 조금만 소홀히해도 가물거리는 이 숨결은 꺼지고 말기 때문이다. 링에 오른 권투 선수처럼 그는 지금 상대를 똑바로 겨냥하며 팽팽하게 맞서 모든 근육은 일이 잘못됐을 때의 태세를 갖추고는 환자에게서 눈을 떼지 않았다. 그는 로잔에 다녀온 이틀 전부터, 아버지의 죽음을 일종의 구원처럼 여겼던 사실을 생각조차 할 겨를이 없었다. 그는 이 순간에 그 죽음을 물리치기 위해 안간힘을 쓰고 있는 것이다. 그는 불안한 상태에 있는 이 목숨이 자기 아버지의 것이라는 사실조차 거의 잊어버리고 있을 정도였다.

'곧 산소가 도착하겠지.' 그는 생각했다. '아직 오 분 내지 십 분은 버틸 수 있어. 산소가 오자마자…. 하여튼 동작이 자유로워야 할 텐데. 수녀도….'

"자크, 누구든지 한 사람 더 불러…. 아드리엔이나 클로틸드 누구라도 두 사람은 아버지를 붙잡아주고."

식모 방에는 아무도 없었다. 자크는 헛간으로 뛰어갔다. 그곳에는 지젤과 유모만이 있었다. 그는 순간 망설였다. 시간이 없는데….

"그래, 너도 와주어야겠어." 그는 결심한 듯 말했다. 그리고 노파를 대기실로 밀어내면서 덧붙였다. "유모는 현관에 계세요. 산소가 오면 즉시 우리한테 보내주도록 하세요."

그들이 병상에 돌아왔을 때 티보 씨는 인사불성이었다. 얼굴은 보라색이 되고 입은 크게 벌어져 있었다. 갈색 침이 입가에서 흘러나왔다.

"빨리" 하고 앙투안이 속삭이듯 말했다. "이리로 와요…."

자크는 형과 자리를 바꾸었다. 지젤은 세린 수녀 자리로 갔다.

"혀를 잡아 빼요." 앙투안은 세린 수녀에게 부탁했다. "헝겊을… 헝겊을…."

지젤은 예나 다름없이 훌륭한 간호 솜씨를 보였다. 곧, 그녀는 런던에서 이와 관련된 강의를 들었던 것이다. 환자가 옆으로 쓰러지지 않게 그녀는 손목을 잡았다. 그러고 나서 눈짓으로 앙투안의 동의를 구한 다음에 세린 수녀가 혀를 잡아 빼는 동작과 함께 팔운동을 시켰다. 자크는 다른 쪽 팔목을 잡고 같은 동작을 취했다. 그러나 티보 씨의 얼굴은 마치 목이 졸린 사람처럼 충혈되었다.

"하나둘… 하나둘…" 하고 앙투안은 리듬에 맞추어 세었다.

그때 문이 열렸다.

아드리엔이 산소 주머니 하나를 들고 뛰어 들어왔다.

앙투안은 그것을 그녀에게서 빼앗다시피 했다. 그리고 즉시 마개를 연 다음 환자의 입에다 밀어 넣었다.

일 초가 삼추三秋 같았다. 그 일 분이 다 지나기도 전에 용태는 벌써 눈에 뜨이게 좋아졌다. 조금씩 호흡이 정상을 되찾았다. 얼마 안 가서 얼굴의 충혈도 분명히 가시기 시작했다. 혈액 순환도 제 기능을 되찾았다.

환자에게서 눈을 떼지 않은 채, 안고 있는 산소 주머니를 팔꿈치로 살며시 누르고 있는 앙투안의 신호에 따라 자크와 지젤은 팔을 올리고 내리고 하던 운동을 멈추었다.

지젤에게는 퍽 어려운 순간이었다. 그녀는 기진맥진했다. 주위의 모든 것이 어지럽게 보였다. 침상으로부터 풍겨 나오는 냄새가 참을 수 없었다. 구역질이 나는 것을 참으려고 그녀는 의자 뒤를 잡으면서 한 발 물러섰다.

형제는 침대 위로 몸을 숙이고 있었다.

쿠션 위로 몸을 반쯤 일으킨 채, 산소 꼭지를 물고 있기 때문에 입을 반쯤 벌리고 있는 티보 씨는 편안한 모습으로 자고 있었다. 이렇게 상반신을 계속 곧바로 세워놓은 상태로 호흡을 유심히 살펴야만 했다. 어쨌든 급한 고비는 넘긴 셈이다.

맥을 짚어보려고 앙투안은 산소 주머니를 세린 수녀에게 건네주고 매트에 앉았다. 그때 갑자기 자신도 피로에 짓눌려 있음을 느꼈다. 맥박은 불규칙적이었고 매우 느렸다. '이렇게 편안하게 돌아가셨으면….' 하고 그는 속으로 생각했다. 이런 희망과 호흡 장애에 대항해서 벌인 처절한 투쟁 사이의 모순을 그는 아직 인식하지 못했다. 머리를 들자 지젤의 시선과 마주쳤다. 그녀에게 미소를 지어 보였다. 그는 거기에 있는 여자가 지젤이었다는 것을 생각할 겨를도 없이 그녀를 단지 하나의 도구처럼 여기고 일을 시켰던 것이다. 그런데 지젤이 거기에 있다는 것을 알게 된 순간 그것은 일말의 기쁨을 그에게 가져다주었다. 그의 시선은 다시 환자에게로 갔다. 그리고 생각했다.

'산소가 오 분만 늦게 왔더라도 모든 것은 끝장났을 것이다.'

## 6

목욕을 한 덕분에 당연히 휴식을 취할 것으로 믿었던 티보 씨는 호흡 곤란의 발작 때문에 그 휴식마저 빼앗기고 말았다. 발작은 곧 다시 시작되었다. 잠깐 잠든 사이에 환자는 더 큰 고통을 겪기 위해 힘을 저장해두었던 것 같다.

처음 발작과 두 번째 발작 사이에는 반 시간의 간격이 있었다. 그러나 내장의 고통과 신경통은 다시 더 격심해져서 발작이 소강상태를 이루는 동안에 환자는 사방으로 몸부림치며 계속 신음 소리를 냈다. 세 번째 발작은 두 번째 것이 끝난 지 십오 분쯤 뒤에 왔다. 그 뒤로 발작은 심도의 차이는 있었지만 몇 분 간격으로 왔다.

아침에 왔었고, 그리고 오후에는 여러 차례 전화를 주었던 의사 테리비에는 저녁 아홉시 조금 전에 다시 왔다. 그가 환자의 방으로 들어왔을 때 티보 씨가 어찌나 격렬하게 몸부림쳤던지 그를 붙들고 있던 사람들이 어찌할 바를 모르고 있는 것을 본 테리비에도 재빨리 그들을 거들었다. 다리를 잡으려고 했으나 잡을 수가 없었다. 그는 뒷발에 채여 바닥에 나동그라졌다. 노인에게 이러한 기력이 남아 있으리라고는 아무도 생각하지 못했다.

이런 소동이 끝나자 앙투안은 테리비에를 방구석으로 데리고 갔다. 그는 무엇인가를 말하고 싶었다. 몇 마디 주섬주섬 이야기하다가(이것도 방 안을 온통 소란스럽게 만드는 환자의 아우성 때문에 테리비에는 듣지 못했다.) 입술을 떨면서 그만두고 말았다. 테리비에는 앙투안의 얼굴 모습이 변하는 것을 보고 놀랐다. 앙투안은 되도록 다시 침착하려고 했다. 그리고 테리비에 귀에다 대고 이렇게 속삭였다.

"여보게… 저… 보다시피… 이제는 가망이 없는 것이 분명해…."

그는 테리비에를 애원하는 듯한 눈초리로 바라보았다. 테리비에로부터 구원을 기대하는 것 같기도 했다.

테리비에는 시선을 떨구었다.

"침착해야 하네." 테리비에는 말했다. "침착해야 해." 그리고서 잠시 침묵이 흘렀다. "잘 생각해보게…. 맥박은 약해. 서른 시간 전부터 배뇨가 안 돼. 요독증은 급진전되고, 발작은 계속해서 일어나고 있어…. 자네가 지쳐 있는 것도 이해할 만해. 그러나 조금만 더 참게. 임종이 멀지 않아."

앙투안은 어깨를 둥글게 움츠리고 멍하니 침대 쪽을 바라보면서 아무런 대답도 하지 않았다. 얼굴 표정은 완전히 달라졌다. 그는 얼빠진 사람 같았다. '임종이 멀지 않아….' 사실일까?

자크가 아드리엔과 나이 든 수녀를 데리고 들어왔다. 교대 시간이었다.

"오늘 밤은 나도 여러분과 함께 여기에 있겠어요. 형님을 좀 쉬게 해야겠으니까."

앙투안은 이 말을 듣고 무슨 뜻인지 알아차렸다. 이 방에서 나가면 조용히 있을 수 있다는 유혹, 다리를 쭉 뻗고 잠자면서 모든 것을 잊게 되리라는 유혹, 이런 유혹이 어찌나 강했던지 한순간 그는 테리비에의 제의를 받아들일 생각도 했다. 그러나 즉시 생각을 바꾸었다.

"아니야." 그는 단호하게 말했다. "고맙지만 사양하겠어." 그에게 그 이유를 설명할 수가 없었다. 그러나 받아들일 수 없다는 것은 가슴 깊이 느끼고 있었다. 자기 자신의 책임은 스스로 혼자 지는 것이다. 자신의 운명은 스스로가 떠맡는 것이다. 테리비에가 손을 치켜들며 만류하자 "이제, 그만해" 하며 그는 말을 이었다. "결심한 바 있으니까. 오늘 밤은 아직 손이 많아. 그리고 모두들 견딜 만한 것 같아. 자네는 뒷일을 맡아주게."

테리비에는 어깨를 으쓱했다. 그러나 이런 상태가 아직 며칠은 계속될 것 같고, 또 앙투안의 고집 앞에서는 번번이 양보해왔기 때문에 그는 결국 이렇게 말하고 말았다.

"좋아. 그러나 내일 밤은 자네가 뭐라고 해도…."

앙투안은 꼼짝도 하지 않았다. 내일 저녁이라고? 내일도 이런 발작과 이런 고함 소리를 겪어야 할까? 물론 그럴지도 모르고, 어쩌면 그럴 가능성도 크다…. 때에 따라서는 모레도. 그러지 말라는 법이 없지 않은가? …그의 시선은 동생과 마주쳤다. 자크만이 이런 고충을 알아주고 같이 나눌 수 있었다.

또다시 시작되는 고함 소리는 새로운 발작을 예고했다. 저마다 자기 자리에 가야만 했다. 앙투안은 테리비에에게 손을 내밀었다. 테리비에는 그 손을 한동안 붙잡고 있었다. 그는 '용기를 내…'라고 말하려 했으나 감히 입 밖에 내지 못했다. 그는 아무 말 없이 자리를 떴다. 앙투안은 멀어져가는 그의 뒷모습을 바라보았다. 자신도 중환자의 머리맡을 떠나면서 남편 되는 사람과 악수를 하고, 씁쓸한 미소를 띤 다음 어머니 되는 사람의 눈길을 피한 적이 한두 번이 아니며, 또 등을 돌리자마자, 지금 물러가는 테리비에의 발걸음이 그토록 홀가분해 보이듯, 나 역시 그런 해방감을 얼마나 맛보았었는가?

끊임없이 계속되던 발작이 밤 열시에는 절정에 이른 것 같았다.

앙투안은 간호하는 사람들의 용기가 줄어들고 인내심도 시들어가며 간호하는 태도도 어설프고 미진해지는 것을 피부로 느꼈다. 전에는 다른 사람들이 약해지면 약해질수록 자신은 더욱 활기를 띠곤 했었다. 그러나 지금은 정신적인 저항력이 육체의 피로를 견디어내지 못할 정도에 이른 것이다. 로잔으로 출발한 뒤로 오늘 저녁까지 나흘 동안이나 눈을 붙이지 못했다. 식사도 제대로 하지 못했다. 오늘에야 겨우, 그것도 억지로 약간의 우유를 마셨을 뿐이다. 틈틈이 냉홍차를 마셔서 몸을 지탱해왔다고 해도 과언은 아니다. 그는 점점 심각해지는 자신의 신경질을 감추기 위해 겉으로는 활기에 넘친 체했다. 실제로는 전체적으로 무기력한 감정에 짓눌려 있었지만 상황이 상황인 만큼 인내와 기대, 그리고 가장된 활동력을 발휘했다. 그러나 이런 것은 그의 근본적인 기질에 맞지 않는 것이어서 그에게는 엄청난 노력이 필요했다. 싸움은 그칠 사이 없이 되풀이되었기 때문에 어찌 되었든 집요하게 달라붙어 사력을 다할 수밖에 없었다!

밤 열한시쯤에 한 번의 발작이 끝날 무렵 네 사람은 모두 몸을 숙이고 마지막 발작을 지켜보고 있었는데, 별안간 앙투안이 몸을 일으키면서 몹시 짜증스럽다는 제스처를 해 보였다. 조금 전까지만 해도 없던 축축한 반점이 시트 위에 번져 있었기 때문이다. 또다시 신장이 왕성하게 활동을 시작한 것이다.

자크는 화가 치밀어 오르는 것을 참을 수가 없어서 잡고 있던 아버지의 손을 놓아버렸다. 자크 역시 짜증스러웠다. 요독증이 심해져서 임종이 가까워왔다고 생각했기 때문에 그나마 이렇게 서 있을 수가 있었던 것이다. 그런데 이게 뭐람? 어떻게 되는 것인지 알 수가 없었다. 그가 보기에는 이틀 전부터 죽음이 초조하게 온가미질을 하고 있는 듯했다. 그리고 태엽을 겨우 감았다고 생각할 때마다 느닷없이 풀어지곤 했다. 그러면 모든 것을 다시 감아야만 했다!

이때부터 그는 낙담을 감추려고도 하지 않았다. 발작이 그칠 때마다 그는 가까운 의자에 가 주저앉곤 했다. 그리고 무릎 위에 팔꿈치를 기대고, 두 주먹으로는 눈을 가린 채, 잠시 졸곤 했다. 그래서 발작이 시작될 때마다 주위 사람들은 그를 부르며 그의 어깨를 흔들어 깨워야만 했다. 그러면 소스라쳐 눈을 뜨곤 했다.

자정이 되기 전부터 상황은 매우 심각해졌다. 투병은 이제 더 이상 불가능할 것 같았다.

매우 격렬한 세 번에 걸친 발작이 계속해서 일어나더니 드디어 네 번째로 접어들었다.

그것은 끔찍한 일이 닥쳐올 것을 예고하는 것이었다. 지금까지보다 그 심도가 열 배는 더 되는 것 같았다. 호흡이 불안정하고 얼굴은 온통 충혈되었으며 눈은 반쯤 튀어나왔다. 팔은 수축되고 접혀져 두 손이 보이지 않았다. 그리고 턱수염 밑에는 두 손목이 오그라들어 제대로 발육이 안 된 것같이 보였다. 사지는 경련을 일으키면서 떨렸다. 근육은 뻣뻣해져 당장에라도 터질 것만 같았다. 뻣뻣해져 있는 상태가 이렇게 오래 지속되기는 처음이었다. 시간은 자꾸 가는데 격렬함은 가라앉지 않았다. 얼굴은 꺼멓게 되었다. 앙투안은 이번에야말로 죽음이 가까이 온 것을 알았다.

헐떡이는 소리가 거품을 물고 있는 입술 사이로 계속 흘러나왔다. 갑자기 두 팔이 축 늘어졌다. 이번에는 몸부림치기 시작했다.

몸부림이 어찌나 격렬했던지 그 광란을 누르기 위해서는 구속복拘束服이라도 입혀야 할 것 같았다. 앙투안과 자크는 늙은 수녀와 아드리엔의 도움을 받아 미쳐 날뛰는 환자의 손발에 매달렸다. 이리 갔다 저리 갔다 휘둘리고 휘청거리면서 마치 축구할 때의 스크럼 모양처럼 서로 부딪치고 야단법석이었다. 먼저 아드리엔이 붙잡고 있던 다리를 놓쳤다. 그러나 다시 잡을 수가 없었다. 늙은 수녀도 몸부림에 나동그라져 중심을 잃었다. 그때 다른 장딴지가 손에서 빠져나갔다. 두 다리가 자유로워지자 발버둥 치기 시작했다. 발뒤꿈치 껍질이 벗겨지면서 침대 틀을 피로 물들게 했다. 앙투안과 자크는 온몸이 땀으로 흠뻑 젖은 채 헐떡이며, 갑자기 뛰어오르는가 하면 매트 밖으로 뛰쳐나가려는 이 거대한 육체를 움직이지 못하도록 하기 위해 단단히 붙들고 있었다.

이런 미치광이 같은 광란이 진정되자(언제 그랬던가 싶을 정도로 광기는 수그러졌다), 앙투안은 환자를 침대 가운데 눕혀놓고 몇 걸음 뒤로 물러섰다. 신경이 극도로 날카로워졌기 때문에 그는 몸서리를 쳤다. 추워서 난롯가로 다가온 그는 불꽃으로 반사되는 거울 앞에서 얼굴을 들었다. 그러자 자신의 파리한 얼굴, 흐트러진 머리, 사나운 시선을 엿볼 수 있었다. 그는 홱 돌아서서 안락의자에 몸을 던졌다. 그리고 두 손으로 얼굴을 감싸고 흐느껴 울었다. 이제는 정말 지긋지긋했다…. 그나마 체내에 남아 있던 얼마만큼의 저항력도 이제는 '빨리 끝나주었으면!' 하는 미칠 것 같은 소망 하나로 집약되었다. 아직도 하룻밤, 한나절, 혹시 내일 밤까지 속수무책으로 이런 지옥 같은 꼴을 볼 바에는 차라리 모든 것이 깨끗이 끝나는 편이 낫겠다!

자크가 다가왔다. 다른 때 같으면 아마 형의 품으로 뛰어들었을 것이다. 그러나 그의 감각은 기력만큼이나 무디어져 있었다. 그리고 형이 그토록 비탄에 빠져 있는 모습을 보았을 때 자기편에서 힘을 내기는커녕 오히려 위축되고 말았다. 꼼짝도 않고 서서 지친 나머지 찌푸리고 있는 형의 눈물 젖은 얼굴을 바라보며 그는 놀라지 않을 수 없었다. 그는 형의 그런 얼굴에서 지금까지 까맣게 잊고 있던 모습, 곧 눈물 흘리고 있는 장난꾸러기의 모습을 얼핏 엿볼 수 있었다.

드디어 묘안이 떠올랐다. 이것은 지금까지 여러 번 생각해본 것이었다.

"어쨌든 형… 다른 사람한테 진찰을 부탁해보면 어때?"

앙투안은 어깨를 으쓱했다. 해결의 실마리가 조금도 보이지 않는다면 자진해서 동료 누군가를 부를 수 있지 않겠는가? 앙투안은 몇 마디 퉁명스럽게 대답했다. 그러나 자크는 알아듣지 못했다. 아버지의 고통스런 비명이 다시 시작되었기 때문이다. 이것은 다음 발작까지 잠시 쉰다는 표지였던 것이다.

자크가 발끈했다.

"그렇지만 형, 어떻게 해봐!" 그는 외쳤다. "대안이 없다니 이해할 수 없어!"

앙투안은 이를 악물고 있었다. 그의 두 눈에는 눈물이 가셨다. 그는 얼굴을 들고 거친 태도로 동생을 뚫어지게 바라보면서 중얼거렸다.

"있어. 할 수 있는 일이 **꼭 하나** 있어."

자크는 그 말의 뜻을 알아차렸다. 그는 두 눈을 똑바로 하고 꼼짝도 안 했다.

그는 동생에게 눈으로 물었다. 그러고 나서 더듬더듬 말했다.

"너는 그 일을 생각해본 적이 전혀 없니?"

자크는 매우 간략하게 있다는 시늉을 했다. 그는 형의 눈동자 속까지 들여다보았다. 이 순간이야말로 둘이 꼭 닮았다는 생각이 문득 들었다. 눈썹 사이의 주름, 실망할 때나 과단성을 보일 때의 표정, '무엇이든지 할 수 있다'는 것을 나타내는 용모에서까지.

그들은 난로 가까이 구석에 있었다. 앙투안은 앉아 있고 자크는 서 있었다. 고함 소리가 요란했는데도 불구하고 피로 때문에 녹초가 되어서 침대 옆에 무릎을 꿇고 있던 두 여자는 아무것도 듣지 못했다.

잠시 뒤 앙투안이 다시 말을 꺼냈다.

"네가 해보겠니?"

거칠고 직선적인 물음이었다. 그러나 그 목소리는 눈에 띄지 않게 떨리고 있었다. 이번에는 자크가 눈을 딴 곳으로 돌렸다. 마침내 그는 입속으로 어물어물 대답했다.

"글쎄… 나는 못 할 거야."

"나는 할 수 있어!" 앙투안은 단호하게 말했다.

그는 갑자기 일어섰다. 그러나 꼼짝도 않고 서 있었다. 그는 자크를 향해 손으로 망설이는 듯한 태도를 취하더니 몸을 숙였다.

"너는 반대하는 거니?"

자크는 주저하지 않고 조용히 대답했다.

"아니야, 형."

그들은 다시 서로를 바라보았다. 집에 돌아온 뒤로 처음으로 그들은 희열 비슷한 것을 체험했다.

앙투안은 난롯가로 다가갔다. 두 팔을 벌려 대리석판을 움켜잡았다. 그리고 등을 구부리며 타고 있는 불꽃을 물끄러미 바라보았다.

결심은 섰다. 남은 일은 실천하는 것뿐이다. 언제 할까? 그 방법은? 자크 말고는 아무도 없을 때 해야지. 곧 자정이다. 새벽 한시가 되면 세린 수녀와 레옹 팀이 올 것이다. 한시 전에는 끝내야 한다. 더 이상 간단한 일도 없다. 우선 기력이 없어지도록 사혈瀉血한다. 그러면 잠이 들 테고. 그때 늙은 수녀와 아드리엔을 교대 시간 전에 쉬라고 보낸다. 자크와 단둘이 되었을 때…. 그는 가슴을 더듬어 언제부터인가 호주머니 속에 넣어두었던 모르핀 병을 손끝으로 만져보았다. 그것은 언제부터인가? 그가 집에 돌아온 그날 아침에 넣어둔 것이다. 지금 생각하니까 테리비에와 같이 아편 약을 찾으러 아래층에 갔을 때 정말 우연히 농축된 이 용액을 가운 속에 집어넣은 것이다. 우연이라고? …왜 그랬을까? …모든 것이 처음부터 용의주도하게 짜여 있어서 오래전부터 구상해온 세부 계획을 실행만 하면 될 것 같았다.

그러나 다시 발작이 시작됐다. 발작이 끝날 때까지 기다려야만 했다. 자크는 재빠르게 자기 자리로 갔다. 앙투안은 '마지막 발작이다'라고 생각하면서 침대 곁으로 갔다. 자기를 응시하고 있는 자크의 눈에서 그는 같은 생각을 엿볼 수 있었다.

다행히 경직 기간은 먼젓번보다 길지 않았다. 그러나 경련은 마찬가지로 심했다.

환자가 거품을 내뿜으며 야단법석을 떠는 동안 앙투안은 간호 수녀에게 이렇게 말했다.

"사혈을 하면 좀 진정되겠지요. 조금 가라앉으면 왕진 가방을 가져다주세요."

효과는 즉시 나타났다. 피를 뽑아낸 티보 씨는 기진맥진해져서 잠든 것 같았다.

두 여자는 완전히 지쳐 교대 시간까지 굳이 기다리겠다고 하지 않았다. 앙투안이 권하자마자 그녀들은 그 기회를 놓치지 않고 휴식을 취하기 위해 나갔다.

앙투안과 자크 단둘뿐이다.

그들은 침대에서 멀리 떨어져 있었다. 앙투안은 아드리엔이 나가면서 반쯤 열어놓은 문을 닫으러 갔다. 자크는 자기도 모르게 벽난로까지 뒷걸음질 쳤다.

앙투안은 동생의 눈을 피했다. 지금 이 순간 그에게는 주변의 어떤 애정도 느낄 필요가 없었다. 그리고 공모자도 필요 없던 것이다.

그는 주머니 깊숙한 곳에서 니켈로 도금한 작은 케이스를 만지작거리고 있었다. 잠시 생각에 잠겼다. 그것은 다시 한번 심사숙고하는 뜻에서가 아니었다. 그는 일단 마음먹은 것을 행동에 옮기려는 순간에 다시 따져본다든가 하는 따위의 일은 절대로 하지 않는 것을 원칙으로 삼아왔다. 그러나 병환 때문에 날로 더 친숙해진 하얀 시트 속의 이 얼굴을 멀리서 물끄러미 바라보면서 이것이 마지막이구나 하는 연민과 함께 감상적인 충동에 사로잡혔기 때문이다.

시간은 또다시 흘렀다.

'발작 중이라면 이렇게까지 가슴이 아프지는 않았을 텐데.' 하고 재빨리 앞으로 나가면서 그는 생각했다.

그는 주머니에서 병을 꺼내 그것을 잘 흔든 다음 바늘을 주사기에 꽂았다. 그리고 무엇인가를 찾는 듯하더니 잠깐 손을 멈추었다. 어깨를 약간 으쓱해 보였다. 백금 바늘을 소독하기 위해 기계적으로 알코올 램프를 찾고 있었던 것이다….

자크는 아무것도 보지 못했다. 등을 굽히고 있는 형이 침대를 가리고 있었기 때문이다. 다행이었다. 그는 결심하고 옆으로 한 발 비켜섰다. 아버지는 잠들어 있는 것 같았다. 앙투안은 셔츠의 소매 단추를 끄르고 소매를 걷어 올렸다.

'왼쪽 팔에서 피를 뽑았으니까' 하고 앙투안은 생각했다. '주사는 오른쪽에 놓아야겠다.'

그는 살을 약간 잡아 올린 다음에 주사기를 들었다.

자크는 자기 입을 손으로 꽉 막았다.

바늘은 단번에 쑥 살에 꽂혔다.

아버지의 입에서 신음 소리가 나왔다. 어깨가 떨렸다. 조용한 가운데 앙투안의 목소리가 들렸다.

"움직이지 마세요… 편안하게 해드릴 테니까, 아버지 …."

'아버지에게 말하는 것도 이것이 마지막이구나.' 자크는 생각했다.

유리 주사기 안의 약은 빨리 줄지 않았다…. 만일 누가 들어온다면… 끝났나? 아니다. 앙투안은 살에 바늘을 꽂아둔 채 주사기만 살짝 뽑았다. 그리고 거기에다 약을 또 한 번 가득 채웠다. 주사약은 줄어드는 속도가 점점 더 느려졌다… 만일 누가 들어온다면… 아직 십 그램 정도 남아 있는데… 천천히도 내려간다! …아직도 몇 방울….

앙투안은 재빨리 바늘을 뽑았다. 그리고 장밋빛 물방울이 스며 있는 부어오른 부위를 닦아낸 뒤 셔츠 단추를 잠그고 먼저대로 이불을 다시 덮었다. 만일 혼자였다면 말할 것도 없이 창백해진 아버지의 이마 위에 몸을 구부려 키스라도 했을 텐데. 스무 살이 지난 이후 처음으로 아버지를 포옹하고 싶은 생각이 들었다…. 그는 다시 몸을 일으킨 다음 한 발 물러서서 기구들을 작업복 주머니에 넣었다. 그리고 모든 것이 제대로 정돈되어 있는지를 확인하려고 주위를 살펴보았다. 마침내 그는 동생 쪽으로 얼굴을 돌렸다. 태연하면서도 준엄한 빛을 띠고 있는 그의 시선은 이렇게 말하는 것 같았다.

'이제 끝났어.'

자크는 형에게 가까이 가 그 손을 잡고 그를 꽉 껴안으며 자신의 심정을 토로하고 싶었다…. 그러나 앙투안은 이미 돌아서 있었다. 그는 세린 수녀가 앉았던 낮은 의자를 끌어당겨 침대 머리맡에 놓았다. 그리고 거기에 앉았다.

환자의 팔은 이불 위에 길게 뻗어 있었다. 그 손은 시트 색깔처럼 하얀색이었다. 그리고 약간 떨고 있었다. 자침磁針이 떠는 정도였다. 하지만 약은 그 효력을 나타내기 시작해서 긴 고통에도 불구하고 얼굴 모습은 벌써 축 늘어졌다. 치명적인 이 마비로 인하여 숙면을 동반한 평온함이 찾아드는 듯했다.

앙투안은 무엇 하나 분명하게 생각할 여유가 없었다. 그는 빨라졌다 약해졌다 하는 맥박을 손으로 짚어보았다. 그의 주의력은 기계적으로 맥박을 세는 것에 집중되었다. 사십육, 사십칠, 사십팔…

조금 전에 자기가 한 행동에 대한 의식이 점점 몽롱해지고, 세상에 대한 관념도 뒤죽박죽이 되면서… 오십구, 육십, 육십일… 손목을 쥐고 있던 손끝의 힘이 빠졌다. 무감각의 세계로 빠져들어 갈 때 느끼는 무기력함과 감미로움. 망각의 파도가 모든 것을 침몰시킨다.

자크는 형을 깨우지나 않을까 해서 감히 앉지도 못했다. 피로에 지쳐 꼼짝도 못 하면서 그는 선 채로 환자의 입술에서 시선을 떼지 않았다. 입술은 시시각각으로 생기를 잃어갔다. 지금 호흡은 입술가에서 쌕쌕거리고 있을 뿐이다.

자크는 무서워져서 몸을 좀 움직여보려고 마음먹었다.

앙투안은 깜짝 놀라 침대와 아버지를 언뜻 보았다. 그리고 아버지의 손목을 슬며시 다시 잡았다.

"세린 수녀를 불러다오." 그는 잠시 침묵을 지키다가 말했다.

자크가 세린 수녀와 식모를 데리고 돌아왔을 때 호흡은 약간 규칙적인 상태로 되돌아와 있었다. 그러나 목에서는 이상야릇한 소리가 섞여 나왔다.

앙투안은 팔짱을 끼고 서 있었다. 그는 천장의 불을 켜놓았었다.

"맥박이 거의 뛰지 않고 있어요." 그는 세린 수녀가 가까이 오자 말했다.

그러나 세린 수녀는 정작 일을 당하면 의사들은 속수무책이라고 말하면서 그래서 경험이 필요하다고 뇌까렸다. 앙투안의 말에 아무 대답도 않고 이번에는 자기가 의자에 앉아 맥박을 짚어보면서 환자의 얼굴을 한참 동안 지켜보았다. 그러더니 방구석을 향해 몸을 돌리고 그렇다는 눈짓을 했다. 클로틸드는 즉시 방에서 나갔다.

헐떡거리는 소리는 심해져서 듣기에도 괴로웠다. 앙투안은 자크의 얼굴이 불안감 때문에 찌푸려지는 것을 엿볼 수 있었다. 그는 동생에게 가서 '무서워하지 말아. 아무것도 느끼지 못하시니까'라고 말해주려고 했는데, 바로 그 순간 문이 열렸다. 쑥덕거리는 소리가 들렸다. 유모가 캐미솔에 푹 파묻힌 채 클로틸드의 부축을 받으며 나타났다. 그들 뒤를 아드리엔이 따라 들어왔다. 샬르 씨는 발끝으로 살금살금 걸어서 뒤따라왔다.

신경이 날카로워진 앙투안은 모두 밖으로 나가라는 몸짓을 했다. 그러나 네 사람은 모두가 문지방에 그대로 무릎을 꿇고 앉았다. 그런데 갑자기 유모의 날카로운 목소리가 조용한 방 안에 울려 퍼지면서 환자의 헐떡거리는 소리를 뒤덮어버렸다.

**"오, 주-여… 저는 슬픈 마음으로… 당신 앞에 나옵-니다…"**

자크는 몸을 바르르 떨며 형에게 달려왔다.

"그만두게 해! 어서!"

그러다가 앙투안의 침울한 시선을 보자 그는 곧 침착해졌다.

"내버려둬." 앙투안은 중얼거리듯 말했다. 그러고는 자크 쪽으로 몸을 굽히면서 "이제 거의 마지막이야. 아무것도 못 들으셔." 전에 티보 씨가 유모에게 자기 임종 때는 머리맡에서 **임종의 기도**를 해줄 것을 엄숙하게 부탁하던 일이 생각났다. 그는 가슴이 뭉클해지는 것을 느꼈다.

수녀 둘도 침대 양옆에 이미 무릎을 꿇고 있었다. 세린 수녀는 자기 손을 환자의 손목 위에 얹었다.

**"…차-갑고 핏-기 없이 떨-리는 저의 입-술로… 이것을 마지막으로 당신의 거-룩-한 이름을 받-들 때 은-혜-로-우신 주-님, 저를 불-쌍히 여기옵소서!"**

(이십 년 동안의 복종과 희생의 생활을 감수해온 가련한 이 여인에게 그나마 남아 있는 의지력이 오늘 밤 긴장 속에서 마

지막 약속을 지킬 수 있도록 해주는 것이었다.)

**"창백하고 푹-패-인 저의 두 뺨이 여러 사-람한테 동-정-과 공-포를 자-아-낼 때 은-혜-로-우-신 주-님, 저를 불-쌍히 여기옵소서!…**

**임-종의 땀-으로 젖-은 저의 머리-털이…"**

앙투안과 자크는 아버지에게서 눈을 떼지 않았다. 입은 벌어진 채 눈꺼풀은 축 처져 반쯤 열려 있었고, 눈동자는 한곳을 응시했다. 임종인가? 여전히 손목을 잡고 있는 세린 수녀는 숨을 거두는 환자의 얼굴을 바라보면서 조금도 움직이지 않았다. 구멍 난 손풍금을 켤 때 나는 소리처럼, 기계적으로 숨차 하는 유모의 목소리가 방 안에 울려 퍼졌다.

**"망-령에 쫓-기-는 저의 상-상-력-이 극-심한 번-민 속으로 빠져 들어 갈 때 은-혜-로-우신 주-님, 저를 불-쌍히 여겨 주시옵소서!**

**저의 연-약한 마음은…"**

숨을 거두는 환자의 입은 여전히 열려 있었다. 치아에 박힌 금이 번쩍 빛났다. 삼십 초 정도 지났다. 세린 수녀는 꼼짝도 안 했다. 마침내 손목을 놓더니 앙투안을 바라보았다. 입은 여전히 멍하니 벌려 있었다. 앙투안은 즉시 허리를 굽혀 아버지의 가슴에 귀를 갖다 댔다. 이미 심장은 멎은 상태였다. 그는 움직이지 않는 이마 위에 손을 얹었다. 그리고 지금은 아무것도 느끼지 못하는 눈꺼풀을 하나씩 살며시 덮어주었다. 그는 이렇게 부드럽게 눌러주는 것이 망자를 안식의 문턱까지 인도해주기라도 하는 것처럼 손을 떼지 않고 세린 수녀를 향해 큰 소리로 말했다.

"수녀님, 손수건을…"

식모 둘이 울음을 터뜨렸다.

무릎을 꿇고 있는 샬르 씨 옆에는 유모가 하얀 웃옷 위로 쥐꼬리 같은 머리를 늘어뜨리고, 움츠리고 앉아 넋을 잃은 채 비탄에 잠겨 있었다.

"저의 영혼이 입-술가에서 영-원히 이 세상을 하-직-할 때…."

그녀를 일으킨 다음, 부축해서 데리고 나가야만 했다. 그녀는 방에서 등을 돌릴 때 비로소 모든 것을 알아차렸는지 갑자기 어린애처럼 훌쩍거리기 시작했다.

샬르 씨도 울고 있었다. 그는 자크의 팔을 붙들고 늘어져서는 마치 사기로 만든 인형처럼 고개를 흔들면서 중얼거렸다.

"자크 도련님, 이런 일이 있을 수 있다니요…."

'도대체 지젤은 어디에 있을까?' 앙투안은 그 자리에 있는 사람 모두를 밖으로 내밀면서 생각했다.

그는 방을 나오면서 아버지를 마지막으로 보기 위해 뒤돌아섰다. 몇 주일 만에 비로소 침묵이 다시 이 방을 뒤덮었다.

베개를 받치고 앉아 있는 데다가 환히 불빛을 받아 갑자기 커 보이는 티보 씨의 모습은 턱에 감은 붕대 양쪽 끝이 머리 위에 뿔 모양으로 우뚝 솟아 있어서 전설의 인물처럼 극적이고 신비스러워 보였다.

## 7

미리 약속한 것도 아닌데 앙투안과 자크는 층계참에서 만났다. 지금 집안 사람들은 잠들어 있다. 둘이 걷는 발소리는 계단

양탄자 때문에 들리지 않았다. 둘은 아무 말 없이, 멍한 상태지만 홀가분한 마음으로 자신들을 사로잡는 동물적인 안락에 몸을 맡기면서 차례로 계단을 내려왔다.

아래층에는 그들보다 먼저 내려온 레옹이 앙투안의 서재에 불을 켜놓은 다음에 찬 야식을 자기 나름대로 준비해놓았다. 그러고 나서 슬쩍 나가버렸다.

천장 불 밑에 있는 이 작은 식탁, 하얀 식탁보, 가지런히 놓인 이인분의 식사는 즉흥적인 축하연 같기도 했다. 그들은 그 식사를 못 본 척하고 싶었다. 몹시 배고파하는 것도 부끄러운 일이고 해서 슬픈 표정을 하고는 아무 말 없이 식탁에 앉았다. 백포도주는 신선했다. 빵, 냉동시킨 고기, 버터는 눈에 띄게 줄어들었다. 어느 순간에 그들의 손이 동시에 치즈 접시로 갔다.

"먼저 들어라."

"아니야, 형이 먼저."

앙투안은 남은 그뤼에르*를 둘로 나누어 자크에게 집어주었다.

"아직 싱싱하고 맛있군." 그는 변명이라도 하듯이 중얼거렸다.

이것이 그들이 주고받은 최초의 말이었다. 그들의 시선은 순간 마주쳤다.

"그럼. 이제는?" 하고 아버지의 방 쪽을 손가락으로 가리키며 자크가 물었다.

"아니야, 이제는 그만 자자. 오늘 밤에는 위층에서 할 일은

* 스위스 치즈.

아무것도 없어."

자크의 방 문턱에서 서로 헤어질 때 자크는 갑자기 생각에 잠기는 듯하더니 나지막한 목소리로 말했다.

"형도 보았을 거야. 임종 때 아버지의 입이 점점 벌어지는 것을…."

그들은 말없이 서로 바라보았다. 두 눈에는 똑같이 눈물이 가득했다.

아침 여섯시에 앙투안은 대충 휴식도 취했기 때문에 면도를 끝낸 뒤에 삼층 거실로 올라갔다.

'부고장의 겉봉 쓰는 일에는 샬르 씨가 최적임자야.' 앙투안은 다리가 저려오는 것을 풀기 위해 층계를 걸어 올라가며 생각했다. '구청에 하는 신고는 아홉시 이전에는 안 될 테고…. 그렇다면 알릴 만한 사람들한테…. 다행히 친척은 많지 않다. 잔로 댁더러 어머니 쪽을 맡아달라고 해야지. 그리고 카지미르 백모한테는 나머지를 부탁하고. 루앙의 사촌들한테 전보를 쳐야지. 친구분들한테는 내일 신문 부음란에 광고하고. 뒤프레 아버지아 장한테도 통지. 다니엘 드 퐁타냉은 뤼네빌에 있으니까 오늘 밤에 내가 편지를 써야지. 그의 어머니와 여동생은 남쪽에 가 있고. 이렇게 되면 일은 수월해지겠군…. 그런데 자크는 장례식에 참석할까? …재무위원회에는 레옹더러 전화하라고 해야지. 리스트를 만들어주어야겠다. 그리고 나는 병원에 잠깐 들르고… 필립 선생… 참, 학사원을 잊지 말아야겠군!'

"장의사에서 벌써 두 분이 오셨었어요." 아드리엔이 그에게 말했다. "일곱시에 다시 온다고 했습니다…. 그런데" 하고 그녀는 좀 당황해하며 말을 이었다. "저, 지젤 양이 편찮은 것을 아십니까?"

그들은 지젤 방의 문을 노크했다.

지젤은 누워 있었다. 눈은 열이 있어 보였고 광대뼈는 붉었다. 그러나 대단하지는 않았다. 몸이 좀 불편한 때 클로틸드의 전보를 받았는데, 이것이 첫 번째 충격의 요인이었다. 다음에는 정신없이 여행을 한 데다가, 특히 자크를 만나게 된 일이 젊은 여자의 몸에 심한 정신적 타격을 가하며 그녀의 마음을 뒤흔들어놓았던 것이다. 게다가 어젯밤에 환자의 머리맡을 떠난 뒤에 심한 경련 때문에 괴로워하다가 결국 몸져눕게 된 것이다. 그녀는 주위의 소리에 귀를 기울이며 무슨 일이 벌어지는지를 알려고 하면서도 일어날 기력이 없어 애타게 밤을 지새고 말았다.

물어보는 말에 그녀는 별로 대답을 하려 들지 않기에 앙투안은 굳이 강요하지 않았다

"오늘 아침에 테리비에가 올 테니까 좀 봐달라고 부탁할게."

지젤은 티보 씨의 방을 고개로 가리켰다. 그다지 슬픈 마음이 들지 않았기 때문에 무슨 말을 해야 할지를 몰랐다.

"그럼 이제… 끝이에요?" 그녀는 계면쩍은 듯이 말했다.

그는 대답 대신 고개를 숙였다. 그리고 '내가 그렇게 했어'라고 분명하게 말하고 싶은 생각이 문득 들었다.

"하여간 뜨거운 물로 찜질을 하게 해." 그는 아드리엔에게 일러주었다. 지젤에게는 씽긋 웃음을 지어 보인 다음 방을 나왔다.

'내가 그렇게 했어.' 하고 그는 마음속으로 되풀이했다. 그는

지금 처음으로 자기가 한 행위에 대해 여유를 가지고 생각해보았다. '잘한 일이야.' 하고 그는 생각했다. 그는 곧 명철하게 숙고해보았다. '착각하지 말자. 비열함도 있었다. 육체적인 악몽에서 벗어나고 싶은 비열함 말이다. 그러나 그렇게 함으로써 개인적인 이익이 있다 해도 삼가야 했나? 천만에!' 그는 조금도 무거운 책임을 회피한 것이 아니었다. '물론 모든 의사들에게 허용된다면 위험한 일이다…. 어떤 규범이 비록 불합리하고 비인간적일지라도 그것을 맹목적으로나마 지키는 것이 원칙상 필요한 것이다….' 규범에 대해 그것이 가지는 힘과 정당성을 인정할수록 그는 그것을 고의적으로 어겼다는 것을 더욱 시인하게 되었던 것이다. '양심과 판단의 문제다'라고 그는 생각했다. '일반적인 이야기가 아니다. 나는 다만 이렇게 말할 뿐이다. 지금의 처지에서 나는 해야 할 일을 했을 뿐이다.'

그는 아버지의 시신이 안치된 방 앞에 이르렀다. 환자를 깨우지 않기 위해 습관적으로 해왔듯이 조심스레 문을 열었다. 그런데 시신을 보자 갑자기 가슴이 뭉클해졌다. 그는 시신을 매일같이 보다시피 했지만 막상 아버지의 시신을 대하고 보니까 거기에는 좀 새롭고 당황하게 하는 그 무엇이 있었다. 그는 숨을 죽이고 문지방에 서 있었다. 생명이 없는 이 물체가 나의 아버지라니…. 두 팔은 어설프게 뻗어 있고 두 손은 얌전히 모아져 있었다. 의연한 모습. 말할 수 없이 평화로운 모습! …이 엄숙한 시신을 중심으로 주변에는 아무것도 없었다. 의자는 전부 벽을 따라 줄지어 놓여 있었다. 두 수녀는 꾸벅꾸벅 졸면서 마치 검은 옷을 걸친 조각彫刻처럼 죽은 사람의 양편에 무릎을 꿇고 있었다. 그리고 안치된 시신으로 인해 느껴지는 방의 분위기는 그야말로 장중함 그대로였다. 오스카르 티보…. 그토록 위세가 당당하고 높은 긍지가 이렇게 말없이 무력해지다니! …앙투안은 자기가 조금만 움직여도 이 고요함을 어지럽힐 것 같아 머뭇거렸다. 그는 이 고요함도 자신이 만들어낸 것이라고 마음속으로 되풀이했다. 그리고 침묵과 평화를 얻게 해준 낯익은 이 얼굴을 다정스럽게 바라보면서 씽긋 웃었다.

방에 들어오면서 그는 아직 자고 있을 줄 알았던 자크가 샬르 씨 뒤에 앉아 있는 것을 보고 깜짝 놀랐다.

샬르 씨는 앙투안을 보자 의자에서 벌떡 일어나 그에게로 왔다. 눈물로 아롱진 그의 두 눈은 안경 너머로 깜박거렸다. 그는 앙투안의 두 손을 잡고는 망자에 대해 품고 있던 애정을 어떻게 표현해야 좋을지 몰라 코를 훌쩍거리면서 한숨만 쉬었다. "정말… 정말… 좋은 분이셨는데…." 그러면서 턱으로 침대 쪽을 가리키곤 했다.

"하여튼 이런 분은 알아 모셔야 했어요." 하며 그는 가상의 반대자들에게 화라도 난 듯이 확신을 가지고 나지막하게 말을 계속했다. "그거야 그랬죠. 가끔 방약무인한 점도 있었지만… 그러나 정말 곧은 분이셨어요!" 그는 맹세라도 하듯 팔을 내밀며 말했다. "정말 옳고 그름을 가릴 줄 아는 분이셨습니다!" 하고 그는 자기 자리로 돌아가면서 말을 맺었다.

앙투안도 의자에 앉았다.

방 안의 탁한 냄새는 그에게 갖가지 추억을 불러일으켰다. 어제저녁까지만 해도 고리타분하고 약국을 연상시키는 악취를 대하다가 오늘 새로 켜놓은 촛불 냄새를 대하니까 그는 티보가家의 먼 조상으로부터 전해 온 먼지투성이의 푸른 피륙으로 짠 벽걸이의 옛날 냄새를 이제야 느낄 수 있었다. 메마른 양털 냄새, 거기에 오십 년에 걸친 마호가니 가구의 밀랍 냄새와 은은한 송진 냄새가 섞여 있었다. 그는 거울이 달린 옷장을 열면 얼마나 상쾌하고 깨끗한 속내의 냄새가 풍겨 나오는지도 알고 있었다. 또 서랍 달린 옷장을 열면 강한 장뇌 향기와 더불어 니스를 칠한 나무 냄새, 헌 신문 냄새가 코를 찔렀던 일도 기억하고 있다. 더구나 이것은 그가 어린 시절에 가까이서 그 냄새를 맡아보았기 때문에 알고 있는데—그 당시에 그것은 그가 겨우 앉을 수 있는 유일한 의자였다—두 세대에 걸쳐 사람들의 무릎에 닿아 속의 바탕천이 보일 정도로 낡아빠진 천으로 덮은 기도대*의 먼지 냄새인 것을 알고 있었다.

아무런 소리도 들리지 않았다. 촛대의 불꽃을 뒤흔들 만한 움직임조차도 없었다.

이 방에 와 있는 모든 사람들과 마찬가지로 앙투안도 망연한 마음으로 아버지의 시신을 똑바로 바라보고 있었다. 피로에 지친 머릿속에서는 희미했던 생각이 점점 자리를 굳히기 시작했다

'어제저녁까지만 해도 아버지를 나처럼 살아 있는 인간으로 만들어주던 생명이, 뭐라고? 어떻게 되었단 말인가? …사라졌다는 것인가? 아니면 다른 곳에서 살아간다는 말인가? 살아 있다면 어떤 형태로?' 정신이 혼란해져서 그는 생각을 그만두었다. '공연히 바보 같은 생각을 하는군…. 더구나 내가 죽은 사람

* 기도할 때 무릎을 올려놓는 대.

을 보는 것이 처음 있는 일도 아닌데…. **허무**라는 말보다 더 부적절한 말이 없다는 것을 나는 잘 알고 있지. 차라리 **삶의 집적**集積이라고 해야겠다. **끊임없는 발아**라고 할 수 있으니까!'

'그래… 나는 자주 이 말을 해왔지. 그런데 지금 아버지의 시신을 앞에 두고 있다 보니 뭐가 뭔지 모르겠어…. 허무라는 생각이 어쩔 수 없이 나를 사로잡아. 그 생각이 어쩌면 거의 옳은지도 모르겠군…. 결국 죽음만이 엄연하게 존재하고 있는 것이니까. 그것은 모든 것을 반박하고 모든 것을 초월한다… 어처구니없이!'

'아니야' 하고 그는 어깨를 흔들면서 다시 생각했다. '그렇게 생각해서는 안 되지…. 그것은 이런 경우에 처해서 마지못해 하는 생각이야. 그건 문제도 되지 않아! 절대로 문제도 되지 않아!'

그는 생각을 가다듬으려고 애를 썼다. 그리고 허리에 힘을 주어 일어섰다. 그러자 은밀하면서도 절실하고 격렬한 충동이 그의 마음을 사로잡았다.

그는 동생에게 따라오라는 몸짓을 하면서 복도로 나왔다.

"일을 결정하기 전에 아버지의 뜻을 알아둬야겠어. 나하고 같이 가자."

형제는 함께 아버지의 서재로 들어갔다. 앙투안은 천장의 불을 켠 다음에 벽등까지 켰다. 예전 같으면 초록색 갓이 달린 스탠드만이 켜져 있겠지만 지금 불필요한 전깃불까지 모두 켜놓으니까 방 안이 온통 휘황찬란하게 빛났다. 앙투안은 책상 앞으로 다가갔다. 호주머니에서 꺼낸 열쇠고리 소리가 침묵 속에서 맑게 울려 퍼졌다.

자크는 거리를 두고 서 있었다. 어젯밤 자신이 바로 여기, 전화 앞에 와 있었음을 그는 알아차렸다. …어젯밤이었던가? 지젤의 모습이 이 문 앞에 나타났던 것이 겨우 열다섯 시간밖에 되지 않았군….

오랫동안 절대로 들어와서는 안 되는 성역으로 여겨왔던 이 장소, 그런데 별안간 자기들의 침입을 막는 것이 아무것도 없는 이 방을 자크는 적의에 찬 눈으로 둘러보았다. 열려 있는 서랍 앞에 마치 강도처럼 웅크리고 앉아 있는 형의 모습을 보고 그는 어색한 느낌이 들었다. 아버지의 뜻, 그리고 이따위 서류 같은 것들이 자신과 도대체 무슨 상관이 있단 말인가?

그는 아무 말 없이 방을 나왔다.

다시 아버지의 시신이 있는 방으로 돌아왔다. 그는 이 방에 대해 어쩐지 향수 같은 매력을 느꼈다. 또 이곳은 삶과 몽상 사이에서 아주 평화롭게 어젯밤 대부분을 지낸 곳이기도 했다. 귀찮은 사람들의 왕래로 인해 곧 내쫓기리라는 것도 예측하고 있었다. 자기의 젊음과 감동 어린 대면을 하고 있는 이 순간을 단 일 초도 헛되게 보내고 싶지 않다는 생각이 들었다. 자기가 가는 길을 언제나 가로막아 오다가 지금 홀연히 비현실적인 세계로 난파한 전제적이었던 아버지의 시신보다 더 가슴 아프게 과거를 생각나게 하는 것은 아무것도 없었다.

살금살금 발끝으로 걸어와 문을 열고 안에 들어와서 앉았다. 순간 모든 것을 휘저어놓는 것 같더니 다시 정적이 찾아들었다. 그는 즐거운 마음으로 다시 시신을 바라보는 데 골몰할 수 있었다.

부동의 이 두뇌.

사분의 삼 세기 동안 밤낮으로 끊임없이 사상과 관념을 결합시키기에 여념이 없던 이 두뇌. 이것이 영원히 정지된 것이다. 심장도. 그러나 이 두뇌 활동의 정지야말로 자크에게는 다른 각도에서 가슴을 아프게 하는 충격이었다. 얼마나 자기 자신의 두뇌 활동이 그로 인해 고통받으며 그를 원망했던가! (밤에 수면 때문에 두뇌 활동이 정지되었을 때도 그에게는 두뇌가 마치 미친 발동기처럼 머릿속에서 끊임없이 돌고 돌아 만화경같이 지리멸렬한 환상을 모으고 있는 것을 느낄 때도 있었다. 그런 환상의 조각들이 가끔 기억에 남을 때 그는 그것을 '꿈'이라고 불렀다.) 언젠가는 그런 고통스러운 열성도 다행히 멈추어주는 날이 있겠지. 언젠가는 자신도 사고하는 고통으로부터 벗어나는 날이 있겠지. 마침내 침묵이 찾아올 테고. 그러면 그 침묵 속에서 안식을 얻을 것이고! …그는 밤새도록 자살의 매혹적인 유혹에 사로잡힌 채 산책하곤 했던 뮌헨의 강둑을 생각했다. 추억을 더듬다 보니까 음악의 어렴풋한 기억처럼 한 구절이 그때 갑자기 흘러나왔다. **'이제 곧 쉴 날이 올 거예요….'** 이것은 제네바에서 본 러시아 연극의 마지막 장면의 구절이었다. 그의 귀에는 그때 순박하고 열에 들뜬 시선에다 앳된 모습을 한 슬라브족의 여배우가 귀엽게 생긴 고개를 흔들면서 **'이제 곧 쉴 날이 올 거예요…'**라고 되풀이하던 그 목소리가 귓전을 울렸다. 꿈꾸는 듯한 억양, 피곤한 시선, 하모니카처럼 길게 뽑는 음색, 거기에는 확실히 희망의 빛보다는 체념의 그림자가 더 짙었다. **'당신은 일생 동안 즐거움이라는 것을 모르셨군요…. 하지만 참으세요, 바냐 아저씨,* 조금만 참으세요…. 이제 곧 쉴 날이 올 거예요…, 쉴 날이 올 거예요….'**

## 8

아침나절부터 조문객들의 방문이 시작되었다. 같은 집에 사는 사람들, 또 티보 씨가 여러 가지로 돌보아준 같은 동네 사람들이었다. 자크는 가까운 친척들이 오기 전에 어디론지 자취를 감추어버렸다. 앙투안은 급한 왕진 때문에 자리를 비웠다. 티보 씨가 관계했던 자선 사업 단체의 각 위원회에는 개인적인 친구들도 있었다. 조문객의 행렬은 저녁때까지 계속되었다.

샬르 씨는 자기의 '보조의자'라고 즐겨 부르던 의자를 빈소에 가져다 놓았다. 그는 몇 년 전부터 그 의자에 앉아서 일을 봐왔던 것이다. 그는 하루 종일 '고인'의 곁을 떠나려 하지 않았다. 그는 큰 촛대라든가 회양목 가지, 그리고 기도하고 있는 수녀들과 똑같이 엄숙한 장례 풍경의 한몫을 차지했다. 조문객이 들어올 때마다 그는 의자에서 내려와 손님을 향해 슬픈 표정으로 인사를 하고는 다시 의자에 올라앉곤 했다.

유모는 몇 번이나 그를 빈소에서 쫓아내려고 했다. 물론 그것은 질투심에서였다. 누구보다도 충실한 척하면서 생색내는 것이 꼴불견이었던 것이다. 그런가 하면 그녀는 안절부절못하고 있었다. 누구보다도 괴로워하고 있었기 때문이다. (어쩌면 집안에서 유일하게 괴로워하고 있는 사람일지 모른다.) 일생을 남의 집에서 살아오면서 자기 것이라고는 아무것도 없었던 그녀는 아마 생전 처음 소유한다는 감정을 체험했을지 모른다. 티보 씨야말로 그녀의 고인이었던 것이다. 그녀는 줄곧 침대

* 체호프의 희곡 「바냐 아저씨」(1897).

곁으로 갔다. 그러나 허리가 굽어 그 전부를 볼 수 없었다. 시트를 잡아당겨 주름을 펴기도 하고, 잠시 기도 문구를 중얼거리기도 했다. 뼈만 앙상하게 남은 두 손을 모으고는 고개를 저으며 믿을 수 없다는 듯이 이런 말을 되풀이하곤 했다.

"나보다 먼저 가셨어…."

자크가 돌아왔다는 것, 그리고 지젤이 곁에 있다는 사실도 감각이 무디어질 대로 무디어지고 쭈글쭈글해진 그녀의 의식의 민감한 감수성에 별로 감동을 주지 못하는 것 같았다. 두 아이들은 벌써 여러 달 동안 가정을 떠나 있었다. 그래서 그들을 생각하는 습관조차 잊어버리고 말았던 것이다. 그녀에게는 앙투안만이 안중에 있었다. 그다음으로 식모들이 중요했다. 이런 앙투안에 대해 오늘 그녀는 의외의 노여움을 품었다. 입관 시기를 정하는 문제로 그녀와 앙투안 사이에 심한 논쟁이 벌어졌던 것이다. 이런 경우에 죽은 사람은 시체가 아니고 관에 지나지 않으니까 모든 사람을 안정시키는 의미에서도 그 순간을 서두르자는 앙투안의 의견에 그녀는 결사반대였다. 어쩌면 그녀에게 남아 있는 유일한 재산, 곧 주인의 마지막 모습을 바라보는 일, 또 그 육신을 보내는 마지막 시간마저도 그가 그녀에게서 앗아가려 한다고 생각했을지 모른다. 그녀는 티보 씨의 죽음이 고인에게는 말할 것도 없고, 자신에게도 진정한 결말을 의미하는 것으로 생각하는 것 같았다. 다른 사람들의 경우, 특히 앙투안의 입장에서 본다면, 이 결말은 다른 것의 시작인 동시에 새로운 시대의 문을 여는 것이었다. 그러나 그녀에게 더 이상 미래는 없었다. 곧 과거의 붕괴는 모든 것이 송두리째 무너져버린 것이나 다름없었다.

오후 느지막하게 얼굴에 찬바람을 쐬며 기분 전환을 한 다음에, 부리나케 걸어서 집으로 되돌아온 앙투안은 수위실 문 앞에서 정식 상복 차림의 에케와 마주쳤다.

"들어가지는 않겠네. 오늘은 그저 자네 손이나 잡아볼까 해서 왔어." 하고 외과 의사는 말했다.

투리에, 노랑, 뷔카르도 이미 와서 명함을 놓고 갔다. 로아지유는 전화를 주었다. 의사 친구들이 보여준 이런 동정은 새삼스럽게 앙투안을 감격하게 했다. 아침에도 필립 선생이 몸소 위니베르시테가街로 문상을 와주었는데, 이것은 말하자면 티보 씨가 세상을 떠나서라기보다 의사 앙투안 티보가 아버지를 잃었다는 사실 때문에 지도 교수로서 조의를 표하기 위한 것이었다.

"안됐네." 에케는 신중한 목소리로 한숨을 지었다. "우리 인간은 자칫 잘못하면 죽음이란 옛 친구라고 말하기가 일쑤야. 그런데 그것은 바로 가까이 우리 집에도 찾아든단 말이야. 안 그래? 마치 우리가 그것을 전혀 만나본 적이 없다는 듯이 말이야." 그러면서 덧붙였다. "나는 죽음이 무엇인지를 알고 있어." 그는 다시 일어서면서 검은 장갑을 낀 손을 내밀었다.

앙투안은 차 있는 데까지 배웅했다.

그는 그때 비로소 일의 유착 관계가 머리에 떠올랐다…. 지금 다시 '그 모든 일'을 생각해볼 만한 여유가 없었다. 그러나 그는 '그 모든 일'이 사정은 어떠했든 간에 처음 판단했던 것보다는 더 중대하다는 것을 깨달았다. 어젯밤 자기 손으로 가책도 느끼지 않고 수행한 결정적인 행위 (그는 그것에 대해서 전적으로 잘한 일이라고 여겨왔다), 그는 그것을 한 인간의 발전에 굉장한 반향을 일으키는 본질적인 경험을 가져다준 것으로서, 그것을 합리화시켜 자기의 것으로 만들 필요성을 느꼈다. 그래서 그는 그 무게가 가중됨에 따라 자기 생각의 중심을 숙명적으로 수정하지 않으면 안 되리라는 것을 잘 알고 있었다.

그는 생각에 잠긴 채 방으로 되돌아왔다.

응접실에는 모자도 안 쓰고 목도리를 목에 감은 귀가 빨개진 소년이 기다리고 있었다. 앙투안을 보자 소년은 자리에서 일어났다. 그리고 얼굴 전체가 붉어졌다. 앙투안은 그 애가 그때 사무소의 급사였음을 알아보았다. 그는 그 뒤로 한 번도 그 형제를 찾아가보지 못한 것을 마음속으로 미안하게 생각했다.

"잘 있었니, 로베르. 이리 들어오렴. 그래, 어디가 아프니?"

로베르는 무슨 말을 하려고 입술을 우물거렸다. 그러나 너무 긴장한 탓에 이런 때 알맞은 '표현'을 찾아내지 못했다. 그러더니 외투 밑에서 오랑캐꽃 다발을 꺼냈다. 앙투안은 곧 알아차렸다. 그는 가까이 가서 꽃다발을 받았다.

"얘야, 고맙다. 이 꽃다발을 빈소에 올려놓겠다. 이렇게 생각해주니 정말 고맙구나."

"오, 그것은 루루가 생각해냈어요." 로베르는 재빨리 수정했다.

앙투안은 미소를 지으며 이렇게 물었다.

"루루는 어떻게 지내니? 그리고 너도 여전히 잘 지내니?"

"그거야 뭐 그럭저럭!…" 하고 로베르는 경쾌한 목소리로 대답했다.

그는 앙투안이 이런 날에 미소를 지으리라고는 생각지도 못했다. 서먹서먹했던 그의 마음은 곧 사라졌다. 수다를 좀 떨고 싶은 생각이 들었다. 그러나 오늘 저녁에 앙투안은 그의 수다를 들어줄 만한 마음의 여유가 없었다.

"며칠 있다가 루루와 같이 오너라. 너희가 무엇을 하고 있는지 이야기도 들을 겸. 어느 일요일에 말이다. 어때?" 두 소년을 안 지가 얼마 안 되었지만 앙투안은 그들에 대해 진정으로 애정을 품고 있었다. "약속하는 거지?" 그는 덧붙여 말했다.

로베르의 얼굴은 별안간 진지해졌다.

"약속하겠어요, 선생님."

앙투안은 아이를 현관까지 배웅해주다가 부엌에서 레옹과 이야기를 나누고 있는 샬르 씨의 목소리를 들었다.

'지껄이려는 자가 또 하나 있군.' 그는 역정스럽게 생각했다. '젠장, 빨리 끝내는 것이 좋겠군.' 앙투안은 샬르 씨를 서재로 불렀다.

샬르 씨는 춤추듯 뛰어서 방을 가로질러 훨씬 떨어진 의자 위에 가서 올라앉았다. 그의 두 눈은 한없이 슬픈 빛을 띠고 있었으나 그 웃음은 간교해 보였다.

"용건이 무엇이었지요, 샬르 씨?" 앙투안이 물었다. 그의 목소리는 부드러웠다. 그러나 그는 선 채 우편물의 겉봉을 뜯고 있었다.

"제가요?" 그는 눈썹을 치켜올리며 말했다.

'옳지.' 하고 앙투안은 읽던 편지를 접으며 생각했다. '내일 오전 중으로 병원 일이 끝나면 가봐야지.'

샬르 씨는 후들거리는 자신의 두 다리를 유심히 바라보다가 엄숙하게 말했다.

"이런 일 말입니다, 앙투안 씨. 이런 일은 있을 수 없어요."

"무슨 말이요?" 또 다른 봉투를 뜯고 있던 앙투안이 물었다.

"무슨 일이냐고요?" 상대는 앵무새같이 되물어왔다.

"무엇이 있을 수 없단 말이오?" 앙투안은 짜증스럽다는 듯이 대꾸했다.

"죽는다는 것 말입니다."

앙투안에게는 너무나 뜻밖의 대답이었다. 당황한 그는 얼굴을 번쩍 들었다. 샬르 씨의 두 눈은 눈물로 가려졌다. 그는 안경을 벗은 다음 손수건을 펴서 눈을 닦았다.

"저는 생 로크의 신부님들을 만나뵈었습니다." 그는 잠시 쉬었다가 한숨을 내쉬면서 말을 계속했다. "미사를 부탁드리고 왔습니다. 양심에 거리낌이 없도록 하기 위해서입니다. 앙투안 씨, 그것뿐이에요. 저로서는 저의 처지가 확실하게 보장될 때까지는…." 그는 계속 눈물을 흘렸는데, 그 눈물은 소나기와 같았다. 그리고 손수건으로 눈물을 닦고 나면 그것을 무릎 위에 펴서 먼저대로 얌전하게 접어 마치 지갑처럼 납작하게 해서 호주머니에 넣곤 했다.

"저는 얼마 전까지 만 프랑을 저금했었어요" 하고 그는 느닷없이 이런 말을 꺼냈다.

'아, 그랬었구나.' 앙투안은 속으로 생각했다. 그는 즉시 그의 말을 가로막았다.

"샬르 씨, 아버지가 당신을 위해 무슨 조치를 취해둘 만한 여유가 있었는지 어떤지 나로서는 아는 바 없지만 어쨌든 걱정할 것은 없어요. 내 동생과 나는 당신이 살아 있는 동안은 지금까지 우리 집에서 받아온 월급을 보장해줄 테니까."

이것은 티보 씨가 타계한 뒤 금전상의 문제를 처리하고, 상속인으로서의 거취를 분명히해야 하는 첫 번째 일거리였다. 앙투안은 이렇게 샬르 씨에게 일생을 돌보아주겠다고 약속한 것이 너무 관대하지 않았나 하는 생각이 들었다. 그리고 자신이 이렇게 일 처리를 의연하게 할 수 있는 처지에 서게 된 것을 유쾌하게 생각했다. 마침내 그의 생각은 방향이 바뀌어 지금 아버지의 재산이 어느 정도 있는지, 그리고 자기가 분배받을 몫이 얼마나 되는지를 평가해보려는 생각이 들었다. 그러나 이것에 관해서는 아무것도 정확하게 아는 것이 없었다.

샬르 씨는 부끄러워 얼굴이 새빨개졌다. 어쩌면 태연한 척하려고 그랬는지 모르지만 호주머니에서 칼을 꺼내 손톱 깎는 시늉을 했다.

"실은 연금을 부탁드리는 것은 아닙니다!" 그는 고개를 숙인 채 힘주어 말했다. 그리고 같은 투로 말을 계속했다. "목돈 말씀입니다. 그렇지요. 연금이 아닙니다!" 그러고 나서 애처로운 목소리로 말을 이었다. "앙투안 씨, 데데트 때문입니다. 당신이 수술해주신 계집아이 기억나시지요? …사실 저에게는 대를 잇는 자손이랍니다. 그래서 연금만으로는 허약한 그 아이에게 무엇을 남겨주겠습니까?"

데데트, 수술, 라셀, 햇볕이 드는 방, 작은 방구석의 육체, 용연향의 목걸이 냄새…. 앙투안은 입가에 엷은 웃음을 띠고 우편물을 내려놓으면서 건성으로 듣고 있었다. 그리고 무의식적으로 샬르 씨의 일거일동을 지켜보았다. 샬르 씨는 갑자기 홱 돌아섰다. 지금까지 칼로 손톱을 깎고 있던 샬르 씨가 갑자기 칼날을 번득이며 엄지손톱을 깎기 시작했던 것이다. 침착하게,

겁도 없이 코르크 마개를 잘라내듯 삐걱거리는 각질의 부스러기를 활 모양으로 떼어내고 있었다.

"오, 그만해 둬요, 샬르 씨!" 앙투안은 불쾌하다는 투로 말했다.

샬르 씨는 의자에서 깡충 뛰어내렸다.

"네, 네. 제 말만 해서…." 하고 그는 더듬거리며 말했다.

그러나 샬르 씨에게 이 내기는 중차대했기 때문에 최후 공격을 시도했다.

"앙투안 씨, 약간의 목돈만 있으면 더할 나위 없겠습니다. 지금 저에게 필요한 것은 목돈이니까요. 오래전부터 제 나름대로 생각을 가지고 있었습니다. 말씀드리겠습니다마는…" 하고 그는 꿈꾸는 듯 중얼거렸다. "언젠가는…" 그러고 나서 어조를 바꾸더니 무표정한 시선으로 문 쪽을 응시하면서 말했다.

"미사를 올려드려야지요. 그것도 좋아요. 그러나 제 생각으로는 고인은 아무것도 필요하지 않으실 것입니다. 그런 분은 가셔도 아무렇게나 가시지 않습니다. 제가 볼 때 일은 이미 정해져 있습니다, 앙투안 씨. 지금쯤은…" 그는 회색 머리를 흔들면서 종종걸음으로 현관까지 가서 자신 있는 태도로 반복했다. "…지금쯤은 …지금쯤은 벌써 천국에 계실 겁니다!"

샬르 씨가 나가자마자 앙투안은 상복을 가봉하기 위해 재단사를 만나야만 했다. 그는 더욱 피로를 느꼈다. 거울 앞에 이렇게 멍청하게 서 있는 일이 그의 피로를 더욱 가중시켰다.

그는 아버지 빈소로 다시 올라가기 전에 한 시간쯤 자려고 생각했다. 그런데 재단사를 배웅하려고 나가다가 현관에서 초

인종을 막 누르려고 하는 바탱쿠르 부인과 마주쳤다. 그녀는 조금 전에 만날 약속을 하려고 전화를 했다가 '끔찍한 소식'을 알게 된 것이다. 그래서 그날 하루 일을 중단하고 부랴부랴 온 것이다.

앙투안은 정중하게, 그러나 문 앞에서 그녀를 맞이했다. 부인은 그의 손을 꼭 잡았다. 그리고 큰 소리로 눈에 뜨이게 수다를 떨면서 애도의 뜻을 표해왔다.

부인이 금방 돌아갈 것 같지 않다면 이렇게 현관에 서 있게 하는 것도 어색한 일이었다. 아니나 다를까 부인은 앙투안을 한 발 뒤로 물러서게 하더니 벌써 집 안으로 들어왔다. 자크는 오후 내내 자기 방에서 나오지 않았다. 자크의 방문은 바로 옆에 있었기 때문에 앙투안은 동생이 혹시 부인의 목소리를 듣고 그녀를 알아보지나 않았을까 하는 생각이 들었다. 이런 추측은 그에게 어쩐지 불쾌하게 여겨졌다. 의연한 태도를 보이면서 그는 자리를 떠나 자기 서재의 문을 열었다. 그리고 급히 윗도리를 걸쳤다. (그때까지 그는 와이셔츠 바람이었다. 이것이 예고 없이 찾아온 부인에 대한 불쾌감을 더했다.)

지난 몇 주일 전부터 여러 가지 사정이, 아름다운 이 한자아의 관계에 약간의 변화를 가져다주었다. 부인은 어린 딸의 건강 상태를 보고한다는 구실로 전보다 훨씬 자주 그를 찾아왔었다. 딸은 지금 영국인 가정 교사와 함께 파 드 칼레에서 겨울을 지내고 있는데, 거기에 남편도 같이 가 있었다. (그 이유는 시몽 드 바탱쿠르는 서슴지 않고 자기 고장과 사냥마저 포기하고 아내가 데리고 들어온 아이하고 베르크에 거처를 정했기 때문이다. 반면 부인은 일주일에 며칠은 파리로 나올 구실을 만들어 왕래했던 것이다.)

부인은 앉으라고 권해도 마다하고 앙투안의 손을 잡을 기회만 엿보고 있었다. 그래서 눈을 가늘게 뜨고 가슴에는 한숨을 머금고 그를 향해 몸을 굽혔다. 남자들을 쳐다볼 때 부인의 시선은 언제나 입술에 갔다. 지금 그녀는 자기의 속눈썹을 통해 상대편의 시선 역시 끊임없이 자기의 입언저리로 쏠리고 있다는 것을 알았다. 그 때문에 그녀는 몹시 당황했다. 오늘 저녁 그녀는 앙투안에게서 평소보다 더 남자다운 면모를 찾아볼 수 있었다. 마치 그가 자기 모습에다가 눈에 뜨이게 정열의 빛을 보이게 하려고 결심이라도 한 것 같았다.

부인은 동정 어린 시선으로 그를 바라보며 말했다.

"얼마나 괴로우세요?"

앙투안은 뭐라고 대답해야 좋을지 몰랐다. 부인이 찾아온 뒤로 그는 애써 엄숙한 태도를 보이기는 했으나 쑥스러운 생각이 들었다. 그는 좀 음험하게 눈을 치떠 계속 부인을 살펴보았다. 부인의 가슴이 옷자락 속에서 무겁게 뛰고 있는 것이 보였다. 그의 얼굴은 갑자기 화끈 달아올랐다. 그는 고개를 들면서 아름다운 안의 시선에서 웃음을 머금고 있는 듯한 빛을 포착했다. 오늘 저녁 그녀는, 비록 본인은 그것을 겉으로 드러내지 않으려고 애를 썼지만, 어떤 욕망 같은 것, 어떤 계획, 엉뚱한 생각을 품고 있는 것 같았다.

"가장 괴로운 것은" 하고 그녀는 심란해하는 듯 말을 이었다. "일을 치르고 난 다음, 생활이 다시 시작되면서 어디를 가나 허전함을 느낄 때지요. 가끔 찾아뵈어도 괜찮겠지요?"

앙투안은 그녀의 얼굴을 뚫어지게 바라보았다. 갑자기 기분이 상한 그는 비꼬는 듯한 미소를 지으며 퉁명스럽게 말했다.

"안심하세요, 부인. 저는 아버지를 사랑하지 않았으니까요."

말을 끝내자마자 그는 후회했다. 그런 것을 말했다는 사실보다는 그렇게 생각했다는 것이 더욱 그의 마음을 아프게 했다. '어쩌면 이 몹쓸 여자 때문에 마음속에 품고 있던 말을 내뱉었는지도 모른다!' 하고 그는 생각했다.

부인은 어안이 벙벙해 있었다. 그 말의 뜻보다는 말투에 몹시 화가 났던 것이다. 그녀는 한 걸음 물러서서 잠시 마음을 가다듬었다.

"그럼!" 하고 그녀는 말했다. 그러고는 마음에도 없는 말을 늘어놓은 뒤에 마침내 그녀는 파안대소를 터뜨렸다.

장갑을 끼는 동안에, 얼굴을 찌푸리는 것 같기도 하고 미소를 짓는 것 같기도 한 애매한 주름이 그녀의 입술을 오므라들게 했다. 앙투안은 공격적인 태도를 취하고 그녀 입가의 수수께끼 같은 전율을 흥미롭게 지켜보았다. 입언저리는 연지를 너무 많이 발랐기 때문에 이것이 번져 마치 할퀸 상처 같았다. 만약 이때 그녀가 계속 파렴치한 미소를 짓고 있었다면 아마 그는 하는 수 없이 그녀를 밖으로 밀어냈을지도 모른다.

그는 자신도 모르게 부인의 옷에 배어 있던 향기로운 냄새를 들이마시고 있었다. 다시 부인의 풍만한 젖가슴이 블라우스 밑에서 헐떡거리는 것을 눈여겨보았다. 그는 벌거벗은 그녀의 가슴을 생생하게 그려보면서 몸이 오싹해오는 것을 느꼈다.

털외투 앞자락을 여미더니 그녀는 좀 더 물러서서 얼굴을 들고 스스럼없는 태도로 그를 바라보았다. 그것은 '무섭지요?'라고 물어보는 것 같았다.

그들은 서로 노려보았다. 똑같이 품고 있는 억누른 분노와 원한, 게다가 똑같은 실망을 느꼈을지 모른다. 곧 기회를 놓쳤다는 막연한 느낌. 그가 아무 말도 하지 않자 부인은 그에게서 등을 돌리더니 스스로 문을 열었다. 그리고 그를 거들떠보지도 않고 나갔다.

그녀가 나가자 문 닫히는 소리가 요란스러웠다.

그는 뒤로 돌아섰다. 그러나 서재로 돌아가는 대신 그 자리에 꼼짝도 하지 않고 가만히 서 있었다. 두 손은 땀에 젖어 있었고, 머리는 온통 뒤죽박죽되었으며, 관자놀이를 때리는 피의 고동 때문에 귀가 멍멍해져 있었다. 그러면서도 그 여자를 생각나게 하는 강한 향수 냄새를 가슴을 두근거리며 맡고 있었다. 그러다가 미친 사람처럼 다시 한번 뒤를 슬쩍 돌아보았다. 그토록 과격한 성격의 소유자인 그녀에게 마음의 깊은 상처를 입히고 나서 그녀를 다시 정복한다는 것이 얼마나 위험한 일일까 하는 생각을 하면서 스스로 마음을 가다듬었다. 그의 시선은 벽에 걸린 모자와 외투로 갔다. 손으로 슬쩍 그것들을 벗겼다. 그리고 자크의 방문 쪽으로 얼빠진 듯한 눈길을 보내면서 밖으로 나갔다.

## 9

지젤은 침대를 떠나지 않았다. 비몽사몽 상태에 있으면서 기진맥진해진 그녀는 몸을 움직이기만 하면 고통스러워지기 때문에 머리 뒤에 있는 벽을 따라 복도를 오가는 조문객의 발소리를 들으면서 그냥 멍청히 누워 있었다. 흐리멍덩한 의식 속에서도 한 가지 생각만은 또렷했다. '그를 다시 찾았다…. 집에 와 있으니까… 언제고 모습을 나타내겠지…. 아니, 곧 오겠지….' 그녀는 혹시나 하고 그의 발소리가 나기만을 기다리고 있었다. 그러나 금요일 하루가 지나갔는데도 나타나지 않았다. 토요일도 마찬가지였다.

실은 자크도 지젤 생각을 하지 않은 것은 아니다. 그녀 생각 때문에 안절부절못할 정도였다. 그러나 그녀와 단둘이 된다는 것이 너무 두려워 스스로 그 기회를 만들 결심을 하지 못하고 그냥 기회가 오기를 기다리고 있을 뿐이었다. 더구나 어제저녁부터는 사람을 만나거나 또는 누가 자기를 알아보는 것이 싫어서 아래층을 거의 떠나지 않고 있었다. 밤이 되어서야 비로소 아버지 집으로 올라갔었다. 아무도 모르게 걸어가 빈소의 한구석에 자리 잡고 앉았다가 새벽녘에 나왔다.

토요일 저녁에 앙투안이 지젤을 만나보았느냐고 지나가는 말로 물었을 때에야 비로소 그는 식사를 끝내고 나서 그녀 방을 노크해보아야겠다는 결심을 했다.

지젤은 훨씬 좋아졌다. 열도 거의 내렸다. 테리비에는 내일부터 일어나도 된다고 말했다. 그녀는 어둠침침한 방에서 잠을 청하면서 누워 있었다.

"어때?" 하고 자크는 쾌활한 투로 말했다. "안색이 좋군!" 램프 갓의 황금빛 그림자 속에서 눈이 휘둥그레져 있는 지젤의 모습은 확실히 건강해 보였다.

그는 침대 가까이에 가지 않았다. 그녀는 순간 당황하는 듯

하더니 자기편에서 먼저 손을 내밀었다. 좀 헐렁한 소맷자락으로부터 팔꿈치까지 맨살이 보였다. 그는 그녀의 손을 잡았다. 의사가 하듯이 그녀의 손을 힘없이 잡고는 만져보았다. 살갗은 몹시 뜨거웠다.

"아직 열이 좀 있는 것 같은데?"

"없어요!"

그녀는 문 쪽을 쳐다보았다. 자크는 자기가 잠시 들르기만 하겠다는 뜻을 나타내기 위해 문을 열어둔 채 들어온 것이다.

"추워? 문을 닫을까?" 그가 물어보았다.

"아니… 아무래도 좋아요."

그는 재빨리 일어나 단둘이만 있기 위해 문을 닫았다.

그녀는 입가에 웃음을 머금고 고맙다는 뜻을 표했다. 그러고 나서 베개에 머리를 파묻었다. 그녀의 머리는 윤기 없는 검은 반점같이 보였다. 초승달 모양으로 살짝 파헤쳐진 속내의의 젖가슴 부분이 드러나자 옷깃을 여미기 위해 손으로 매만졌다. 자크는 그 손목의 우아한 곡선, 속옷 차림의 젖은 모래와 같은 느낌을 주는 거무스레한 피부색을 눈여겨보았다.

"하루 종일 무엇 하고 지냈어요?" 지젤이 물었다.

"나 말이야? 아무것도 안 해. 조문 오는 사람들이 보기 싫어 처박혀 있어."

이 말을 들은 지젤은 티보 씨가 세상을 떠났다는 것과 그로 인한 자크의 슬픔을 생각했다. 그녀는 아무런 슬픔도 느끼지 못하는 자신을 나무랐다. 그런데 자크는 슬퍼하고 있을까? 자크에게 해야 할 따뜻한 위안의 말이 생각나지 않았다. 다만 아버지가 돌아가셔서 자크가 완전히 자유의 몸이 되었다는 생각

만 했다. 그리고 또 이런 생각도 했다. '그렇다면 이제 다시는 떠날 필요가 없지 않을까?'

그녀는 말을 이었다.

"밖에 좀 나가는 것이 좋을 텐데…."

"그래. 오늘은 머리가 띵해서 혼났어. 그래서 바람을 쐴까 해서 좀 나가보았지만…" 그는 머뭇거리며 말을 이었다. "신문도 살 겸해서…."

실상은 더 복잡했다. 네시쯤 되어 아무런 목적도 없는 일종의 대기 상태에 짜증이 난 자크는, 나중에 깨달은 바이지만, 무엇인가 막연한 생각에 쫓겨 몇 가지 스위스 신문을 사려고 나갔었다. 어디로 가야 할지도 모르면서….

"그곳에서는 자유로운 분위기에서 살았겠지요?" 그녀는 얼마 동안 침묵을 지키다가 물었다.

"물론."

그는 '그곳'이라는 말에 허를 찔린 것이다. 그리고 자기도 모르게 어색해하면서 거의 퉁명스러운 어조로 대답했다. 그러고 나서 즉시 후회했다. '그런데' 하며 그는 생각했다. '내가 이 집에 발을 들여놓은 뒤부터는 내가 하는 것, 내가 말하는 것, 내가 생각하는 것 모두가 거짓이다!'

그의 시선은 줄곧 자신도 모르게 램프의 불빛이 희미하게 비치고 있는 침대 쪽으로 향했으며, 털 담요 위로 쏠렸다. 담요가 어찌나 가벼웠던지 젊은 육체의 섬세한 기복, 엉덩이둘레, 뻗은 다리, 가볍게 벌린 두 무릎의 돌출 부분, 이 모든 것의 윤곽이 뚜렷이 드러났다. 그는 되도록이면 자연스러운 태도, 거리낌 없는 어조로 이야기하려고 했으나 그럴수록 점점 더 어색해짐을 스스로 느꼈다.

그녀는 "앉지 그래요!"라고 말하려다 그 순간에 그의 시선을 붙잡을 수 없게 되자 그만두고 말았다.

그는 태연한 척하려고 가구와 골동품과 금박이 번쩍이는 제단을 살펴보았다. 그리고 자신이 도착하던 날 아침에 몸을 피하려고 이곳에 왔던 일을 회상했다.

"방이 예쁘게 꾸며졌군." 자크는 상냥하게 말했다. "전에는 이 안락의자가 없었지?"

"나의 열여덟 살 생일 축하로 당신 아버지께서 주셨어요. 생각 안 나요? 메종 라피트 위층의 층계참에 있었는데. 뻐꾸기시계 밑에 말이에요!"

메종…. 착색 유리창을 통해 햇살이 모질게 쏟아지던 그 삼층의 층계참, 여름 내내 해 질 무렵이면 그곳에서 벌집을 쑤셔 놓은 듯한 소리를 내며 파리 떼가 우글거리던 일이 문득 생각났다. 또한 쇠줄이 달린 뻐꾸기시계도 생각났다. 조용한 계단에서 한 시간에 네 번. 나무로 만든 새의 이상한 울음소리를 듣곤 했었다…. 그가 멀리 나가 있는 동안에도 이처럼 그들에게는 모든 것이 조금도 달라진 것이 없었다. 다시 돌아온 뒤 자크는 자신의 일거일동에서 자신도 모르게 옛날 버릇을 그대로 간직하고 있는 것을 알고 놀라지 않았던가? 예를 들어 아래층에서 신발 흙털이개에다 발을 문지르는 버릇, 입구 문을 세차게 닫는 버릇, 전깃불을 켜기 전에 옛날대로 못 두 개에다 외투를 거는 버릇 따위… 그리고 자기 방을 왔다 갔다 하는 일거일동은 무의식적인 추억이 다시 행동으로 나타나고 있는 것은 아닐까?

지젤은 어둠 속에서 불안에 찬 그의 얼굴, 그 턱, 그 목, 두 손을 몰래 살펴보았다.

"참 건강해진 것 같네요." 그녀는 목소리를 낮추어서 말했다.

그는 돌아다보며 미소를 지었다. 어릴 때는 오히려 약해서 걱정했던 그가 이렇게 건강해졌다는 사실을 은근히 자랑하지 않을 수 없었다. 별안간 자신도 모르게—이것 또한 반사적인 것이었다—그런 것을 어렴풋하게나마 생각해낸 자신에게 놀라면서 이런 구절을 읊었다.

"**방 드 쿠이프 소령은 남달리 강한 사람이었습니다.**"

지젤의 얼굴은 즐거운 빛으로 환해졌다. 이것은 그들이 좋아하던 책 속에서 함께 수없이 읽고 또 읽은 영웅전의 한 구절이었다. 이야기는 수마트라 숲에서 전개되는 것이었는데, 네덜란드인 소령이 무서운 고릴라를 장난하듯 때려눕히는 이야기였다.

"**방 드 쿠이프 소령은 바오바브나무 그늘 아래에서 겁 없이 잠들어 버렸습니다.**" 하고 그녀는 유쾌하게 덧붙였다. 그러고는 머리를 뒤로 젖히고 눈을 감은 채 입을 벌려보였다. 왜냐하면 소령은 코를 골고 있었으니까.

그들은 웃었다. 모든 것을 잊고 그들만이 알고 있는 어린 시절의 익살스런 추억을 마음껏 즐기면서 서로 얼굴을 마주 보고 또 웃었다.

"그리고 그 호랑이 그림" 하며 그녀는 말을 이었다. "왜 오빠가 화가 나서 찢어버렸지요!"

"그래. 왜 그랬더라?"

"베카르 신부님 앞에서 내가 깔깔거리고 웃었다고!"

"기억력도 좋군, 지젤!"

"나도" 하며 그녀는 말했다. "언젠가는 새끼 호랑이를 키우고 싶다는 생각이 들었어요. 그리고 그날 저녁에 내 품 안에서 새끼 호랑이를 재우고 있다고 생각하면서 잠들어버렸어요…."

잠시 침묵이 흘렀다. 그들은 흥겨운 듯 줄곧 얼굴에 웃음을 띠고 있었다. 지젤이 먼저 심각하게 나왔다.

"하여간…" 하며 그녀가 말을 꺼냈다. "그때를 생각하면 밑도 끝도 없이 지루했던 일밖에는 떠오르지 않아요… 오빠는?…"

열이 나서 죽을 고생을 하던 지난날의 일을 회상하는 그녀의 모습은 처량해 보였다. 그리고 이런 애처로운 모습은 누워 있는 그녀의 자세, 다정한 시선, 열띤 얼굴과 잘 어울렸다.

"정말이지" 하고 그녀는 자크가 아무 대답 없이 눈살을 찌푸리는 것을 보면서도 말을 계속했다. "어린 몸으로 그런 권태를 맛본다는 것은 끔찍한 일인 것 같아요! 그러나 열네다섯 살쯤 되니까 그런 권태로움도 어디론가 사라져버렸어요. 왜 그랬는지 모르겠어요. 심적으로 이제는 권태 같은 것은 몰라요. 심지어…" ( '심지어 당신 때문에 불행하다고 생각할 때도'라고 생각했지만 입 밖에 내지는 않았다.) 그녀는 다만 이렇게 말했다. "심지어 일이 제대로 안될 때도…."

자크는 두 손을 호주머니에 넣고 아래를 보면서 잠자코 있었다. 과거에 대한 회상은 그의 마음속에 말할 수 없는 회한의 충동을 일으켰다. 지금까지의 생활을 돌이켜볼 때 거기에는 무엇 하나 이렇다 한 것을 찾아내지 못했던 것이다. 지금까지 자신의 삶의 어떤 시기, 어떤 부분을 들추어보아도 자신의 위치, 자신의 진정한 기반을 구축해본 적이 없었음을 알 수 있었다, 앙투안과 비교해볼 때. 어디를 가나 나그네 같았다. 아프리카, 이탈리아, 독일에서. 로잔에서도 마찬가지였다…. 자기 자신에 쫓기고, 사회에 쫓기고, 생활 조건에 쫓기는 신세였다…. 무엇 때문인지 모르기는 해도 분명히 자기 자신 속에서 나오는 그 무엇에 항상 쫓기는 신세였다.

"**방 드 쿠이프 소령**…" 하고 지젤은 읊기 시작했다. 그녀는 어디까지나 어린 시절의 추억에 매달리고 있었다. 왜냐하면 자기 마음을 사로잡고 있는 가까운 시기의 추억에 관해서는 아무 말도 할 수 없었기 때문이다. 읊기 시작하다가 그녀는 입을 다물어버렸다. 그런 잿더미 속에서는 불길을 솟아오르게 할 수 없다는 것을 느꼈기 때문이다.

그녀는 말없이 자크를 바라보고 있었다. 그러나 아무리 해도 수수께끼는 풀리지 않았다. 자기들 사이에 그런 일이 일어났는데도 불구하고 왜 떠났을까? 앙투안이 몇 마디 귀띔해주었지만, 그것으로는 집히는 것이 아무것도 없었다. 그래서 그녀는 몹시 당황했던 것이다. 삼 년이란 세월이 흘러가는 동안 자크는 어떻게 변한 것인까? 런던의 꽃가게에서 보내온 빨간 장미는 도대체 무엇을 뜻하는 것이었을까?

그녀는 별안간 이렇게 생각했다. '둘의 사이는 많이 변했구나!'

이번에야말로 감출 수 없는 이런 마음의 충격에 사로잡혀 혼자 중얼거렸다.

"자코, 많이 변했군요!"

웃음을 머금고 흘끗 쳐다보는 그의 눈길에서 그녀는 이런 감회에 젖어 있는 말이 그를 불쾌하게 했다는 것을 알아차렸다. 즉시 표정과 목소리를 바꾸어 그녀는 영국의 기숙사 생활에 대해 늘어놓기 시작했다.

"참 좋았어요, 그런 규율 있는 생활…. 아침에 맑은 공기를 마시며 체조를 하고 식사를 끝낸 다음, 공부에 임할 때의 그 상쾌함이란 정말 좋았어요!"

(런던 생활에서 그녀의 유일한 희망이라고는 그를 다시 만난다는 것이었음을 그녀는 말하지 않았다. 또 아침에는 용기가 생겼다가도 시시각각으로 그것이 사그라져, 저녁때가 되어 침대에 누우면 말할 수 없는 비탄에 빠지곤 했다는 사실도 말하지 않았다.)

"영국 사람들의 생활은 우리와는 달라요. 아주 매력적이지요!" 이야기의 실마리를 찾아내어 마음이 놓인 지젤은 다시 엄습해오는 침묵의 위협을 물리치기 위해 영국 이야기에 매달렸다. "영국에서는 모두가 아무것도 아닌 일에 웃어요. 그들은 우울한 생활을 철저히 배격하니까요. 그래서 많이 생각하는 것은 삼가고 그저 즐겨요. 그들에게는 모든 것이 일종의 놀이에요. 무엇보다도 생활 자체가!"

자크는 이런 수다를 듣고만 있었다. 나도 언젠가는 영국에 가야지. 러시아에도. 그리고 미국에도. 자신에게는 미래가 활짝 열려 있다. 어디라도 가서 무엇인가를 찾아야지…. 그는 유쾌한 듯 미소를 지으면서 고개를 끄덕이곤 했다. 그녀는 바보가 아니었다. 더구나 지난 삼 년이란 세월이 그녀를 퍽 성숙하게 만든 것 같았다. 그리고 더 아름답고 세련되게 했다…. 그의 시선은 또다시 그녀의 우아한 육체로 쏠렸다. 이불 밑에서 자신의 체온으로 몸을 녹인 그 육체. 그러자 갑자기 과거의 추억이 그를 사로잡았다. 그는 모든 것을 기억해냈다. 그때의 격정, 메종의 거목 밑에서의 포옹. 정말 순진한 포옹이었다. 그 뒤로 긴 세월이 지나고 신변의 많은 우여곡절을 겪은 지금에 와서도 자기 팔에 안겨 있던 그때의 풍만한 육체, 자기 입에 밀착되어 있던 그녀의 입술을 느끼는 듯했다! 순간 이성도 의지도 모두가 방향 감각을 잃었다. 못할 게 뭐람? …그는 못 견디게 그리워했던 그때와 같이 이런 생각도 해보았다. '내 것으로 만들어 결혼해버리자.' 그러나 즉시 그의 생각은 자기도 모르게 마음 속의 불투명한 그 무엇에 부딪혔다. 그것은 마음 한가운데 자리 잡고 있는 넘을 수 없는 장벽이었다.

그가 침대 속에 뻗고 있는 그녀의 발랄하고 유연한 사지를 다시 보고 있는 동안 많은 추억을 지니고 있는 그의 공상은 벌써 다른 침대 속, 이와 마찬가지로 팽팽하고 통통한 다른 육체, 그녀처럼 시트로 감싸여 있고, 마찬가지로 좁고 둥근 다른 육체의 윤곽을 상상하고 있었다. 그리고 지금 막 그의 생각을 스쳤던 욕정은 연민의 정으로 변해버렸다. 그에게는 철침대에 누워 있던 바트라이헤할의 귀여운 매춘부의 모습이 떠올랐다. 열일곱 살밖에 안 된 어린 계집아이. 왜 그런지 모르지만 죽고 싶다고만 말하던 그 계집아이는 찬장 쇠고리에 줄을 감아 목을 맨 채 축 늘어진 시체로 발견되었던 것이다. 자크는 맨 먼저 그 방에 들어간 사람 중 하나였다. 방 안을 꽉 메우고 있던 기름 타는 역한 냄새가 생각났다. 특히 생생하게 떠오르는 것은, 방구석에서 지글지글 소리 나는 프라이팬에다 계란을 깨어 넣던 젊은 여인의 넓적하고 이상야릇한 얼굴 모습이었다. 약간의 돈을 쥐여주니까 그녀는 입을 열었다. 게다가 이상하리만큼 자세한 이야기를 늘어놓았다. 자크가 죽은 여자를 잘 아느냐고 묻자 그녀는 너무나 당연하다는 듯이 이렇게 거침없이 소리 질렀다.
"무슨 말씀이세요! 나는 저 애 어미랍니다!"

이 추억담을 그는 지젤에게 들려주고 싶었다. 그러나 이것은 '저쪽'에서 일어났던 일인 데다가, 잘못하다간 꼬치꼬치 캐물을 것 같아 그만두었다….

지젤은 침대 속에 몸을 파묻은 채 눈을 살며시 뜨고 자크를 뚫어지게 바라보았다. 더 이상 참을 수가 없었다. 그녀는 줄곧 이렇게 부르짖고 싶은 것을 억제했다. "말해봐요! 지금 어떻게 된 거예요? …그리고 나는 뭐지요? 당신은 모두 잊었나요?"

자크는 두 발로 몸을 흔들면서 수심에 차 있으면서도 무심한 태도로 방 안을 왔다 갔다 했다. 자신의 시선이 지젤의 열띤 두 눈과 마주칠 때마다 무언가 견딜 수 없는 불협화음을 느꼈기 때문에 겉으로는 몹시 냉담한 척했다. 그리고 천진난만한 그 몸짓, 하얀 속옷 밖으로 목덜미와 함께 내보이는 그 순박함에 몹시 매혹되어 있으면서도, 이를 전혀 눈치채지 못하게 했다! 괴로워하는 이 소녀에 대해서 그는 오빠로서의 모든 애정을 느끼고 있었다. 그런데도 자기와 그녀 사이에는 얼마나 여러 가지 불순한 추억이 끊임없이 끼어드는가! 자기가 이렇게 나이 먹었다는 것을 느끼는 것은 얼마나 씁쓸한 일인지. 게다가 지쳐 있고 더럽혀졌으니!

"테니스는 이제 일급에 속하지?" 그는 옷장 위에 놓여 있는 라켓이 눈에 띄자 말을 딴 데로 돌리기 위해 물었다.

그녀의 감정은 돌변했다. 그러면서 자랑스러운 듯 미소를 감추지 못했다.

"보여드릴게요!"

그녀의 마음은 이내 심란해졌다. 실은 이 말이 자신도 모르게 입에서 튀어나온 것이다. "보여드릴게요…." 그런데 어디에서? 언제? …실없는 말을 했구나!….

그러나 자크는 지젤의 속마음을 전혀 눈치채지 못한 것 같았다. 지젤과의 일은 안중에도 없었다. 테니스, 메종 라피트, 흰 드레스… 클럽 입구에서 **그녀**가 살짝 자전거에서 뛰어내리던 모습…. 그런데 옵세르바투아르가街에 있는 집의 덧문은 그때 어째서 모두 닫혀 있었을까? (그날 오후 목적도 없이 집을 나온 그는 뤽상부르 공원까지 가서, 거기서 또 옵세르바투아르가까지 갔다. 땅거미가 지고 있었다. 그는 외투 깃을 올리고 빨리 걸었다. 그는 유혹에서 빨리 벗어나기 위해 오히려 그 유혹에 서둘러 몸을 맡기는 습관을 가지고 있었다. 마침내 걸음을 멈추고 흘끗 쳐다보았다. 창문이란 창문은 모두 닫혀 있었다. 다니엘이 뤼네빌에서 군복무하고 있다는 것은 앙투안에게서 들어 알고 있었다. 그렇다면 '다른 사람들은?' 별로 늦은 시간도 아닌데 덧문이…. 여하간 그런 것은 상관없다. 상관없고말고!… 그는 방향을 바꾸어 지름길을 따라 집으로 들어왔던 것이다.)

지젤은 자크의 마음이 자기에게서 얼마나 멀어졌는가를 알아차렸을까? 그를 붙들고 끌어당겨 유인하려는 듯 자기도 모르게 팔을 뻗었다.

"굉장한 바람이군!" 하고 그녀의 그런 동작을 모르는 체하면서 자크는 아주 쾌활하게 말했다. "벽난로 통풍 조절판이 흔들리는데, 신경이 안 쓰여? 잠깐 기다려."

그는 무릎을 꿇고 두 장의 아연판 사이에 헌 신문지를 끼워 넣어 고정시켰다. 그녀는 여러 가지를 피부로 느끼고 있었지만 벙어리 냉가슴 앓듯 말을 못 하고 그가 하는 일을 보고만 있었다.

"이제 됐다." 다시 몸을 일으키면서 그가 말했다. 한숨을 내쉬더니 그저 막연히 말했다. "참, 대단한 바람이군…. 빨리 겨울이 가고 봄이 오면 좋겠어…."

그는 멀리서 보낸 봄을 생각하고 있는 것이 틀림없었다. 그녀도 그의 이런 생각을 짐작했다. '오월이 되면 이렇게 해야지. 나는 그곳으로 간다.'

'그렇다면 올해 봄에' 하고 그녀는 생각했다. '저이는 나한테 어떤 자리를 마련해줄 것인가?'

벽시계가 울렸다.

"아홉시구나." 마치 갈 때를 몹시 기다렸다는 듯이 자크가 말했다.

지젤도 아홉시를 치는 시계 소리를 들었다. '얼마나 여러 날 밤을' 하고 그녀는 생각했다. '얼마나 여러 날 밤을 이 방, 램프 불빛 아래에서 그가 오기를 기다리면서 지냈던가? 시계가 오늘처럼 울리고 있었다. 자크는 자취를 감춘 뒤였고. 그런데 이제야 나타나 이 방 안, 내 곁에 있다. 그는 여기에 있다. 나와 함께 시계가 울리는 소리를 들으면서….'

자크는 다시 침대 곁으로 다가왔다.

"자," 하며 자크가 말했다. "그러면 나는 갈게, 잠이나 자도록 해."

'자크는 여기에 있다.' 하고 그녀는 자크를 더 확실하게 보려고 눈을 작게 뜨면서 마음속으로 되풀이했다. '자크는 여기에 있다! 그러나 생활도, 세상일도, 우리를 둘러싸고 있는 모든 것은 여전히 아무 일도 없는 것 같다! 무엇 하나 변한 것이 없다….' 그녀 또한 양심의 가책을 느낀 것처럼 괴로웠다. 뭐니 뭐니 해도 '딴사람'이 되지 않았다는 것, 몰라보게 '딴사람'이 되지는 않았다는 느낌마저 들었다.

그는 서둘러 나가고자 한다는 인상을 주고 싶지 않았다. 그래서 얼마 동안 침대 곁에 서 있었다. 그는 매우 평온한 마음으로 시트 밖으로 나와 있는 작은 갈색 손을 만졌다. 대마 커튼 냄새에 오늘 밤에는 새콤한 냄새까지 섞여 있는 것을 느꼈다. 게다가 그 냄새가 몸의 열기 때문에 풍기는 것이라고 생각했을 때는 좀 기분이 언짢았다. 그러나 그것이 보조 테이블 위에 놓여 있는 레몬 조각 냄새인 것을 알자 즐겁게 그 냄새를 들이마셨다.

지젤은 꼼짝도 안 하고 있었다. 눈에는 맑은 눈물이 글썽거렸다. 그녀는 눈 뜬 채로 눈물을 참고 있었다.

자크는 아무것도 못 본 체했다.

"그럼 잘 자! 내일은 완쾌될 거야…."

"어머나, 나는 별로 낫고 싶은 생각이 없어요." 그녀는 억지로 미소를 지으면서 탄식하듯 말했다.

도대체 무엇을 말하려고 그랬던가? 그것은 그녀 자신도 몰랐다. 별로 병이 낫고 싶지 않다는 그 마음, 거기에는 자신의 무기력과 내일에 대한 의욕 상실이 나타나 있었으며, 무엇보다도 그토록 기대했던 이 순간, 아쉽지만 동시에 감미로웠던 이 순간이 끝나버린다는 슬픔의 빛이 어려 있었던 것이다. 그녀는 흥분 때문에 굳어 있는 입술을 떼기 위해 안간힘을 썼다. 그리고 쾌활한 목소리로 말했다.

"자크, 와주어서 고마워요!"

그녀는 다시 한번 그에게 손을 내밀고 싶은 생각이 들었다. 그러나 그는 이미 문지방까지 가 있었다. 그는 돌아서더니 머리로 인사를 한 다음 나가버렸다.

지젤은 등불을 완전히 끈 다음에 이불 속으로 파고들었다. 심장이 무겁게 뛰었다. 두 팔을 가슴 위에 얹었다. 그 옛날에 『잘 길들여진 호랑이』 책을 가슴에 꼭 껴안고 있을 때처럼, 무엇인가 알 수 없는 아쉬움 같은 것이 가슴에 맺혀 있는 듯했다. **"성모 마리아"** 하고 그녀는 무의식적으로 중얼거렸다. **"저에게는 길잡이가 되시고 주가 되시는 성모 마리아…, 저의 모든 희망과 위안… 모든 고통과 근심을 당신께 맡기겠습니다…."** 그녀는 나이답지 않은 열의를 가지고 성모 마리아에게 기도했다. 그리고 몸에 익은 기도 노래를 함으로써 마음의 고통을 잠재우려고 했다. 그녀는 이렇게 아무 생각도 하지 않고 오직 기도할 때가 가장 행복하다고 생각했다. 두 손을 가슴 위에 올려놓고 꼭 잡고 있었다. 모든 것이 아른거리더니 꿈속으로 빠져들었다. 따뜻한 침대 속에서 꼭 껴안고 있는 것이 자기의 아기, 자기 자신만의 아기 같은 느낌이 들었다. 지금 그 아기의 요람을 만들어주기 위해 가슴을 움츠렸다. 그리고 이런 사랑의 공상에 의해서 만들어진 아기를 자기 팔로 꼭 감싸주기 위해 몸을 구부린 채 눈물을 머금고 잠이 들었다.

## 10

앙투안은 동생이 지젤 방에서 나와 자기 방으로 자러 가기를 기다리고 있었다. 그는 오늘 밤 티보 씨가 틀림없이 남겨놓았을 집안의 중요 서류를 한번 조사해보고 싶은 마음이 생겼다. 그래서 그런 예비 조사를 위해서는 오히려 혼자 있는 편이 나을 것이라고 생각했다. 그렇다고 아버지가 소유하고 있던 것으로부터 자크를 따돌리려는 의도에서 그런 것은 아니었다. 그 이유는 아버지가 눈을 감은 다음 날 아버지의 마지막 의사를 알아보려고 이 방에 왔을 때 **자크**라는 이름이 붙은 종이쪽지가 눈에 띄었는데, 그는 대강 훑어볼 시간밖에 없었지만, 얼핏 본 내용만 하더라도 당사자인 자크가 읽기에는 안 되었다는 생각이 들었기 때문이다. 같은 종류의 서류가 따로 또 있을지 모르지만 그것을 자크에게 보일 필요는 없었다. 적어도 지금은.

서재에 가기 전에 앙투안은 샬르 씨가 하는 일이 어느 정도 진전되고 있는지를 확인하기 위해 식당으로 갔다.

커다란 보조 테이블 위에는 막 도착한 나머지 몇천 장의 부고장과 봉투가 산더미처럼 쌓여 있었다. 수신자들의 주소를 열심히 쓰는 줄 알았는데, 그것이 아니고 종이 뭉치를 하나하나 열어보고 그것들을 조사하는 것 같았다.

어안이 벙벙해진 앙투안은 곁으로 갔다.

"세상 사람들은 아무래도 정직하지 못해서요." 샬르 씨는 열굴을 들며 말했다. "한 묶음이 오백 장이어야 할 텐데, 글쎄, 이 묶음은 오백세 장이고, 또 이것은 오백한 장이니." 이렇게 말하면서 그는 남은 부고장을 찢고 있었다. "이것은 별로 대수로운 일은 아니지만" 하고 그는 관대한 태도를 보이면서 말했다. "여하간 이것을 모두 받아두면 나머지 여분을 처치하기가 곤란할 테니까요."

"나머지 여분이… 어떻단 말인가요?" 앙투안은 어이가 없다는 듯 말했다.

상대는 알아들었다는 듯이 웃으면서 손가락을 치켜들었다.

"바로 그렇지요!"

앙투안은 더 이상 물어보지 않고 발길을 돌렸다. '어처구니없는 것은' 그는 미소를 지으며 생각했다. '저 인간하고 같이 있으면 잠깐 사이라도 바보가 되는 것 같단 말이야!'

서재에 들어오자 그는 방의 불을 모두 켠 다음 커튼을 치고 문을 닫았다.

티보 씨의 서류는 질서 있게 정돈되어 있었다. '사업'에 관한 것은 다른 서류함 속에 있었다. 금고 속에는 몇 장의 증권도 있었지만 옛날에 쓰던 회계 장부와 재산 관리에 관한 온갖 서류가 들어 있었다. 책상 서랍 왼쪽에는 공적인 증서류, 계약서, 현재 진행 중인 여러 안건에 관한 서류가 있고, 오른쪽, 곧 오늘 밤에 앙투안의 흥미를 끄는 쪽은 오히려 개인적인 문제에 관한 것이 들어 있는 것 같았다. 유언장을 발견한 것도 그 서랍에서였다. 그리고 같은 서류 속에 자크에 관한 서류도 있었다.

그는 그것을 어디에 두었는지 알고 있었다. 그런데 그것은 성서의 인용구에 지나지 않았다.

(신명기, 제21장 제18-21절)

만일 어떤 사람에게 고집 세고 막돼먹은 아들이 있는데 부모에게 순종하지 않고, 아무리 타일러도 듣지 않거든, 부모는 그 고장 성문께, 성읍의 장로들이 있는 곳으로 그를 데리고 가서

그 성읍의 장로들에게 호소하여라. '이 녀석은 우리 아들인데 거역하기만 하고 애만 태웁니다. 우리의 말을 전혀 듣지 않습니다. 방탕한 데다가 술만 마십시다.'

그러면 온 시민은 그를 돌로 쳐 죽일 것이다. 이런 나쁜 일은 너희 가운데서 송두리째 뿌리 뽑아야 한다. 온 이스라엘이 이 말을 듣고 두려워하게 될 것이다.

그 쪽지에는 **자크**라고 씌어 있었다. 밑에는 **방종하고 거역하는 자**라고 씌어 있었다.

앙투안은 가슴 설레면서 살펴보았다. 필적은 아버지 말년의 것이 틀림없었다. 성경 구절은 정성스럽게 정서되어 있었다. 그리고 마지막 글씨는 모두 확실한 필체로 씌어 있었다. 거기에서 앙투안은 아버지의 침착성, 숙고, 확고한 의지가 담겨 있는 것 같은 인상을 받았다. 그러나 노인이 의도적으로 이런 것을 유언장 속에 끼워 넣었다는 것 자체가 어떤 양심의 갈등과, 그렇게 한 것에 대한 정당화의 필요성 같은 것을 전하려 한 것이 아니었을까?

앙투안은 아버지의 유언장을 다시 손에 들었다.

대단한 분량이다. 페이지가 적혀 있고 장章도 나뉘어 있는 데다가 또 보고서처럼 몇 절節로 세분되어 있었다. 끝에는 목차가 적혀 있었다. 모든 것이 판지 상자 속에 들어 있었다. 날짜는 '**1912년 7월.**' 그러고 보면 티보 씨가 처음 병들어 수술하기 두서너 달 전에 만든 것이었다. 자크에 대해서는 한마디도 씌어 있지 않았다. 그냥 '나의 아들', '상속인'이라고만 적혀 있었다.

앙투안은 어제 잠깐 읽어본 한 구절인 「장례에 대해서」라고 제목이 붙은 1절을 쭉 읽어 내려갔다.

유해는 내 교구인 생 토마 다캥 성당에서 평미사 뒤에 크루이에 운구할 것. 장례식은 소년원 내內 강당에서 전원이 참석한 가운데 거행할 것. 크루이에서의 장례식은 생 토마 다캥 성당에서 한 것과 달리 위원회의 뜻에 따라 나의 유해를 영광스럽게 할 수 있도록 아주 성대한 의식을 갖추어 할 것. 묘소로 갈 때는 오랜 세월에 걸쳐 내 사업의 직책을 맡아온 사업 대표자, 그리고 또 내가 그 일원으로 뽑힌 것을 영광으로 생각하고 있는 프랑스 학사원 대표에 의해 운구되도록 할 것. 또한 규정에 어긋나지 않는다면, 레지옹 도뇌르 훈장을 받은 자의 자격으로서 지금까지 내 발언이나 글이나 표결을 통하여 옹호해온 프랑스 군대 의장병의 경례를 받게 할 것. 마지막으로 내 묘를 향해 고별 인사를 하려는 자가 있으면 누구나 제한 없이 허락해줄 것을 희망한다.

이렇게 적는 이유는 죽은 뒤에 이런 덧없는 영광을 얻자는 것이 아니라, 나는 항상 최후의 심판의 자리에 앉을 날을 생각해서 두려움을 금하지 못했기 때문이다. 그러나 명상과 기도로 확증을 체험한 지금에 와서, 나의 진정한 의무는 믿음이 없는 인간의 마음에 평온함을 부여함으로써, 만일 그것이 주님의 뜻에 따르는 것이라면 내가 죽음에 임했을 때, 내 생애를 최후의 모범으로 삼아 우리 프랑스 중산 계급에게 가톨릭 신앙과 사랑의 정신을 위해 헌신해줄 것을 부탁하는 뜻에서 생각한 것이다.

계속해서 **세부 지시**라는 조항도 있어 앙투안이 따로 해야 할 일은 아무것도 없었다. 티보 씨는 이렇게 자신의 장례식 절차에 관해 스스로 만반의 준비를 다해 놓았었다. 한 가정의 가장으로서 마지막까지 모두 지휘해 놓은 것이다. 그리고 이토록 자신의 처지에 충실하려는 의지야말로 앙투안이 볼 때는 위대한 것으로 여기지 않을 수가 없었다.

티보 씨는 부고장 문안까지도 미리 작성해 놓았기 때문에 앙투안은 있는 그대로 장의사에 전해주었다. 거기에는 면밀하게 검토한 것이 틀림없는 순서에 따라 티보 씨의 약력이 적혀 있었다. 약력 소개는 열두 줄이나 차지했다. '학사원 회원'은 대문자로 씌어 있었다. 약력은 다음과 같았다. '법학 박사. 외르 출신 전 국회의원.' 계속해서 다음과 같은 것도 씌어 있었다. '파리 교구 가톨릭사업 위원회 명예 총재, 사회정화 위원회 창립자 및 회장, 육아보호 위원회 회장, 가톨릭 중앙협의회 프랑스 담당 전 재무위원.' 또 경력 이외의 것도 적혀 있어서 앙투안을 망연자실하게 했다. '라테라노 대성당 신자회 종신회원.' 또 '생토마 다캥 성당 구내 신자회 위원 겸 교구위원장.' 그리고 이렇게 화려한 경력은 다음과 같은 훈장 목록으로 끝났다. 거기에는 레지옹 도뇌르 훈장, 또 생 그레구아르 훈장, 성녀 이자벨 훈장이 적혀 있었다. 이런 훈장은 모두 관 위에 핀으로 꽂아놓으라고 적혀 있었다.

유언장의 대부분은 앙투안이 알지 못하는 사람들 또는 사업에 관한 유증을 적은 긴 목록이었다.

지젤의 이름이 눈길을 끌었다. 티보 씨는 그가 '기른', 거의 '당신 자식'같이 생각하는 '지젤 드 베즈 양에게' 시집 보내는 비용 대신에 '백모의 노후를 보살펴준다는 조건'으로 막대한 재산을 남긴다라고 적혀 있었다. 이런 배려로 지젤은 유복한 장래를 보장받은 셈이다.

앙투안은 읽던 것을 잠시 중단했다. 그의 얼굴은 기쁨으로 상기되었다. 그렇게 이기적인 노인이 이토록 마음을 쓰면서 관용을 베푸리라고는 정말 생각하지도 못했던 것이다. 그는 지금 아버지에 대한 감사와 존경의 마음이 갑자기 복받쳐 오르는 것을 느꼈다. 이것은 다음 몇 페이지에서 더욱 그러했다. 티보 씨는 정말 사람들을 행복하게 해주려는 생각을 했던 것 같다. 식모들, 수위, 메종 라피트의 정원사 등 누구 하나도 빠뜨리지 않았던 것이다.

작은 책자 끝부분에는 각종 기금 계획이 적혀 있었는데, 그 모든 것에는 '오스카르 티보'라는 이름을 붙이도록 되어 있었다. 앙투안은 호기심을 가지고 순서 없이 살펴보았다. 프랑스 한림원에 오스카르 티보 유증 기금을 바치는데, 이것은 덕행상 주게 되어 있었다. 과연 그것은 있을 법한 일이었다. 뒤이어 오스카르 티보 상. 이것은 오 년마다 정신과학 학사원에 의해서 '매춘 퇴치 운동 및 이 문제에 대한'—이것은 대찬성이다—'…프랑스 정부의 용인을 중지시키는 데 기여한' 가장 훌륭한 저서에 주기로 되어 있었다. 앙투안은 미소를 지었다. 그는 지젤의 유증이 있는 것을 보고 자기도 모르게 마음이 관대해졌다. 더구나 그는 유언자가 끊임없이 표명했듯이 정신적인 명분을 옹호하고자 하는 희망 뒤에는 여러 곳에서 무언가 조용한 집념, 이 점에 관해서 앙투안도 젊은 나이지만 벗어날 수 없었다—곧 속세에서 오래 살려는 마음가짐을 보고 꽤 당황했다.

이런 기금 종류 중에서 가장 소박하면서 또 예상 밖의 발상이라고 할 수 있는 것은 오스카르 티보 연감 발행을 위해 상당한 금액을 보배 신부 앞으로 보낸 일이었다. 연감은 '될 수 있는 대로 대량을 인쇄해서' 이것을 '교구의 모든 문방구점과 백화점에서 아주 싼값으로 판매할 것.' 또 겉장에 '실용 농사용 달력' 이란 제목을 붙여 '일요일에 나들이할 때나 겨울철 저녁때 흥미 있는 이 일화집 한 권을 각 가톨릭 가정에 배포할 것'이라고 되어 있었다.

앙투안은 유언장을 덮었다. 그는 재산 목록을 빨리 보고 싶었다. 방대한 서류를 다시 상자 속에 넣은 그는 별로 불쾌하게 여기지 않으며 문득 이런 생각을 했다. '이렇게 관대한 아버지니까 우리한테 상당한 재산을 남겨둔 것이 틀림없겠지….'

먼저 서랍에는 또 가죽끈으로 묶인 큰 가죽 가방이 들어 있었다. 그리고 **뤼시**라는 글자가 적혀 있었다. (그것은 티보 부인의 이름이었다.)

앙투안은 마음에 좀 걸리기는 했지만 끈을 풀었다. 그렇다고 지금 와서 어찌 포기하겠는가!

먼저 눈에 뜨인 것은 별것도 아닌 잡다한 물건들. 수놓은 손수건. 작은 보석 상자, 어린 소녀의 귀걸이 두 개. 흰 구슬로 된 풀무 모양의 상앗빛 지갑 속에는 네 겹으로 접힌 고해용 용지가 한 장 있었는데, 잉크로 쓴 글씨를 알아볼 수 없었다. 또 앙투안이 지금까지 보지 못했던 색이 바랜 몇 장의 사진. 어릴 때의 어머니. 열여덟아홉 세 때의 어머니. 감상적인 것과는 그토록 거리가 먼 아버지가 이렇게 여러 가지 아내의 유품을, 더구나 가장 손쉽게 열 수 있는 서랍 속에 넣어둔 것에 그는 놀랐다. 앙투안은 옛날의 자기 어머니, 청순하고 쾌활한 소녀였던 어머니에 대해 타오르는 듯한 사모의 정을 느꼈다. 그리고 까맣게 잊고 있던 그 모습을 들여다보면서 그는 특히 자기 자신의 일을 생각했다. 티보 부인이 작고한 것은—그것은 자크가 태어나자마자였다—그의 나이 아홉 살 때였다. 당시에 그는 고집쟁이인 데다가 공부도 잘하고 자기만 아는 어린 소년이었다. 그는 또 '꽤 차가운 성격'이었다는 것도 스스로 인정했다. 이런 달갑지 않은 추억을 더듬다가 접는 손가방의 다른 칸을 뒤져보았다.

앙투안은 거기에서 같은 부피의 편지 묶음 두 개를 꺼냈다.

**뤼시의 편지**

**오스카르의 편지**

편지 뭉치는 비단 리본으로 매여 있었다. 그리고 겉봉 글씨는 기숙사생들의 특징인 이탤릭체로 씌어 있었다. 티보 씨는 죽은 아내의 책상 속에서 이 뭉치를 발견하고 이것을 소중히 보관해온 것이 틀림없다.

앙투안은 열어보려다가 좀 망설였다. 지금이 아니더라도 뒷날 읽을 때가 있겠지. 그러나 끈이 풀어진 그 편지 묶음을 치우려다가 그의 시선은 그중 편지 몇 장에 쏠렸다. 그것은 다른 것과는 달리 현실 생활이 짙게 담겨 있어서, 지금까지 짐작은 물론 예측조차 못 했던 과거의 모습이 어둠 속에서 떠올랐다.

…회의 전에 오를레앙에서 편지를 쓰겠소. 그러나 여보, 나는 오늘 밤에 당신한테 참아달라고, 또 헤어져 있는 일주일 동안의 첫날을 참아주기를 바라면서 내 마음의 온갖 설렘을 써보낼까 하오. 곧 토요일이군. 여보, 잘 자요. 꼬마 녀석을 당신 방에 데려다두도록 하오. 그렇게 하면 조금이나마 허전한 마음을 달랠 수 있을 테니까.

계속 읽어나가기 전에 앙투안은 문 쪽으로 가서 문을 잠갔다.

…여보. 나는 진심으로 당신을 사랑하고 있소. 당신이 내 곁에 없다는 것이 남의 나라의 눈보다도, 그리고 겨울보다도 더 내 마음을 얼어붙게 하는 것 같소. W. P.를 브뤼셀에서 기다리는 것은 그만두겠소. 나의 그리운 뤼시, 일요일 전에는 당신을 힘차게 포옹할 수 있겠지. 다른 사람들은 우리 둘의 비밀을 모를 거요. 지금까지 어느 누구도 우리처럼 사랑한 사람들은 없을 거요…

아버지가 자기 손으로 이런 글귀를 쓸 수 있었다는 것에 놀란 앙투안은 편지 뭉치를 다시 묶어놓을 마음이 싹 가셔버렸다.

하지만 모두가 똑같은 열정으로 씌어 있는 것은 아니었다.

…솔직히 말해서 당신 편지 중의 한마디가 나는 불만스러웠소. 뤼시, 부탁이요. 내가 없는 것을 이유로 피아노 공부에 시간을 낭비하지 말아요. 내 말을 믿어주오. 음악이 가져다주는 그러한 일종의 흥분은 젊은 사람의 감수성에 나쁜 영향을 준다오. 그것은 사람을 나태와 상궤를 벗어난 공상에 젖도록 하며, 아내로서 그 신분의 진정한 의무에서 벗어나게 할 위험이 있다오….

이따금 어조까지 신랄해졌다.

…당신은 나를 이해하지 못하고 있소. 지금까지 한 번도 나를 이해하려고 한 적이 없었음을 나는 알고 있소. 당신은 나를 이기주의자라고 비난하고 있소. 하지만 나는 삶 전체를 다른 사람들을 위해 봉사하고 있는 거라오! 만일 당신이 할 수 있다면 노아엘 신부한테 이 점에 관해서 어떻게 생각하는 것이 옳은 일인지를 물어보아요! 당신이 그 일의 진정한 뜻과 도덕적인 위대함, 그 일의 정신적인 목적을 이해할 수 있다면 나의 헌신적인 생활을 주님께 감사하며 자랑으로 여기겠소! 그런데 당신은 오히려 이 문제에 대해 비열하게 질투를 느끼고 있소. 당신은 자신의 이익만을 생각한 나머지 관리가 몹시 필요한 이 사업을 뺏으려고만 들고 있으니!…

그러나 대부분의 편지는 깊은 애정의 흔적을 보였다.

…어제도 소식이 없고 오늘도 없으니까 당신이 필요한 내 마음은 아침마다의 편지에 너무나 큰 기대를 걸고 있소. 눈을 떴을 때

이런 위안이 없으면 하루 일에 완전히 힘이 빠져버려. 할 수 없이 나는 당신이 목요일에 보내준 편지, 솔직하고 순박하며 사랑에 넘친 그 편지를 다시 한번 읽어보았다오. 오, 주께서는 내 곁에 얼마나 마음씨 고운 천사를 보내주셨던지! 당신은 사랑을 받을 만한 자격이 있는데, 내가 그만큼 해주지 못하는 것이 마음에 걸리오. 여보, 당신은 어떤 불평도 하지 않기로 결심했다는 것을 나는 알고 있소. 그러나 내 잘못을 잊어버린 척하고 당신한테 나의 후회하는 마음을 감춘다는 것이 얼마나 비열한 짓일까!

대표 일행은 대환영을 받고 있소. 더구나 나한테는 아주 명예로운 자리가 마련됐다오. 어제는 삼십인분의 만찬과 건배 등이 있었소. 나의 답사는 대성공이었다고 생각하오. 그러나 이러한 영광도 모든 것을 잊게 하지는 못하고 있다오. 여보, 회의 사이사이에 나는 당신 생각만 하고 있소. 그리고 우리의 어린 작은 놈도….

앙투안은 매우 감명을 받았다. 편지 뭉치를 제자리에 다시 내려놓는 순간 앙투안의 두 손은 떨렸다. "너희들의 고결한 어머니"라고 티보 씨는 식탁에 앉아서 무언가 아내와 관계되는 추억이 머리에 떠오를 때마다 특별한 한숨을 짓기도 하고, 비스듬히 걸려 있는 촛대를 바라보면서 이처럼 늘 똑같은 말을 되풀이하곤 했다. 이십 년 동안 아버지로부터 들어 희미하게 알고 있던 것보다 이 뜻하지 않은 잠깐 동안의 방문을 통해서 앙투안은 자기 부모의 젊은 시절에 대해서 더 자세한 것을 알게 되었다.

두 번째 서랍은 또 다른 묶음으로 가득했다.

**애들의 편지. 원아들과 수감자들.**

'대식구로구나.' 앙투안은 생각했다.

그는 이런 아버지의 과거에 대해 흐뭇함을 느꼈으나 한편 놀라지 않을 수 없었다. 티보 씨는 앙투안으로부터 받은 편지는 물론 자크의 것, 몇 통 안 되는 지젤의 편지까지도 보관해두고 그 편지들은 한데 묶어 **애들의 편지**라고 표제를 붙여 정돈해두었는데, 티보 씨가 이렇게 했으리라고 누가 상상이나 할 수 있었을까?

편지 다발 맨 위에는 어린애가 연필로 그리다시피 쓴, 날짜도 없는 최초의 편지가 펼쳐져 있었다. 이것은 어머니가 손을 잡고 써준 것이 틀림없었다.

사랑하는 아빠, 저는 아빠한테 키스합니다. 그리고 본명 침례 축하해요.

앙투안

그는 아버지가 남겨둔 이 유물을 보고 가슴이 뭉클해짐을 느꼈다. 계속 읽어 내려갔다.

**원아들과 수감자들 편지**는 별로 흥미가 없어 보였다.

이사장님,

우리는 오늘 밤 레섬*을 향해 출발합니다. 형무소를 나오게 된 지금, 베풀어주신 온갖 호의에 인사말도 드릴 기회가 없는 것을 유감으로 생각합니다….

은인이신 선생님께,

선생님께 이 글을 쓰고 서명하는 저는 덕분에 진실한 인간이 된 한 남자입니다. 그래서 저는 여기에 아버지 편지를 동봉해서 선생님의 배려를 부탁드리려고 합니다. 제 아버지 편지의 프랑스 말이나 문장에 대해서는 주의를 기울이지 말아주십시오…. 저의 어린 두 딸은 선생님을 '아빠의 대부'라고 부르며 매일 저녁 선생님을 위해 기도드리고 있습니다….

이사장님,

저는 이십육 일 전에 수감되었습니다. 그런데 저는 정당한 청원서를 냈는데도 그간 한 번밖에 판사의 취조를 받지 못했습니다….

주소가 '누벨칼레도니, 몬트라벨 형무소'로 되어 있는 한 통의 더러워진 편지는 누런 잉크로 정성껏 씌어 있었으며 다음과 같은 말로 끝났다.

…행복의 날이 오기를 기다리며 감사와 존경의 뜻을 올립니다.

죄수 4843호

* 대서양에 있는 프랑스 섬.

이런 신뢰와 감사의 뜻이 담긴 모든 증언, 이렇게 아버지에게 뻗고 있는 불행한 손들을 보고 앙투안은 감격을 금할 수 없었다.

'자크한테도 읽어주어야지.' 그는 생각했다.

서랍 구석에는 아무런 딱지도 붙어 있지 않은 작은 마분지 상자가 있었다. 그 속에는 아마추어가 찍은 것으로 보이는 사진 석 장이 끝이 말린 채 있었다. 그중 제일 큰 것은 산 풍경을 배경으로 삼십 세쯤 되어 보이는 여인이 전나무 숲 기슭에 서 있는 것이었다. 앙투안은 램프 쪽으로 몸을 굽혀 열심히 그 사진을 들여다보았으나 전혀 모르는 얼굴이었다. 리본이 달린 여자용 모자, 장식 깃이 붙어 있는 드레스, 퍼프 슬리브 등이 눈에 띄는 것으로 보아 옛날 유행을 말해주었다. 두번째 사진은 먼저 것보다 작았는데, 역시 같은 사람을 찍은 것이었다. 이번에는 모자도 안 쓴 채 어느 작은 공원 아니면 호텔의 정원 같은 데 앉아 있는 모습이었다. 벤치 아래, 곧 부인의 발밑에는 흰 복슬개 한 마리가 스핑크스처럼 웅크리고 있었다. 세번째 사진에는 개뿐이었다. 목에는 리본이 매여 있었으며, 콧등을 치켜들고 정원용 테이블 위에 우뚝 서 있었다. 마분지 상자 안에 있는 봉투 속에는 산 풍경을 배경으로 해서 찍은 큰 원판이 들어 있었다. 이름도 없고 날짜도 없었다. 자세히 들여다보니까 옆모습은 늘씬해도 사십은 넘어 보였다. 입가에 미소를 띠고 있지만 정열적이고 진지한 눈길이었다. 어딘가 매력 있는 생김새였다. 앙투안은 호기심이 생겨 뚜껑을 닫을 생각도 않고 유심히 들여다보았다. 무슨 생각이 들어서였을까? 아주 모르는 여자는 아닌 것도 같은 느낌이 들었다.

세 번째 서랍 속에는 묵은 장부만 들어 있을 뿐 거의 비어 있었다. 앙투안은 그것을 열어보지도 않고 그냥 지나칠 뻔했다. 그것은 모로코가죽으로 장정된 낡은 장부로서 티보 씨의 머리글자가 새겨져 있었다. 실제로는 한 번도 장부로 쓰인 적이 없었다.

겉장에는 이렇게 씌어 있었다.

**1880년 2월 12일 결혼 일주년을 맞이해서 뤼시로부터 받음.**

다음 페이지 중간에도 티보 씨가 역시 붉은 글씨로 썼다.

**비망록**

옛날부터 내려오는

아버지의 권위에 관한 이야기

그러나 그 제목에는 줄이 그어져 있었다. 계획을 포기했던 것이 틀림없었다. "별난 것을 다 생각해냈군." 앙투안은 혼잣말을 했다. '일 년 전에 결혼해서 아직 첫 아이도 태어나지 않았을 텐데!'

몇 장 뒤적이자 단연 호기심이 불타올랐다. 아무것도 안 쓴 페이지는 별로 없었다. 필적이 바뀐 것으로 보아 여러 해 동안 사용하지 않았던 것 같다. 그러나 처음에 앙투안이 상상하고 또 그랬으면 하고 바랐던 그런 일기장은 아니었다. 그가 보기에는 독서하면서 그때그때 모아놓은 인용 문구 같았다.

인용 문구 선택에는 상당한 의미가 있어 보였다. 그래서 앙투안은 사설탐정과 같은 눈초리로 처음 몇 페이지를 훑어보았다.

> 기존 질서를 조금이라도 개혁하는 것보다 더 무서운 일은 없다.
>
> 플라톤

> 스스로의 상태에 만족하고 지난날과 마찬가지로 언제나 변함없기를 바라며, 또 전에 살아온 것과 같이 살려고 한다. 스스로에게 만족하면서 남에게 별로 바라지 않는다.
>
> 뷔퐁

이런 인용 문구 중의 어떤 것은 아주 뜻밖의 것들이 있었다.

> 천성이 까다롭고 냉혹하며 격렬한 사람들이 있다. 그런 사람들은 그들이 대하는 모든 것에 똑같이 격렬해진다.
>
> 프랑시스코 살레지오

> 세상에는 나보다 더 진심으로 애정을 쏟아 다정하게 사랑하는 사람이 없다. 나의 경우는 숭고한 사랑이 지나친지도 모르겠다.
>
> 프랑시스코 살레지오

"사람이 매일 기도할 때는 얼굴을 붉히지 말고 사랑을 외칠 때처럼 할 수 있어야 한다."

이 마지막 말에는 주가 없고 흘림체로 쓰여 있었다. 앙투안의 생각으로는 그것은 아버지 자신의 글인 것 같았다.

티보 씨는 이 무렵부터 인용한 원문에다가 자기 자신의 사색의 결과를 써넣는 습관이 생겼던 것이다. 그래서 앙투안은 페이지를 넘기면서 그것이 곧 당초의 목적을 잃고 오로지 개인적 수상록같이 되었다는 것에 매우 흥미를 느꼈다.

처음에는 잠언의 대부분이 정치적 또는 사회적 의미를 띠고 있었다. 아마도 티보 씨는 연설 준비를 할 때마다 자기가 찾아낸 일반적인 개념 같은 것을 거기에다 적어두었던 것 같다. 앙투안은 아버지의 생각과 어투에서 '그런 것이 아닌가?…' 또는 '그래야만 되지 않을까?…'라는 아주 특징 있는 부정 의문 형태의 문구를 줄곧 대할 수 있었다.

고용주의 권위는 힘이나 다름없으므로 능력만으로도 충분하다. 그러나 그것은 그 이상의 것이 아닐까? 그러나 더 나은 생산을 위해서는 생산에 종사하는 자들 사이에 긴밀한 정신적인 유대가 이루어져야 하지 않을까? 그래서 오늘날 고용주야말로 노동자들의 정신적인 유대를 위해서는 빼놓을 수 없는 존재라고 말할 수 있지 않을까?

무산 계급은 조건의 불평등에 대해서 반항한다. 그리고 신의 뜻에 의한 훌륭한 차별에 대해 부당하다고 말한다.

오늘날 덕 있는 사람은 거의 필연적으로 재산가란 사실을 사람들은 잊어버리는 경향이 있지나 않을까?

앙투안은 이삼 년 동안의 기록을 보지 않고 건너뛰었다. 사회 전반에 걸친 관심은 점점 내면적인 사색으로 바뀐 것 같았다.

자신이 기독교인이라고 자처함으로써 이렇게 안주할 수 있는 것은 역시 세속적인 권세 때문이 아닐까?

앙투안은 미소를 지었다. '이런 유형의 교양인들은 좀 열의가 있거나 원기가 왕성하면 흔히 하층 계급의 사람들보다 더 위험하거든!….' 앙투안은 생각했다. '그들은 모든 사람들에게 강요한다. 특히 가장 선량한 사람들에게 강요한다. 그리고 진리를 주머니 속에 넣고 있다고 확신하기 때문에 그 신념을 관철하기 위해서는 어떤 일을 당해도 물러서는 법이 없다…. 무슨 일을 당해도… 나는 아버지가 당파의 이익을 위하거나 또는 사업의 성공을 위해서는 경우에 따라 하찮은 일도 서슴지 않았던 것을 알고 있다…. 만일 그것이 자기를 위한 것이라든가, 명성을 얻기 위한 것이라든가, 돈을 벌기 위한 것이었다면 절대로 하지 않았을 것이라고 확신한다!'

그는 이 페이지에서 저 페이지로 아무렇게나 읽어갔다.

이기주의를 유익하고도 정당하게 활용할 수 있는 형태는 없을까? 더 정확히 말해서 이기주의를 신앙의 목적으로 선용하는 방법이란 없을까? 예를 들어 그것으로 우리 기독교인들의 활동력과 우리들의 신앙심까지 길러주는 그런 것은?

다음에서 밝힌 그의 어떤 단정적인 생각은 티보 씨라는 인간과 그의 생애를 모르는 사람에게는 냉소적으로 여겨졌을지 모른다.

여러 가지 사업. 우리의 가톨릭 박애 사업의 위대함과 특히 비할 데 없는 사회적 효과를 이루는 것은 물질적으로 돕기 위해 분배하는 것이 오직 참는 사람들과 선량한 사람들에게만 이르고 있다는 데 있다. 또한 불만을 품거나 반항심에 불타는 자들, 요컨대 자신들의 열등 상태를 감수하지 않고 불공평과 요구 사항만을 줄곧 내뱉는 자들은 결코 지원하지 않는다는 데 있다.

참된 자선이란 타인의 행복을 바라는 것이 아니다. 주여, 우리들이 구원해야 할 사람들에 대해서 냉혹할 수 있는 힘을 갖게 해주소서.

이런 사상은 그 뒤로 몇 달 동안 계속 그의 마음을 괴롭혔던 것 같다.

모든 사람에게 냉혹할 수 있는 권리를 얻기 위해 우선 자신에 대해서 가혹해야 한다.

알려지지 않은 덕행 중에서 고생스러운 수련이 요구되는 것으로 미루어 보아 내가 오래전부터 기도할 때 강직이라고 부르는 것을 첫 번째로 꼽는 것이 타당하지 않을까?

이 구절은 흰 종이 위에 따로 쓰여 있었기 때문에 다음 말에 무서운 울림을 불어넣어 주었다.

덕행으로 인해 무조건 존경하게 할 것.

'**강직**이라!' 앙투안은 생각했다. 그는 아버지가 강직하기도 했지만 고의로 꼿꼿한 척했다는 것도 간파했다. 하기는 그러한 구속이 몰인정한 면이 없지는 않았지만 그렇다고 거기에서 어두운 미美를 찾아볼 수 없었던 것은 아니었다. '고의로 아프게 한 감성?' 앙투안은 마음속으로 물어보았다. 가끔 티보 씨는 자기 자신에 대해서, 또 그토록 고생스럽게 얻은 공덕에 대해서 괴로워한 것 같았다.

존경이 반드시 우정과 양립할 수 없는 것은 아니다. 그러나 그것이 우정을 낳게 하는 경우는 드문 것 같다. 찬탄과 사랑은 같은 것이 아니다. 덕행은 존경을 얻을 수 있지만 마음을 열게 할 수 없는 경우가 많다.

남모르는 고뇌 때문이었는지 몇 페이지 안 가서 다음과 같은 것이 씌어 있었다.

덕이 있는 사람에게는 친구가 없다. 하느님은 은혜를 입은 사람들을 그에게 보냄으로써 그를 위로해주시는 것이다.

여기저기—물론 그것은 많은 예는 아니었지만—인간적인 외침이 울려 퍼져 앙투안을 어리둥절하게 만들었다.

사람은 천성적으로 선을 행하지 않는다. 그것이 절망 때문이라 할지라도, 적어도 악을 저지르지 않도록 해야 한다.

'이 모든 것에는 무엇인가 자크와 같은 점이 있구나.' 하고 앙투안은 생각했다. 물론 어떤 점이 그러하다고 분명히 말할 수는 없었다. 하지만 똑같이 수축된 감수성, 똑같이 본능적으로 난폭함을 감추고자 하는 것, 여러 가지 거친 점…. 자크의 모험적인 성격에 대한 아버지의 증오심도 실은 두 사람이 성격적으로 어딘지 모르게 닮은 점이 있어서 더 심했던 것이 아니었을까 하는 생각도 해보았다.

여러 가지 사유는 '악마의 함정'이란 표현으로부터 시작되었다.

악마의 함정. 진리를 추구하려는 것. 자신감이 넘친 나머지 기둥을 흔들다가 집 전체를 무너뜨리기보다는, 확신이 흔들리는 경우가 있더라도 자신에게 충실하려는 마음가짐으로 계속 밀고 나가는 편이 어려움이 뒤따르기는 해도 더 용기 있는 처사가 아닐까?

**일관성 있는 정신.** 이것은 진리를 구하는 정신보다 더 훌륭한 것이 아닐까?

악마의 함정. 자신의 교만을 숨기는 것은 겸허한 것과는 다르다. 자신의 결점을 숨기려고 거짓말을 하고 스스로를 약하게 만드는 것보다는 차라리 스스로 정복하지 못한 그 결점을 그대로 보여주면서 그것을 하나의 힘으로 삼는 편이 훨씬 좋은 것이다. (교만, 허영, 겸허, 이런 말들은 페이지마다 들어 있었다.)

악마의 함정. 스스로를 별 볼 일 없는 인간이라고 자처하면서 자신을 낮추는 일, 이것도 교만을 가장하는 것이 아닐까? 중요한 것은 자신에 대해서 침묵을 지키는 것이다. 그러나 이것도 그나마 자기에 대해서 잘 말해줄 것이라는 확신이 없는 한 인간에게는 어려운 일이다.

앙투안은 다시 미소를 지었다. 그러나 그의 입언저리는 곧 비웃음으로 굳어버렸다.

다음과 같은 평범한 생각이 티보 씨의 손으로 쓰여졌다는 것을 알았을 때는 무척 우울한 생각이 들었다.

인간의 삶에는—설사 그것이 성인의 삶일지라도—매일 거짓말을 하지 않는 경우가 있을까?

그건 그렇고—점점 늙어가는 아버지에 대한 추억 속에서 앙투안이 상상했던 것과는 달리—확신으로 가득 차 있던 티보 씨의 마음이 해가 거듭될수록 더욱 평정을 잃어가고 있었던 것 같다.

한 인생의 효율, 한 인간의 계획의 한계, 그런 계획의 가치는 우리들이 생각하는 것 이상으로 정신적인 삶에 의해 지배되고 있다. 사람들 중에는 곁에 사랑하는 사람의 정열만 있으면 훌륭한 업적을 남겼을 것이라고 생각하는 사람이 많다.

이따금 은밀한 고통 같은 것도 짐작할 수 있었다.

실제로 범하지 않은 실수가 경우에 따라서는 한 사람의 성격에 실제의 범죄와 같은 정도의 변화를 일으켜서 그 내적 생활에 같은 정도의 피해를 주는 것은 아닐까? 거기에는 여러 가지가 있을 수 있다. 후회의 고통까지도.

악마의 함정. 이웃에 대한 사랑과 어떤 사람에게 다가가 그들과 접할 때 느끼는 감흥을 혼동하지 말 것…

이 조항은 마지막 행의 반쯤에서 끝났는데, 나머지 부분은 줄을 그어 지워버렸다. 그러나 완전히 지워지지 않았기 때문에 앙투안은 지운 자국을 통해 다음과 같은 말을 읽을 수 있었다.

…젊은 사람들이거나 어린아이들일지라도.

그리고 여백에 연필로 이렇게 써놓았다.

7월 2일, 7월 25일, 8월 6일, 8월 8일, 8월 9일.

몇 페이지 뒤에서는 어조가 달랐다.

오 하느님, 당신은 저의 비참함과 저의 무능을 알고 계십니다. 저는 당신의 용서를 받을 만한 자격이 없습니다. 왜냐하면 저는 저 **자신**의 죄에서 벗어나지 못했고 또 벗어날 수 없기 때문입니다. 제발 악마의 함정을 피할 수 있도록 저의 의지를 굳건히 해 주옵소서.

앙투안은 아버지가 광기를 부리던 당시에, 그것도 두 번씩이나 뱉어낸 파렴치한 말을 갑자기 생각했다.

신을 향해 빈번히 호소했기 때문에 자성自省의 글은 중단되곤 했다.

주여, 당신이 사랑하는 이 몸은 지금 병들어 있습니다!

주여, 저를 지켜주소서. 만일 주께서 저를 버리신다면 저는 당신을 배반할지도 모르니까요!

앙투안은 몇 장을 넘겼다.
여백에 연필로 쓴 날짜—'95년 8월'—가 주의를 끌었다.

사랑하는 여인의 마음. 책상 위에 친구의 책이 아무렇게나 놓여 있다. 페이지 사이에 신문을 두르는 종이띠가 끼여 있다. 그런데 오늘 아침 누가 이렇게 일찍 왔을까? 어제저녁에 그 사람의 블라우스에 꽂혀 있던 것과 똑같은 수레국화가 책갈피 대신 에 끼여 있다.

1895년 8월? 어리둥절해진 앙투안은 추억을 더듬어보았다. 1895년이라면 그가 열네 살 때였다. 아버지가 식구 모두를 데리고 샤모니* 근처로 갔던 해다. 호텔에서라도 만났을까? 복슬개를 데리고 있는 부인의 사진이 곧 생각났다. 어쩌면 뒤에 어떤 해명이 나오지 않을까? 그러나 '사랑하는 사람'에 대해서는 그 이상 아무 말도 없었다.

그런데 거기에서 몇 페이지 안 가서 한 송이의 꽃이,—혹시 수레국화가 아닐까?—납작하게 말라버린 꽃이 고전적 인용 문구와 함께 발견되었다.

그녀에게는 완벽한 친구가 될 수 있는 점이 있다. 곧 우정 이상으로 생각하게 하는 것이 있다.

라 브뤼예르

그리고 같은 해 12월 31일 날짜로 예수교파 졸업생다운 다음과 같은 말이 결론으로 쓰여 있었다.

"Sœpe venit magno fœnore tardus amor."**

* 알프스 몽블랑 기슭에 있는 도시로 여름에는 등산, 겨울에는 스키로 유명한 관광 도시.

** 라틴어로 '늦게 핀 사랑이야말로 무서운 힘을 가지고 우리를 사로잡는다'라는 뜻.

앙투안은 1895년 여름 방학 때의 일을 생각해보았으나 퍼프 슬리브와 복슬개에 대해서는 전혀 기억이 나지 않았다.

오늘 저녁에 끝까지 읽는 것은 불가능했다.

더구나 티보 씨는 사업계에서 저명인사가 된 뒤로 여러 가지 복잡한 일이 생기다보니 최근 십 년 내지 십이 년 동안에는 쓰는 습관을 점점 잃어간 것 같았다. 쓸 수 있는 여가라고는 고작 여름 휴가뿐인 것 같았다. 신앙에 관한 인용 문구는 다시 매우 많아졌다. 마지막으로 기록한 날짜는 '1909년 9월'로 되어 있었다. 말하자면 자크가 집을 나간 뒤와 병환 중에는 한 줄도 쓰지 않았던 것이다.

마지막 몇 장 중 한 페이지에는 지금까지보다 훨씬 힘없는 필치로 이런 깨달음 같은 감상이 적혀 있었다.

> 사람이 여러 가지 명예를 얻었을 때는 이미 그럴 만한 가치가 없어진 다음이다. 그러나 하느님은 인간이 모든 것을 없애고, 마침내 온갖 즐거움과 온갖 인자함의 원천을 시들게 하는 자기 경멸의 마음을 감내하게 하기 위해 자비로우신 마음에서 그것을 과분하게 주시려고 하는 것이 아닐까?

노트의 마지막 몇 장에는 아무것도 씌어 있지 않았다.

끝의 표지 이면에 작은 주머니를 만들어놓았는데, 그 속에 옛날 서류가 구겨져 끼여 있었다. 앙투안은 거기에서 어릴 때의 지젤의 재미있는 사진 두 장, 일요일 날짜마다 모두 표시를 한 1902년 달력, 연보라색 종이에 쓴 편지를 꺼냈다.

1906년 4월 7일

친애하는 W.X. 99,

당신이 자신에 대해서 말씀하신 것, 그것은 저 자신에 대해서도 말씀드릴 수 있는 것이라고 생각합니다. 그렇습니다. 저는 왜 그런 짓을 했는지, 제대로 교육을 받은 제가 왜 그런 광고를 낼 마음이 생겼는지 저 자신도 모르겠습니다. 그리고 당신 자신이 신문에서 구혼 광고를 보시고 정말 수수께끼로 가득 차 있는, 안면도 없는 사람의 머리글자만 보고 편지를 쓸 마음이 생긴 사실에 놀란 것과 마찬가지로 저도 오늘 놀랐습니다. 실은 저도 독실한 가톨릭 신자이며 신앙의 길을 굳게 지키면서 단 하루도 그것을 거역한 일이 없는 사람입니다. 그런데 이렇게 이상하게 된 것은 적어도 저에게는 이것이 하느님의 뜻인 것같이 생각되며, 제가 광고를 내고 당신이 그것을 보시고 나서 그것을 오려냈다는 그 순간의 마음가짐도 결국 주님의 뜻같이 여겨집니다. 솔직히 말씀드려 제가 홀몸이 된 칠 년 전부터 저는 그동안의 생활을 통해 애정 결핍 때문에 무척 고통을 받아왔습니다. 더구나 자식이 없다 보니 저한테는 이것을 보상할 방법이 없었습니다. 그러나 자식이 있다고 해서 보상된다고는 말할 수 없겠지요. 왜냐하면 당신은 성장한 아드님을 둘이나 두셨고 한 가정을 이끌어가고 계시지만, 짐작하건대 대단히 바쁜 실업가로서의 지위를 가지고 있다 보니 생활이 무미건조하고 고독하다고 푸념을 하시니까 말입니다. 네, 저도 당신과 똑같이 하느님께서 우리한테 이렇게 사랑할 수 있는 필요성을 주신 거라고 생각합니다. 저는 아침저녁으로 주님이 축복해주는 결혼을 해서 열렬하고 성실한 접촉의 열정을 쏟아주시는 분을 만나게 해주십사 간청하면서 기도드리고 있습니다. 주님이 보내주시는 그런 분한테야말로 저도 뜨거운 마음과 진정한 행위의 증거가 되는 청순한 사랑을 바치고 싶습니다. 그러나 당신의 희망 사항을 알고 있으면서도 당신의 요구를 들어드릴 수 없는 것을 가슴 아프게 생각합니다. 당신은 저라는 여자에 대해서도, 또 지금은 모두 돌아가셨지만 저의 기도 속에 항상 살아 계시는 저의 부모님에 대해서도, 그리고 제가 오늘날까지 살아온 환경에 대해서도 아무것도 모르고 계십니다. 다시 한번 부탁드리지만, 사랑의 몸부림 속에서 그런 광고를 낸 그 당시의 저를 나무라지 말아주십시오. 그리고 또 저 같은 성격의 사람은 이렇게 사진을 보내드리는 짓은 엄두도 낼 수 없는 일이었다는 것을 알아주십시오. 아무리 그 사진이 실물보다 잘된 것이라 해도. 제가 기꺼이 할 수 있는 일이 있다면 그것은 크리스마스 때부터 파리 교구의 수석 보좌신부가 되신 저의 선도자분한테 당신이 두 번째 편지에서 말씀하신 V신부님을 찾아가 달라고 부탁하는 것입니다. 그러면 저에 관해서 무엇이든지 말씀해 주실 겁니다. 용모에 관해서라면 당신이 신뢰하시는 그 V신부님을 찾아가 뵙겠습니다. 그러면 신부님은 당신한테도….

이것이 네 번째 페이지 끝에 적혀 있는 글이었다. 앙투안은 주머니 속을 뒤져보았다. 그러나 다음 페이지는 보이지 않았다.

정말 아버지와 관계되는 이야기일까? 그것은 틀림없었다. 두 아들, V신부… 베카르 신부에게 물어볼까? 그가 이 결혼 문제와 관계가 있다 해도 아마 아무 말도 안 해줄 것이다.

복슬개를 데리고 있던 그 부인일까? 아니야, 그렇지 않아. 편지의 날짜, 1906년이라면 그다지 먼 이야기가 아니다. 그것은 앙투안이 필립 박사의 방에서 인턴으로 일하던 해이며, 자크가 크루이 소년원에서 지내던 해이다. 비교적 최근에 속하는 이 날짜는 여자용 모자, 호리호리한 몸매, 퍼프 슬리브와 일치하는 것이 없었다. 그래서 가정해보는 것으로 만족할 수밖에 없었다.

앙투안은 노트를 제자리에 가져다 넣고 서랍을 닫았다. 그러고 나서 시계를 보았다. 밤 열두시 반.

"가정해보는 것으로 만족할 수밖에 없군." 그는 자리에서 일어서면서 나지막한 소리로 되풀이했다.

'한 인간의 삶의 찌꺼기…' 하고 그는 생각했다. '하여튼 대단한 일생이었다! 인간의 삶이란 사람들이 알고 있는 것보다는 무한히 넓은 것이다!'

그는 무슨 비밀이라도 찾아내려는 듯 금방 거기에서 일어선, 가죽으로 덮인 마호가니 의자를 잠시 물끄러미 바라보았다. 그 자리는 오랜 세월에 걸쳐 티보 씨가 위엄 있게 앉아 상체를 굽히고 때로는 빈정대고, 때로는 단호한 태도를 보이면서 장중한 자세로 일을 보던 곳이다.

'도대체 나는 아버지에 대해 무엇을 알고 있나?' 그는 생각했다. '맡은 바 임무, 아버지로서의 임무를 들 수 있다. 나를 위해 또 우리 가족을 위해 삼십 년 동안 계속 행사해온 신권적 지배. 여하간 성심성의껏 그 임무를 이행해온 것은 사실이다. 퉁명스럽고 완고했지만 언제나 동기는 훌륭했다. 그리고 우리들을 자신의 의무처럼 사랑했다…. 그 밖에 아버지에 관해서 무엇을 안단 말인가? 사람들이 존경하고 무서워하던 사회적 대주교

와도 같던 아버지. 그러한 그가 자신과 마주 대했을 때는 어떤 사람이었을까? 내가 알고 있는 것은 아무것도 없다. 그는 아들 앞에서 무언가 친근감을 느끼게 하는 사상이나 감정, 가면을 완전히 벗어버린 진실되고 신뢰감을 주는 참된 아버지의 모습을 보여준 적이 없었다!'

앙투안은 이런 서류를 접하면서 베일의 일면을 벗겨 여러 가지 일을 어렴풋이 짐작하게 되자, 겉으로는 그렇게 당당했던 한 인간이—그러면서도 어쩌면 불쌍한 한 인간이—지금 막 죽어갔다는 것, 더구나 그 사람이 자기 아버지라는 것, 그런 아버지를 자신은 전혀 모르고 있었다는 사실을 생각하면서 일말의 슬픔 같은 것을 느꼈다.

그는 곧 이런 것을 자문해보았다.

'그런데 아버지는 아들인 나에 대해서 무엇을 알고 있었을까? 아마 아무것도 몰랐을 것이다! 정말 아무것도! 십오 년 동안 만나지 못한 학교 친구일지라도 아버지보다는 나를 더 잘 알고 있을 것이다! 그러나 그것이 아버지의 잘못일까? 오히려 나의 잘못이겠지? 많은 저명인사들로부터 신중하고 총명한 생각의 소유자로 인정받고 유식했던 노인. 그런데 아들인 나는 다른 사람들한테 가서 의견을 물은 다음, 아버지의 의견은 아랑곳도 없이 혼자 결정한 뒤에, 아버지한테는 형식적으로만 자문을 구했던 것이다. 두 사람이 서로 마주 앉았을 때 거기에는 같은 피를 나눈 같은 성격의 두 사람이 대면하고 있으면서도 아버지와 아들 사이에는 서로 통하는 말도 없었고 또 소통할 방법도 없었다. 곧 두 사람은 남남이나 마찬가지였다!'

'하지만 그런 것만은 아니었어!' 하고 그는 방 안을 서성거리다가 다시 생각했다. '그렇지는 않아. 우리는 서로 남남은 아니었어. 바로 이 점이 가장 무서운 사실이지. 두 사람 사이에는 혈연관계가 있다. 부정할 수 없는 혈연관계가 있다. 그렇다. 아버지와 아들, 아들과 아버지라는 이 관계. 우리 관계가 어떠했나를 따져보는 것조차 가소로운 일이지만 다른 어떤 것과도 비교할 수 없는 곳에 엄연히 존재하고 있었다! 그런 혈연관계 때문에 나는 지금 이렇게 번민하고 있는 것이다. 나는 난생처음 그런 절대적인 몰이해의 이면에는 무엇인가 숨겨져 묻혀 있다는 것, 곧 이해를 위한 가능성, 아니 이해를 위한 특별한 가능성까지도 존재하고 있다는 것을 확실히 느꼈다! 어떤 사정이 있다 해도—두 사람 사이에 어떤 의사소통의 기미도 보이지 않았지만—사정은 어떻든 간에 이 세상에서 속속들이 나를 알아줄 수 있는 인간, 동시에 대번에 속속들이 내가 알 수 있는 인간—자크도 포함해서—그것은 아버지 말고는 절대로 없고 또 앞으로도 절대로 없으리라는 것을 나는 지금 확신하고 있다….
그 이유는 그가 내 아버지이며 나는 그의 아들이기 때문이다!'

그는 현관문 가까이에 있었다. '잠이나 자러 가자' 하고 그는 자물쇠에 열쇠를 넣어 잠그면서 생각했다. 전깃불을 끄기 전에 그는 뒤돌아보며 지금은 빈 벌집 같은 서재 안을 또 한 번 둘러보았다.

'그러나 지금에 와서는 너무 늦었어.' 그는 결론을 내렸다. '이제 틀렸어. 영원히 틀려버렸어.'

한 줄기 불빛이 식당 문 밑에서 흘러나오고 있었다.

"샬르 씨, 빨리 돌아가는 것이 좋을 것 같은데요!" 앙투안은 문을 밀면서 큰소리로 말했다.

샬르 씨는 두 무더기의 부고장 사이에 몸을 굽힌 채 발송할 봉투들을 준비하고 있었다.

"아, 앙투안 씨인가요? 참… 잠깐만 뵐 수 있을까요?" 그는 몸을 굽힌 채 말했다.

앙투안은 부고장을 보내는 데 모르는 주소가 있는 줄 알고 스스럼없이 곁으로 갔다.

"잠깐만 뵐 수 있을까요?" 샬르 씨는 쓰는 일을 계속하면서 다시 말했다. "무슨 일이냐고요?… 실은 저번에 말씀드린 것을 설명해 드렸으면 해서요. 그 목돈 건 말씀입니다."

그는 상대의 대답도 기다리지 않고 펜을 놓더니 틀니를 뺀 다음 아주 흥겨운 모습으로 상대를 바라보았다. 화를 내려 해도 낼 수 없는 인간이었다.

"샬르 씨, 당신은 졸리지도 않습니까?"

"천만에요! 이렇게 깨어 있는 것도 실은 생각이 많아서지요…." 그는 우뚝 서 있는 앙투안 쪽으로 조그만 상반신을 내밀었다. "이렇게 편지 겉봉을 열심히 쓰고 있지만… 일을 하고 있는 동안에도 앙투안 씨…."(그는 마치 마음씨 좋은 요술쟁이가 그 비밀을 보여줄 때처럼 장난기 어린 미소를 띠었다.) "그러나 이러고 있는 동안에도 이런저런 생각이 떠올라서요. ad libitum!*"

그러면서 앙투안에게 빠져나갈 기회도 주지 않고 말을 계속했다.

* '때때로'라는 뜻의 라틴어.

"저번에 말씀드린 그 목돈 말씀인데요, 앙투안 씨, 실은 여러 가지 생각 중의 한 가지를 실행해볼까 해서요. 네, 바로 제가 생각해낸 것인데요. 바로 **진열관**이랍니다. 진열관, 말하자면 이것은 약칭이지요. 사무실이라고 해도 무방하지요. 결국 점포나 다름없지요. 그렇습니다. 이 고장의 번화한 거리에다 가게를 하나 내는 것입니다. 겉모양은 점포지만 중요한 것은 그 속에 있는 것이랍니다."

지금처럼 이야기에 열중할 때 그는 몸을 때로는 오른쪽으로 때로는 왼쪽으로 기울이면서 두 손을 쭉 뻗었다가 한데 모으고는 숨이 가쁜 듯 말을 짧게 끊으면서 이야기하곤 했다. 말과 말 사이에는 약간의 뜸을 두고 있었는데, 이 사이에 그는 다음에 할 말을 정리하곤 했다. 그때 그는 또 말을 못 하고 상반신을 흔들더니 준비한 말을 하려는 시늉만을 했다. 그러더니 한 번에 한 가지 생각밖에는 못 해내는 듯이 입을 다물었다.

샬르 씨의 머리가 평소보다 균형을 잃은 게 아닌가 하고 앙투안은 생각했다. 여러 가지 일이 겹친 데다가 여러 날 밤샘을 했으니까….

"라투슈라면 저보다 훨씬 더 자세하게 말씀드릴 수 있을 것입니다." 하며 그는 말을 계속했다. "꽤 오래전부터 아는 사이로서 그의 과거에 관해서는 좋은 소문만 듣고 있습니다. 뛰어난 인물이랍니다. 언제나 묘안을 가지고 있지요. 저와 똑같이 말입니다. 더구나 둘이서 똑같이 멋진 착상을 한 것입니다. 그 **진열관**을 생각해낸 것 말입니다. **현대적 진귀품의 진열관**…. 아시겠습니까?"

"글쎄, 잘 모르겠는데요."

"다시 말씀드리면 여러 가지 작은 발명품이라 할 수 있겠지요. 실용적인 작은 발명품 말입니다!… 풋내기 기사들이란 모두가 별것은 아니지만 자기 나름대로의 방법은 가지고 있으면서도 어떻게 해야 할지 모르고 있답니다. 그것을 라토슈와 제가 한번 모아보자는 겁니다. 고장의 여러 신문에 광고도 내고요…."

"어떤 고장 말인가요?"

샬르 씨는 질문의 뜻을 이해하지 못한 듯 가만히 앙투안의 얼굴을 쳐다보았다.

"고인이 살아 계셨을 때라면" 하며 그는 얼마 있다가 말을 계속했다. "물론 이런 이야기를 했다가는 큰 창피를 각오해야 했겠지만, 하지만 이제는…. 저는 삼십 년 전부터 이런저런 생각을 많이 해왔습니다. 박람회 때부터. 더구나 저 혼자서 여러 가지 소규모의 쓸 만한 것을 창안해냈습니다. 그렇습니다. 발걸음 수를 측정하기 위해 뒤꿈치에 기록계를 붙인 구두라든가, 자동적이고 영구히 쓸 수 있는 우표딱지를 적시는 그릇이라든가." 그는 의자에서 팔딱 뛰어내려 앙투안 쪽으로 다가왔다. "그러나 무엇보다도 멋진 창안은 계란입니다. 사각형 계란의 발명이지요. 지금은 다만 거기에 필요한 액체약만 발견하면 되니까요. 여러 연구진들과 서신 교환이 있었습니다. 시골의 신부들도 모두 유망한 상대지요. 겨울에 삼종 기도가 끝나면 여러 가지 실험을 할 수 있으니까요. 안 그래요? 저는 그들한테 액체약 발견에 협력을 부탁드리고 있습니다. 그러니까 그 액체약만 구할 수 있다면…. 그러나 액체약 같은 것은 문제가 되지 않습니다. 어려웠던 것은 결국 착상이었답니다."

앙투안은 눈을 크게 떴다.

“액체약만 구할 수 있다면?…”

“그 속에 계란을 담가두는 겁니다…. 계란이 손상되지 않게 껍질만 부드럽게 할 정도로…. 아시겠습니까?”

“모르겠는데요.”

“그리고 그것을 틀에 넣어 말립니다….”

“네모난 틀 속에 말인가요?”

“물론이지요!”

샬르 씨는 몸이 잘린 지렁이같이 몸을 비비 꼬며 좋아했다. 앙투안은 그런 상태의 샬르 씨를 지금까지 본 적이 없었다.

“몇백, 몇천이란 수가 되는 겁니다! 공장을 하나 짓는 거지요! 네모난 계란! 계란을 담는 그릇 같은 것은 이제 필요 없게 되는 겁니다! 네모난 계란은 그냥 그대로 서 있으니까요! 껍질은 껍질대로 가정에서 쓸 수 있게 됩니다! 성냥갑으로도 쓸 수 있고, 또 겨자 담는 그릇으로도 쓰게 될 겁니다! 고체 비누와 마찬가지로 상자에 넣어둘 수 있습니다! 그렇게 되면 배달할 때도, 짐작하시겠지요?”

그는 다시 ‘보조 의자’에 올라가려고 하다가 무엇에 찔린 사람처럼 재빨리 거기에서 뛰어내리며 얼굴이 빨개졌다.

“용서하십시오. 곧 다시 오겠습니다.” 그는 문 쪽으로 가면서 나지막하게 말했다. “방광이 좀 좋지 않아서요…. 신경성이지요…. 계란 이야기만 하면 그만….”

## 11

일요일인 그다음 날, 지젤은 이제 피로도 느끼지 않았지만—열도 완전히 내린 것 같았다—오히려 안절부절못하며 무엇인가 결심한 듯한 모습으로 눈을 떴다. 교회에 가기에는 아직 몸이 완전하지 않았기 때문에 집에서 기도와 사색으로 오전을 보냈다. 그녀는 자크가 돌아옴으로써 생긴 상황을 확실하게 생각할 수 없는 것에 화가 나 있었다. 지금 그녀에게는 무엇 하나 확실한 것이 없었다. 그리고 오늘 아침, 날이 밝자 생각해보니까 어젯밤 자크가 찾아온 뒤로 실망 비슷한, 아니 거의 절망 같은 뒷맛이 남아 있었는데, 무엇 때문에 그런지 확실히 이해할 수 없었다. 해명이 있어야 한다. 그리고 모든 오해를 말끔히 없애야 한다. 그렇게 한다면 모든 것은 분명해질 거야.

그러나 오전 내내 자크는 나타나지 않았다. 앙투안도 입관 뒤에는 거의 모습을 드러내지 않았다. 아주머니와 조카딸은 마주 앉아 점심 식사를 끝냈다. 그리고 지젤은 자기 방으로 돌아왔다.

안개가 끼고 차갑고 음울한 가운데 오후는 지나갔다.

하는 일 없이 혼자 여러 가지 고정 관념에 사로잡혀 괴로워하던 지젤은 견디다 못해 오후 네시쯤에 아주머니가 성체 강복식에 간 사이 외투를 입고 단숨에 아래층까지 내려갔다. 그리고 레옹에게 말해 자크 방까지 안내하도록 했다.

자크는 창가에 있는 의자에 앉아 신문을 보고 있었다.

그의 옆모습은 역광을 받아 희끄무레한 유리창 위로 윤곽을 뚜렷이 드러냈다. 지젤은 그의 늠름한 모습에 놀랐다. 자기와 떨어져 있는 사이에 그가 어떤 남자가 되어버렸는지 잊고 있었던 것이다. 삼 년 전에 메종 라피트의 나무 그늘에서 자기를 꼭 껴안았을 때의 그 어린애 같던 모습의 청소년으로밖에는 떠오르지 않았기 때문이다.

첫눈에, 그 인상을 분석해볼 겨를도 없이 그녀는 자크가 흔들의자에 비스듬히 앉아 있는 모습에 신경이 쓰였다. 그리고 어질러진 방 안의 모든 것(마루 위에 열린 채 있는 여행용 가방이며 멎어 있는 탁상시계 위의 모자며 용도가 변경된 책상이며 책상 앞에 놓인 구두 두 켤레 등)은 옛날 습관을 되찾을 것 같지 않은 우연히 들른 장소, 임시 야영지 같은 인상을 주었다.

자크는 지젤을 맞이하려고 일어섰다. 약간 놀란 기색을 보이던 푸른 눈동자의 애무를 몸 가까이에 느낀 그녀는 어찌나 당황했던지 자신의 방문 이유를 그럴싸하게 내세우려고 생각해 두었던 말을 그만 잊어버리고 말았다. 머릿속에는 오직 현실을 알아야겠다는 것, 분명하게 알아야겠다는 억제할 수 없는 욕구 말고는 아무 생각도 없었다. 모든 기교를 벗어던지고 창백한 얼굴로 용기를 내어 방 한가운데 우뚝 서서 이렇게 말했다.

"나 오빠하고 이야기 좀 해야겠어요."

아주 상냥스럽게 자기를 맞이하러 오던 자크의 눈 속에서 아주 짧고 강한 빛을 그녀는 순간적으로 포착했다. 그러나 눈을 껌벅이는 순간에 그 빛은 곧 사라졌다.

자크는 억지로 목소리를 좀 높이면서 웃었다.

"저런, 정색을 하고 달려드는군!"

이런 비꼬는 말에 그녀는 섬뜩했다. 하지만 그녀는 그래도 미소를 지었다. 떨리던 그 미소가 드디어 괴로운 경련으로 바꾸어버렸다. 눈에는 눈물이 글썽거렸다. 얼굴을 돌린 채 몇 발자국 걸어가 침대의자에 앉았다. 그러나 뺨으로 흐르는 눈물을 애써 닦으면서 원망하는 투로 말했다. 그러나 거기에는 약간의 반가워하는 기색도 깃들어 있었다.

"아니, 벌써 나를 울리는군요…. 그래서는 안 되는데…."

자크는 마음속으로 지젤에 대한 증오심이 솟아오르는 것을 느꼈다. 자크는 이런 성격의 소유자였다. 어릴 때부터 마음속 깊이 품고 있는 분노의 감정—그는 그것을 마치 지구 중심이 끓고 있는 것 같다고 생각했다—막연한 격분, 원한, 그것은 이따금 타오르는 용암같이 솟구치기 때문에 그 어느 것도 막을 길이 없었다.

"그래, 좋아, 말해 봐!" 하고 그는 적의에 찬 울분을 터뜨리며 소리 질렀다. "나도 빨리 이야기를 끝내고 싶으니까!"

지젤은 자크가 이렇게 난폭하게 나오리라고는 전혀 예상도 못 했었다. 그리고 이런 심한 말투로 보아 그녀가 묻고자 했던 질문의 대답은 뻔한 것으로 직감했다. 그래서 창백한 입술을 반쯤 벌린 채, 정말 그에게서 얻어맞기나 한 것처럼 의자에 쓰러지려는 몸을 가누기 위해 손을 앞으로 내밀고 나지막하게 중얼거렸다. "자크…." 그 목소리가 어찌나 비통했던지 자크는 순간 그 말에 당황하고 말았다.

어안이 벙벙해진 데다가 모든 것을 잊었던 자크는 매우 공격적인 적의의 자세에서 매우 자연스럽고 또 매우 꿈 같은 사랑의 열정 속으로 즉시 빠져들었다. 그는 소파로 달려가 지젤에게 몸을 던졌다. 그리고 목메어 우는 그녀를 가슴에 안았다. 그는 더듬거리며 말했다. "가엾은 지젤… 가엾은 지젤…." 그는 바로 눈앞에 자기를 쳐다보고 있는 눈물 젖은 시선에 더욱 슬픔과 온정의 빛을 띠고 있는 그녀의 윤기 없는 피부와 눈언저리의 투명한 어두운 그림자를 볼 수 있었다. 그러나 그는 즉시 제정신을 되찾았다. 심지어 신중하기까지 했다. 그는 지젤의 머리에 코를 파묻고 그녀 위에 몸을 숙이고 있었는데, 이것은 마치 지젤이 아닌 딴사람에게서 어렴풋한 육체적 매력을 느끼는 것과 다름없다는 것을 분명히 알 수 있었다. 그만해 둬! 전에도 한번 동정심 때문에 위험한 길로 빠져들다가 둘을 위하여 제때에 제동을 걸었던 일이 있지 않았던가. 그리고 도망갔었지. (게다가 그때 둘이 처해 있던 괘씸할 만한 위기를 그가 심사숙고하고 합리적으로 생각하고 분별할 줄 알았다는 것은 결국 그때의 유혹이 별거 아니었다는 증거가 아닐까? 이런 점으로 미루어 보아 두 사람이 하마터면 희생물이 될 뻔했던 견실치 못한 속임수의 정도를 짐작하게 하는 것이 아닐까?)

자크는 별로 힘들이지 않고, 입술을 갖다 대고 그녀의 관자놀이에 키스하려던 것을 스스로 삼갔다. 그는 다만 자신의 어깨 위에 다정스럽게 그녀를 기대게 했다. 그리고 아직 눈물로 젖어 있는 그녀의 따뜻하고 부드러운 뺨을 손가락 끝으로 천천히 어루만져 주었다.

지젤은 그에게 몸을 기댄 채 가슴을 설레며 뺨이며 목이며 목덜미를 그의 손이 닿는 대로 내맡겼다. 그녀는 꼼짝도 안 했지만 당장이라도 자크의 발밑에 몸을 던져 그의 무릎을 안아줄 마음의 준비가 되어 있었다.

자크는 반대로 자기의 맥박이 시간이 갈수록 느려지는 것을 느꼈다. 그는 거의 이상할 정도로 침착성을 되찾았다. 순간적이기는 하지만 지젤이 이따금 불러일으키는 속된 욕정이 원망스럽기까지 했다. 그 때문에 지젤을 약간 경멸하기까지 했다. 그러자 생기를 되찾은 그의 뇌리에 제니의 모습이 주마등처럼 지나갔다. 그러고 나서 모든 것을 다시 생각하며 반성했다. 그는 부끄러운 마음이 들었다. 지젤이 자신보다 더 훌륭했던 것이다. 삼 년 동안이나 떨어져 있었는데도 전과 다름없이 충실하고 동물적인 강렬한 애정을 그녀에게서 다시 찾아볼 수 있었던 것이다. 또한 의연하게 모든 위험을 무릅쓰며 받아들인 비통한 운명, 사랑하는 여자로서 그 운명에 눈 감고 몸을 내던지는 그 태도. 이런 것이야말로 자신의 감정에 비해 훨씬 강하고 순수한 것임에 틀림없었다. 그는 그런 것을 냉철하게 생각해보았다. 본래 냉철한 마음의 소유자이기에 이런 감정이 그로 하여금 위험을 조금도 두려워하지 않고 지젤에 대하여 지극히 부드러운 태도를 취하게 해준 것이다….

이렇게 그는 이 생각 저 생각을 하고 있었다. 반면에 지젤은 오직 한 가지, 한 가지만 고집스레 생각하고 있었다…. 그리고 오로지 사랑의 집념으로만 애태우고 있었고, 자크에게서 발산되는 모든 것을 받아들일 태세를 갖추고 있었다. 그리고 그런 것에 하도 민감했기 때문에 자크가 한마디 말도 하지 않고, 태도도 바꾸지 않은 채, 대고 있던 뺨을 어루만지기는 하지만 입술에서 관자놀이를 따라 손만이 오가는, 다만 건성으로 사랑하는 체하는 태도를 보이자 그녀는 모든 것을 직감했다. 지금 모든 관계가 영원히 끊겼다는 것, 그에게 자기는 이미 아무것도 아니라는 것을 확실히 깨달았다.

아무런 희망도 없이, 정말 명백한 사실을 확실히 보여주는 것같이 자기의 처지를 똑똑히 정하고 싶어서 그녀는 갑자기 자크에게서 몸을 뺐다. 그리고 가만히 그의 눈 속을 들여다보았다. 자크는 자기의 차가운 시선을 숨길 만한 여유가 없었다. 그녀는 이번에야말로 모든 것이 수습할 수 없을 정도로 끝장났다는 뚜렷한 확신을 가졌다.

그러나 동시에 그녀는 그것이 자기 자신에게 하는 말이고 또 그런 엄청난 사실이 두 사람이 결코 잊을 수 없는 정확한 말로 응결될지도 모른다는 어린애 같은 공포심을 느꼈다. 자크에게 자신이 당황하는 모습을 눈치채지 않도록 하기 위해 그녀의 허약해진 마음은 온통 경직되었다. 용기를 내어 그에게서 물러선 다음 미소를 지으며 말을 했다.

그녀는 애매모호한 태도로 방 안을 한번 휘둘러보았다.

"내가 이 방에 와본 지도 참 오래되었구나!" 그녀는 말했다.

그러나 그녀는 바로 이 소파에 앉았던 그 마지막 날을 똑똑히 기억하고 있었다, 그것도 앙투안 곁에서. 그날의 자기는 무척 괴로워했던 것 같다. 자크와 헤어져 있었던 일들, 그리고 그녀가 겪은 치명적인 불안감은 끔찍스러운 시련이었다는 생각이 들었다. 그러나 오늘 겪고 있는 이 고통에 비한다면 별것도 아니었지? 그때는 그냥 눈을 감기만 하면 자크는 그녀가 부르는 대로 순순히 와 있었고, 이런 모습이었으면 하고 원하는 대로 눈앞에 떠올랐었으니까. 그러나 지금! 이렇게 그를 다시 찾아낸 지금, 그가 없는 세상이 어떤지를 뼈저리게 느꼈던 것이다! '어떻게 그럴 수가 있었을까?' 그녀는 생각했다. '그런 일이 어떻게 해서 일어났는가?' 가슴을 에는 듯한 고통 때문에 잠시 눈을 감지 않을 수 없었다.

자크는 불을 켜려고 일어섰다. 창문 쪽으로 가서 커튼을 잡아당겼다. 그러나 앉았던 자리로 다시 오지 않았다.

"감기 들었어?" 그는 지젤이 떨고 있는 것을 보고 물었다.

"이 방이 그다지 따뜻하지 않기 때문이에요." 그녀는 핑계를 대며 말했다. "내 방으로 돌아가는 것이 좋을 것 같아요."

그런 말로 침묵을 깨니까 기분 전환도 되고 마음도 든든해지는 것 같았다. 이렇게 아무렇지 않은 척 꾸밀 수 있는 힘도 아주 일시적인 것이었지만, 그녀로서는 거짓말을 할 필요가 있었기 때문에, 마치 오징어가 먹물을 토해내듯이 말을 내뱉으면서 얼마 동안 띄엄띄엄 말을 계속했다. 한편 자크도 선 채로 그 말에 응해주면서 미소와 함께 찬성의 뜻을 보여주곤 했다. 오늘 밤에도 구구한 설명 없이 지나가는 것을 즐거워하는 것 같았다.

마침내 지젤은 하는 수 없이 일어섰다. 두 사람은 서로 바라보았다. 그들은 키가 거의 같았다. 그때 그녀는 마음속으로 생각했다. '나는 무슨 일이 있어도 이 사람 없이는 살 수 없어!' 그리고 그것은 견디기 힘든 다른 생각과 정면으로 부딪치지 않기 위한 방법이기도 했다. '자크는 강한 사람이야. 자크는 나 같은 것은 없어도 아무렇지 않을 거야!' 그녀는 또 갑자기 자크는 남자다운 냉혹한 잔인성으로 자기의 운명을 선택한 것에 반해, 자기는 자신의 운명을 선택하기는커녕 그 운명의 방향을 정하지도 못하고 있다는 것을 깨달았다.

그때 그녀는 불쑥 물어보았다.

"언제 다시 떠날 거예요?"

그녀는 아무렇게나 해도 좋다는 식으로 물었다.

자크는 자제하면서 두서너 걸음 내딛었다. 그리고 몸을 반쯤 돌리며 물었다.

"그런데 너는?"

자신이 확실히 다시 떠나려고 생각하고 있다는 것과 지젤도 프랑스에 머물러 있을 이유가 없다는 것을 표시하는 데 더 이상 명백하게 말할 방법이 또 있을까?

지젤은 어깨로 애매한 몸짓을 해 보였다. 그리고 마지막으로 억지 미소를 지어 보이면서—그것을 꽤 멋지게 해냈다—문을 열고 나갔다.

자크는 지젤을 붙들려고 하지 않았다. 그 대신 갑자기 솟아오르는 순수한 애정의 눈길로 그녀가 나가는 모습을 지켜보았다. 그는 아무런 위험도 느끼지 않고 지젤을 안아 달래며 그녀를 보호해주고 싶었을지 모른다…. 무엇으로부터 지젤을 보호한단 말인가? 결국은 그녀 자신으로부터, 그리고 자기 자신으로부터, 그가 그녀에게 주고 있는 고통으로부터. (게다가 그가 그녀에게 고통을 주고 있다는 것을 전에는 막연히 느끼고만 있었다.) 앞으로 그녀에게 줄 그 고통으로부터. 그녀에게 줄 수밖에 없는 그 고통으로부터….

자크는 두 손을 호주머니에 넣고 두 다리는 벌린 채 어수선한 방 가운데 서 있었다. 그의 발밑에는 여러 가지 색깔의 꼬리표가 너덜너덜 붙은 여행용 가방이 입을 벌리고 있었다. 그는 안코나에서, 아니면 트리에스테에서 거의 불빛이 없는 갑판 위, 알아듣지 못하는 사투리로 싸우는 이민객들 사이에 끼어 있는 자신의 모습을 다시 상상해보았다. 요란스러운 고동 소리가 배 옆구리를 흔들고 있었다. 쇠 긁히는 소리가 주위의 언쟁 소리를 압도했다. 닻이 올려졌다. 배의 동요는 점점 커갔다. 주위는 조용해졌다. 배가 막 떠나기 시작한 것이다. 배는 어둠 속으로 나가기 시작했다!

자크는 가슴이 부풀어 올랐다. 자신도 알지 못하는 어떤 투쟁, 창조, 그리고 풍요로운 자신의 존재를 향한 이 열망이 이 집, 아버지의 죽음, 지젤, 아직도 함정으로 가득 차 있고 쇠사슬로 온통 묶여 있던 모든 과거에 부딪혔던 것이다.

"도망치는 거다!" 그는 이를 악물고 중얼거렸다. "도망치는 거다!"

지젤은 승강기 의자에 털썩 주저앉았다. 이대로 방에 돌아갈 만한 기력이 있을까?

그래. 결국 될 대로 된 거야. 그 이야기는―그래도 거기에 얼마쯤의 희망을 걸고 있었는데―이제 끝나버렸고 시효가 지나버린 거야. 네 마디의 말대꾸로 충분했던 것이야. '자크, 나는 당신하고 이야기해야겠어요.' 여기에 자크는 이렇게 응수했었지. '나도 빨리 이야기를 끝내고 싶어!' 그러고 나서 서로 대답을 하지 못했던 두 가지의 질문이 있었지. '언제 떠나세요?' '너는?' 그녀는 아연실색하며 네 마디의 말을 되풀이하고 있었다.

그렇다면 이제부터는 어떻게 할 것인가?

구석에는 두 사람의 수녀가 관을 지키고 있는 방, 삼십분 전만 하더라도 그녀로서는 희망의 여지가 남아 있는 것으로 여겼던 방, 하지만 지금은 그 어느 것도 기대할 수 없는 이 방을 보고 지젤은 가슴이 죄어옴을 느꼈다. 그래서 마음이 약해졌다든가 쉬고 싶다는 욕망보다는 홀로 있다는 두려움이 더욱 강하게 마음을 사로잡았다. 그녀는 서둘러 자기 방으로 돌아가는 대신에 아주머니 방으로 들어갔다.

아주머니는 돌아와 있었다. 아주머니는 자주 그런 모습을 보여왔지만 계산서, 견본, 안내서, 약 등이 아무렇게나 쌓여 있는 책상 앞에 앉아 있었다. 아주머니는 발소리를 듣고 지젤인 것을 알아보고 굳어진 몸을 그녀 쪽으로 돌렸다.

"아, 너였니?… 마침 잘 왔다…."

지젤은 비틀거리면서 아주머니에게 달려가 흰 앞머리가 갈라져 있는 상아 같은 이마 위에 키스를 했다. 조그만 노파의 팔에 안기기에 이제 너무 커버린 지젤은 어린애같이 무릎 위에 몸을 던졌다.

"마침 너에게 물어볼 것이 있단다, 지젤…. 저 사람들은 뒤처리를 위해 너한테 아무 말도 없었는가 해서…. 소독하는 일에 대해서 무슨 말이 없었니?… 어쨌든 그 문제에는 법칙들이 있단 말이야! 클로틸드한테 물어보아라. 그리고 앙투안한테도 네가 말 좀 해다오…. 우선 시市의 소독소에 말하고. 만일의 경우를 대비해서 약제사의 훈증소독도 부탁하고. 클로틸드가 알고 있을 거야. 철저하게 해야지. 그날은 너도 도와다오…."

"그렇지만 아주머니" 하고 지젤은 중얼거렸다. 다시 두 눈에는 눈물이 가득해졌다. "저는 또 떠나야 해요…. 저를 기다리고 있거든요…. 그곳에서…."

"그곳이라니? 이럴 때? 그럼 나를 혼자 두고 갈 작정이냐?" 그녀는 신경질적으로 머리를 흔들며 띄엄띄엄 말했다. "일흔여덟이나 먹은 나를 혼자 남겨두고 가다니…."

'떠나는 거야' 하고 지젤은 생각했다. '자크도 다시 떠나겠지. 모든 건 얼마 전과 똑같아…. 하지만 이제는 희망이 없어졌다는 차이뿐이야…. 이제는 아무런, 아무런 희망도 없이….' 머리가 쑤시고 아파왔다. 머릿속에서는 모든 것이 뒤죽박죽이었다. 지금 그녀에게는 자크라는 존재가 전혀 이해할 수 없게 되었다. 그리고 이 사실이 무엇보다도 고통스러웠다. 멀리 떨어져 있어도 그토록 잘 알고 있다고 믿었던 자크였는데 이해할 수 없게 되었다니! 어떻게 이렇게 되었을까?

그녀는 스스로에게 물어보았다. '수녀원에나 들어갈까?' 영원한 안식처이며 주님의 평화가 깃들어 있는 곳…. 그렇다면 모든 것을 포기해야 한다! 포기하다니… 그럴 수 있을까?

지젤은 참다못해 울음을 터뜨렸다. 그리고 반쯤 몸을 일으키고는 갑자기 아주머니를 껴안았다.

"아" 하고 지젤은 울먹이며 말했다. "잘못됐어요, 아주머니! 모든 것이 잘못됐어요!"

"아니 뭐라고? 무엇이 잘못됐다는 거냐? 너 도대체 무슨 말을 하는 거냐?" 하고 아주머니는 근심과 불만이 뒤섞인 투로 중얼거렸다.

지젤은 힘없이 마루 위에 주저앉았다. 그녀는 이따금 의지할 곳, 누군가가 곁에 있기를 바라면서 노파의 무릎 위에 있는 양털로 짠 까칠까칠한 덮개 위에다 뺨을 비벼댔다. 아주머니는 고개를 흔들면서 뾰로통한 목소리로 계속 중얼거렸다.

"일흔여덟이나 되어서 혼자 남게 되다니. 더구나 이렇게 된 내가…."

## 12

크루이 소년원의 작은 강당은 사람들로 꽉 차 있었다. 추위에도 불구하고 문이란 문은 모두 활짝 열려 있었다. 그리고 군중에게 밟힌 눈이 다시 진흙밭같이 된 마당에는 벌써 한 시간 전부터 이백팔십육 명의 소년원 아동이 허리에 권총 케이스가 달린 제복 차림의 간수들에게 둘러싸여, 새 양복 위에 구리 장식이 달린 허리띠를 두르고 머리에는 아무것도 쓰지 않은 채 꼼짝도 않고 줄지어 서 있었다.

미사는 베카르 신부에 의해 집전되었다. 그리고 보배 신부가 와서 낮은 목소리로 기도를 올렸다.

찬송가는 점점 높아져 잠시 동안 본당의 침묵 속에 울려 퍼졌다.

"하늘에 계신 우리 아버지…"

"주여, 그에게 영원한 안식처를 주시옵소서…"

"편안하게 쉬시도록…"

"아멘."

뒤이어 특별석에 있던 육중주단이 마지막 곡을 연주했다.

아침부터 이 광경에 줄곧 머리가 어지러웠던 앙투안은 지금 이런 생각을 했다. '사람들은 장례식이라면 언제나 정해놓고 이 쇼팽의 장송곡을 연주하거든. 그런데 이 장송곡은 별로 슬프지가 않아! 잠깐 동안의 슬픔뿐이고, 얼마 안 가서 환희를 되찾고 환상의 욕구가 생기지…. 결핵환자가 제 죽음을 생각하며 무감각한 것과 같아.' 그는 입원환자였던 음악가 데르니의 임종 전 며칠을 생각했다. '모두들 그것을 듣고 눈시울이 뜨거워지고, 거기에서 임종에 임한 사람들이 천국을 발견하고 황홀감을 맛보는 줄로 생각하지…. 그런데 우리가 볼 때 그것은 병이 갖는 특성 중의 하나, 일종의 증상의 하나에 지나지 않거든! 열처럼 말이야!'

그런데 이런 경우에 대단히 절망적인 비통함을 나타내는 것은 어울리지 않는다는 것이 그의 솔직한 심정이었다. 지금까지 이토록 공식적이고 장중한 장례식은 없었다. 그는—도착하자마자 곧 군중 속에 들어가버린 샬르 씨를 제외하고는—유일한 '근친자'였다. 사촌들과 먼 친척들은 파리에서 거행된 장례식에는 참석했지만, 이렇게 추운 날씨에 크루이까지 올 필요는 없다고 생각한 것 같다. 참석자들은 모두가 고인의 동료와 자선 단체 대표들뿐이었다. '**대표자들**' 하고 앙투안은 즐거운 마음으로 생각했다. '나 자신도 가족 대표.' 그는 일말의 우울함을 느끼며 생각했다. '친구라고는 한 사람도 없구나.' 그는 이렇게 말하고 싶었다. '내 친구라고는 한 사람도 없구나. 그 이유는 말할 필요도 없지.'(아버지가 돌아가신 뒤부터 그는 새삼스럽게 자기에게는 개인적인 친구가 없다는 것을 인정하기에 이르렀다. 아마 다니엘을 빼고 그에게는 동료 이외에 친구라고는 한 사람도 없었다. 그것은 그의 잘못이었다. 오랫동안 다른 사람을 염두에 두지 않고 살아왔기 때문이다! 더구나 최근 몇 년까지만 해도 그런 고독을 오히려 자랑처럼 생각해왔었다. 그러나 지금 그는 처음으로 그것 때문에 괴로워하고 있는 것이다.)

그는 장례식을 담당하는 사람들이 왔다 갔다 하는 것을 신기한 듯 보고 있었다. '그래 이제는?' 하고 그는 신부가 성기실聖器室로 들어가는 것을 보고 생각했다.

사람들은 장의사의 일꾼들이 본당 입구에 설치해놓은 영구대로 관을 운구해 오기를 기다리고 있었다. 이때 장례식 담당자가 서투른 무용 교사 같은 어색한 몸짓을 하며 검은 나무 지팡이로 포석 위를 슬프게 두드리면서 앙투안 앞에 와서 머리를 숙였다. 뒤이어 긴 장례식 행렬은 추도 연설을 듣기 위해 현관으로 가 무리를 이루었다. 앙투안은 몸가짐을 바르고 의연하게 했다. 많은 사람의 시선이 자신에게 집중되고 있을 것이라는 생각을 하면서 순순히 의식에 따라 행동했다. 참석자들은 몇 겹으로 담을 이루어 장례 행렬이 지나가는 것을 보려고 밀리고 밀치고 야단법석이었다. 앙투안의 뒤를 군수, 콩피에뉴 시장, 현지 사령관, 종마 사육소장, 프록코트 차림의 크루이 시의회 의원 전부, 파리 대주교의 대리인인 젊은 명의 주교*가 따랐다. 그리고 다른 유명 인사들 중에는 친구 자격으로 동료의 유해에 경의를 표하러 온 몇 사람의 정신과학 학사원 회원 등이 있었는데, 구경꾼들은 이들의 이름을 대며 무엇인가 수군거리고 있었다.

"여러분!" 하고 똑똑한 목소리가 울려 퍼졌다. "나는 여기에 프랑스 한림원의 이름으로 슬프게도…."

그는 유명한 법률가 루딩 코스타르였다. 머리는 벗겨지고 뚱뚱하며 깃에 털이 달린 외투를 입고 있었다. 그는 길게 고인의 생애에 대해 늘어놓았다.

* 특정 교구를 갖지 않은 주교를 말한다.

"…그분은 청년 시절을 그의 아버님 공장에서 멀지 않은 루앙 고등중학교에서 근면 성실하게 보냈습니다…."

앙투안은 아버지가 상으로 받은 책 위에 손을 얹고 찍은 중학교 때의 사진이 생각났다. '아버지의 청년 시절이라….' 그는 생각했다. '그 당시에 누가 아버지의 장래를 예언할 수 있었을까?… 사람은 죽어서야 알 수 있는 것이다.' 그는 결론을 내렸다. '인간은 살아 있는 동안에 다른 사람은 모르고 그 사람만이 할 수 있는 여러 가지 일이 있는데, 그런 것들이 미지수를 이루어 예상을 빗나가게 하는 수가 있지. 결국 죽음이 모든 윤곽을 정하는 거야. 그것은 마치 그 사람이 그의 가능성의 세계에서 떨어져 나가 외톨이가 되는 것과 같아. 사람은 그 주위를 맴돌다가 결국은 그를 등 뒤에서 보고 총괄적인 판단을 내릴 수 있을 뿐이야…. 내가 항상 하는 말이지만 말이야.' 그는 홀로 미소 지으며 생각했다. '시체 해부를 하기 전에는 결정적인 진단 같은 것은 있을 수 없어!'

그는 아버지의 일생이나 그 성격에 대한 고찰이 이것으로 끝난 것이 아니라고 생각했다. 그리고 앞으로 두고두고 심사숙고하면서 지력과 매력이 넘치는 자기 자신을 되돌아볼 기회가 있으리라는 것을 충분히 느끼고 있었다.

"…그분에게 우리 영광된 단체를 위하여 협력을 부탁드렸을 때 우리가 그분에게 기대했던 것은 그분의 무사 무욕한 정신, 그분의 정력, 인류에 대한 그분의 큰 사랑만이 아니었습니다. 또한 그분을 가장 대표적인 인물 중의 한 분이 되도록 한 그토록 고귀하고도 높은 인격만도 아니었습니다….”

그럼 자신도 똑같이 ‘대표적 인물’이란 말인가? 하고 앙투안은 생각했다.

앙투안은 이러한 칭찬에 넘친 조사에 귀를 기울이고 있었다. 그리고 그것에 무관심할 수는 없었다. 그는 자기가 지금까지 아버지를 과소평가했다고 생각할 정도에 이르렀다.

“…여러분, 돌아가실 때까지 단지 고결하고 올바른 대의만을 위해 살아오신 고인에게 함께 머리 숙여 경의를 표합시다….”

불후의 명사의 조사는 끝났다. 그는 원고를 접은 다음 두 손을 급히 털 달린 외투 주머니에 넣었다. 그리고 겸손한 태도로 다시 동료들 사이에 있는 자기 자리로 돌아갔다.

“파리 교구 가톨릭 사업위원회 위원장.” 무용 교사 같은 장례 담당자가 공손히 말했다.

나팔을 손에 든 연로한 노인이 그와 똑같이 늙고 몸이 불편한 하인의 부축을 받으며 관이 놓인 단 앞으로 다가갔다. 그는 사교구 위원장으로서 티보 씨의 후임자일 뿐만 아니라, 고인에게는 개인적인 친구이며, 함께 파리에 법률 공부를 하러 왔던 루앙 태생의 청년 중 지금 살아 있는 유일한 사람이었다. 그는 귀가 전혀 들리지 않았다. 그래서 오래전 일이지만 앙투안과 자크는 어릴 때부터 그에게 ‘귀머거리’라는 별명을 붙였었다.

"…여러분, 오늘 여기에 모인… 우리는 단순히 애석한 마음만을 가지고 있으면 안 될 줄로 압니다…." 노인은 큰 소리로 부르짖었다. 날카롭고 떨리는 그 목소리는 앙투안에게 그저께 '귀머거리' 노인이 하인의 불안한 부축을 받으며 빈소에 들어갔던 일을 생각나게 했다. "오레스테스*가" 하고 그는 문에 들어서자마자 날카롭게 소리 질렀었다. "피라도한테 우정의 마지막 증거를 보여주고 싶습니다!" 그날 그는 유해 가까이까지 부축을 받으며 갔었다. 그리고 거친 살갗이 주위를 덮고 있는 눈으로 유해를 오랫동안 바라보았던 것이다. 그러고 나서 몸을 일으키더니 앙투안을 향해 마치 두 사람 사이가 삼십 미터는 떨어진 것처럼 흐느끼며 소리 질렀다. "이십대에는 얼마나 미남이었는지 몰라!" (그날의 추억은 오늘 앙투안을 즐겁게 했다. '그런데 오늘은 어떻게 저렇게도 변할 수 있을까?' 하고 생각했다. 이틀 전에 유해 머리맡에 있었을 때는 정말 감격했던 것을 회상했다.)

"…이러한 힘의 비결이야말로 도대체 어떤 것일까요?" 노인은 계속 외쳤다. "이와 같이 틀림없는 균형, 차분한 낙천주의, 모든 장애물도 아랑곳 않고 그렇게도 어려운 사업을 훌륭히 해낸 깊은 그 자신감을 우리의 오스카르 티보 씨는 과연 어떠한 원천에서 끌어낼 수 있었을까요?

이런 인물, 또 이런 삶을 낳게 하는 것이야말로, 여러분, 우리 가톨릭의 영원한 영광이 아니겠습니까?"

* 그리스 신화에 나오는 인물로 피라도와의 두터운 우정으로 유명하다.

'확실히 그렇다.' 앙투안은 인정했다. '아버지는 신앙 속에서 참으로 훌륭한 지주를 찾았지. 신앙 덕택에 그는 스스로를 속박하는 모든 것, 양심의 가책이라든가 과도한 책임감이라든가 자신에 대한 의혹과 그 밖의 모든 것을 언제나 모르고 지냈어. 신앙을 가지고 있는 사람은 행동만 하면 되니까.' 그는 아버지를 비롯해서 이 '귀머거리' 같은 사람이야말로 결국은 태어나서 죽을 때까지 인생 행로에서 가장 편한 길을 걸어온 사람들이 아닐까 하고 생각해보았다. '사회적으로 볼 때' 하고 앙투안은 생각했다. '그들은 개인 생활과 공동 생활을 가장 잘 조화시킬 수 있었던 사람들이지. 그들은 개미집이나 벌집 같은 것을 만드는 본능을 지닌 형태를 따르는 것이 틀림없어. 그것은 확실히 대단한 것이야…. 솔직히 말해서 내가 못마땅하게 여겼던 아버지의 끔찍한 그 결점들, 즉 그 오만, 그 명예욕, 그 횡포만 하더라도 따지고 보면, 만일 그가 온유하고 타협적이고 겸손한 기질을 타고났더라면 사회적으로 기여했을 정도와는 비교도 안 될 만큼 그는 자신의 결점 덕분에 개인적으로 얻은 것이 엄청났던 것이다….'

"여러분, 이 위대한 투사에 대해 오늘 우리가 드리는 예찬의 말들은 아무런 뜻이 없는 것입니다." 다시 노인은 쉰 소리로 말을 계속했다. "지금 우리는 전례 없이 중대한 시기에 처해 있습니다! 우리는 언제까지 돌아가신 분들만 생각하고 있을 때가 아닙니다. 똑같이 신성한 샘에서 우리의 힘을 끌어올립시다. 그리고 서두릅시다. 서두릅시다…." 그는 진심으로 감격해서 한 발을 앞으로 내딛었다. 그리고 휘청거리는 하인의 어깨를 잡아야만 했다. 그러나 그는 여전히 부르짖었다. "여러분. 서두릅시다…. 서둘러… 정의로운 싸움으로 되돌아갑시다!"

"다음은 육아 연맹 회장." 무용 교사가 소개했다.

불안한 걸음걸이로 앞에 나온 흰 턱수염을 한 작은 남자는 문자 그대로 관절 마디마디가 얼어붙은 것 같았다. 그는 추워서 이를 덜덜 떨었다. 얼굴은 창백하고 혹심한 추위 때문에 보기에도 괴로울 만큼 떨며 위축되어 있었다.

"저는 지금 비통한 마음으로… 그 어떤…" (그는 초인적인 노력으로 얼어붙은 턱을 떼어내기라도 하는 것처럼 보였다.) "…괴로운 감회로 인해서…."

"저기 단 밑의 어린이들이 얼어죽겠군!" 앙투안은 안절부절 못하며 중얼거렸다. 그 역시 너무 추워 다리가 저려오고 외투 안에 걸친 셔츠 가슴 부위가 얼어붙는 것 같았다.

"…그분은 수많은 선행을 쌓으며 우리 사이를 지나가셨습니다. 이것이야말로 정말 그분을 위한 빛나는 비명碑銘이 될 것입니다!

여러분, 그분은 지금 우리 모두가 진심으로 존경의 뜻을 표시하는 가운데 우리를 떠나고 있습니다…."

'**존경이라**!… 문제는 바로 그거야.' 앙투안은 생각했다. '도대체 누구의 존경이란 말인가?' 늙고 추위 때문에 꽁꽁 얼어붙어 눈물, 콧물까지 흘리며 귀를 잔뜩 기울이고 말을 할 때마다 동의의 표시로 고개를 끄덕거리는, 열을 지어 있는 노인들을 앙투안은 너그러운 시선으로 훑어보았다. 그들 중의 누구 하나도 자기 자신의 장례식을 생각하지 않는 사람은 없을 것이며, 고인이 된 그 탁월했던 동료에게 보내는 아낌없는 '존경의 뜻'을 부러워하지 않는 사람도 없을 것이다.

키가 작고 수염을 기른 남자는 숨 가빠 하면서 곧 다른 사람에게 자리를 내주었다.

그 자리를 이어받은 사람은 먼 곳을 바라보는 창백하고 날카로운 눈매를 한 곱게 늙은 노인이었다. 그는 박애 사업에 여념이 없는 퇴역 해군 준장이었다. 그의 첫마디는 앙투안의 반발심을 자아냈다.

"우리의 오스카르 티보 씨는 명철한 지능의 소유자로서 혼탁한 이 시대의 여러 가지 불상사 속에서도 언제나 대의를 인정하고 미래를 구축하기 위해 노력한 분입니다…."

'그것은 사실이 아니야.' 앙투안은 마음속으로 발끈했다. '우리 아버지는 편견을 가지고 자기가 택한 좁은 길을 걸어가는 것 말고는 아무것도 보지 않고 이 세상을 산 분이지. 당파 정신의 본보기라고 말할 수 있을 정도니까. 학교를 나온 뒤로는 그는 자신의 참모습을 알려고 한다든가, 자유롭게 이해하고 발견하며 무엇인가를 알려고 하는 자세를 완전히 포기했었어. 앞사람이 걸어간 길을 좇는 것밖에 그는 아무것도 할 수 없었지. 남이 입었던 제복을 걸친 인간이었으니까….'

"…이것보다 더 부러운 운명이 또 있을까요?" 장군은 말을 계속했다. "여러분, 이런 삶이야말로 그런 상징…."

'하나의 제복' 하고 앙투안은 열심히 듣고 있는 참석자들을 또 한 번 바라보면서 생각했다. '그것은 틀림없군. 여기에 있는 모든 사람이 똑같으니까. 서로 바꾸어놓을 수 있는 사람들. 그 중의 한 사람을 묘사하는 것은 다른 모든 사람을 수용하는 것과 마찬가지지. 추위를 잘 타는 사람들, 눈을 깜박거리는 사람들, 그리고 근시인 사람들. 이들은 모든 것을, 사상도, 사회의 발전도, 그들의 요새에 와서 부딪치는 것은 무엇이든지 두려워하는 사람들!… 잠깐만, 지나치게 말을 많이 하는 것 같군….' 그는 생각했다. '하지만 요새라는 말은 아주 적절한 말인데. 성벽 뒤에는 자기들의 수가 많다는 것을 확인하려고 자기들끼리 계속 셈을 하고 있는 포위당한 사람들의 정신 상태와 다를 바가 없군!'

그는 불쾌한 마음이 점점 더해져 더 이상 연설을 들으려 하지 않았다. 그러나 그의 시선은 결론 부분을 말할 때의 과장된 몸짓에 끌렸다.

"고이 잠드소서, 위원장님, 고이 잠드소서! 귀하의 업적을 눈으로 지켜본 사람들이 있는 한…."

소년원 원장이 군중 속에서 모습을 나타냈다. 그는 마지막 고별사를 하기로 되어 있었다. 적어도 이 사람만은 지금 추도를 드리려고 하는 사람에 대해서 꽤 가까이서 관찰할 기회를 가졌던 것 같다.

"…우리의 친애하는 창립자 티보 씨는 자신의 생각을 재주 부려서 위장하는 기술을 모르는 분이었습니다. 그리고 항상 일에 바빴던 그분은 쓸데없는 예의나 자질구레한 것에 개의치 않는 용기를 가진 분이었습니다…."

그의 말에 흥미를 느낀 앙투안은 귀가 솔깃해졌다.

"…그분의 온정은 그의 남성적 무뚝뚝함 속에 감추어져 있었기 때문에 아마도 그의 온정을 더욱 돋보이게 했을 것입니다. 이사회 때 조금도 양보를 하지 않았던 그 태도야말로 그분의 정력, 권리에 대한 자존심, 지도자로서의 의무감이 만든 깊은 양심의 발로였던 것입니다….

그분한테는 모든 것이 투쟁이었고 곧 승리였습니다! 그분의 말씀은 그것이 언제나 직접적인 목적을 향한 것이었습니다. 그것은 하나의 무기였고 곤봉이었습니다…."

'그래, 아버지는 무엇보다도 하나의 힘이었어.' 앙투안은 문득 생각했다. 그리고 그는 자신의 마음속에 이러한 확신이 이미 굳어 있는 것을 알고는 놀랐다. '아버지는 또 다르게 되었을지도 모른다….'

원장은 간수들 사이에 서 있는 원아들의 열 쪽으로 팔을 뻗었다. 사람들의 시선은 꼼짝 않은 채 추위로 파랗게 질린 어린 죄인들 쪽으로 향했다.

"…요람에서부터 악으로 치닫는 사악한 이 젊은이들한테 오스카르 티보 씨는 그의 부드러운 손길을 뻗었던 것입니다. 아, 매우 불완전한 사회 질서의 처참한 희생자인 이들은 영원한 감사의 뜻을 표시하고 그들이 빼앗긴 은인의 죽음을 우리와 함께 슬퍼하기 위해 이 자리에 있는 것입니다!"

'그래, 아버지는 천분天分을 가지고 있었어…. 그래, 하려고 생각만 했으면 할 수 있었을 거야….' 앙투안은 막연한 희망을 가지고 마음속으로 되풀이했다. 그리고 이런 생각이 그의 뇌리를 스쳐 지나갔다. 설사 자연이 이 티보가家의 든든한 뿌리에서 한 사람의 창조자를 탄생시키지 못했다 하더라도 언젠가는….

그는 감격해 마지않았다. 미래가 그의 앞에 넓게 펼쳐졌다.

한편 운구할 사람들은 벌써 관을 움켜쥐고 있었다. 모두들 빨리 끝내려고 서두르고 있었다. 장의 담당자는 앞마당에 깔린 돌 위에 지팡이를 울리면서 다시 머리를 숙였다. 앙투안은 모자도 쓰지 않고 태연한 모습으로 지금 오스카르 티보 씨의 유해를 땅에 묻으러 가려는 행렬 선두에 민첩하게 가서 섰다. Quia pulvis es, et in pulverem reverteris.*

## 13

그날 자크는 아래층에 자기 혼자뿐인데도 불구하고 열쇠를

* 라틴어로 '그대는 먼지이니 먼지로 돌아갈지어다'라는 뜻.

단단히 잠그고 방 안에서 아침나절을 보냈다. (레옹은 물론 장례식에 참석하기를 원했었다.) 그러나 자크는 본의는 아니지만 신중을 기하기 위해, 또한 장례 행렬이 지날 때 참석자들 중에서 아는 얼굴의 눈에 뜨이지 않기 위해 덧문을 단단히 닫아두었다. 그리고 침대에 누워 두 손을 주머니에 넣고 천장에 매달린 등불을 멍하니 쳐다보면서 작은 소리로 휘파람을 불고 있었다.

한시쯤에 마음이 초조해지고 배까지 고파 그는 자리에서 일어났다. 아마 지금쯤은 소년원 강당에서 장례식이 한창 거행중이겠지. 위층에서는 오래전에 생 토마 다캥 성당 미사에서 돌아온 유모와 지젤이 기다리지 않고 식사를 했을 것이다. 그건 그렇고, 오늘 하루는 아무도 만나지 않기로 굳게 결심했다. 찬장에 먹을 것이 좀 남아 있겠지.

부엌에 가려고 현관을 지날 때 입구 문 아래로 밀어 넣은 편지와 신문이 눈에 띄었다. 몸을 굽히는 순간 그는 앞이 캄캄해지는 듯했다. 틀림없는 다니엘의 필적이 아닌가!

**자크 티보 씨**

손끝이 떨려 도저히 편지를 뜯을 수가 없었다.

사랑하는 자크, 그리운 친구여! 나는 어젯밤에 앙투안한테서 편지를 받고…

의기소침해 있던 그에게 이 부름은 마치 찌르는 듯 와닿았기 때문에, 그는 그 편지를 떨고 있는 주먹으로 꼭 쥘 수 있을 정도로 두 번, 네 번 접고 또 접었다. 그러고는 화가 난 듯 자기 방까지 뛰어들어 와 문을 닫고 열쇠로 잠갔다. 그는 무엇 때문에 자기가 밖에 나갔는지조차 잊어버리고 있었다. 어찌할 바를 모르고 서성거렸다. 그리고 전등 밑에 우뚝 서서 구겨진 편지를 폈다. 그리고 무엇이 쓰여 있는지 생각하지도 않고, 자기가 찾고 있는 이름이 눈에 뜨일 때까지 건성으로 읽어 내려갔다.

…최근 몇 년 동안 제니는 파리의 겨울을 잘 견디어내지 못했어. 그래서 두 사람은 한 달 전부터 프로방스에 가 있어….

그는 조금 전처럼 또다시 거칠게 편지를 구겼다. 그리고 이번에는 그것을 뭉쳐 호주머니에 넣었다.

처음에는 어지럽고 얼떨떨한 느낌이었으나 곧 마음이 홀가분해졌다.

잠시 뒤에 그 넉 줄의 편지 때문에 결심을 바꾸기나 한 듯 그는 앙투안의 책상으로 달려가서 시간표를 보았다. 잠에서 깬 뒤로 그의 생각은 크루이를 떠나지 않고 있었던 것이다. 지금 곧 달려가면 오후 두시 급행은 탈 수 있을 거다. 크루이에는 해지기 전에 도착하겠지만 식은 끝났을 테고, 돌아오는 기차도 떠나버린 지 한참 뒤일 테니까 누구하고도 절대로 만나지 않게 될 것이다. 도착하면 곧 묘지로 가자. 그리고 곧 돌아오자. '두 사람은 프로방스에 가 있어….'

그러나 그는 이 여행이 얼마큼 자신을 불안하게 만들지를 예측하지 못했었다. 그는 가만히 있을 수 없었다. 다행히 기차는 텅텅 비어 있었다. 그가 자리 잡은 칸에도 혼자일 뿐만 아니라 객차도 상복을 입은 늙은 부인 한 사람을 빼고는 비어 있었다. 자크는 그 노부인이 있다는 것을 의식하지도 않고, 마치 우리 안의 야수같이 복도를 따라 끝에서 끝까지 성큼성큼 걷기 시작했다. 이렇게 아무렇게나 왔다 갔다 하는 것이 부인의 주의를 끌었다는 사실, 어쩌면 불안감까지 자아냈다는 사실을 그는 즉시 알아차리지 못했다. 부인을 흘끗 보았다. 그는 길을 가다가 우연히 몸가짐에서 조금이라도 예사롭지 않은 사람을 만나면 그가 어떤 부류의 사람인지를 관찰하기 위해 잠시라도 발길을 멈추지 않고서는 못 견디는 그런 인간이었다. 그런데 이 부인은 확실히 사람의 마음을 사로잡는 데가 있었다. 야위고 창백하며, 여러 가지 과거가 아로새겨진 곱게 늙은 얼굴에다가 수심에 차 있는가 하면 많은 추억을 지니고 있는 듯한 시선. 백발이 무척 잘 어울리는 그 얼굴 전체가 평온하며 또 맑게 보였다. 부인은 단정하게 상복을 입고 있었다. 보아하니 오래전부터 혼자 살면서 고독한 생활을 영위해온 것 같았다. 콩피에뉴 아니면 생 캉탱에 돌아가는 것 같았다. 지방의 중산층 부인. 짐이라고는 아무것도 없었다. 다만 부인 옆의 의자에 박엽지로 반쯤 싼 큰 다발의 제비꽃이 놓여 있을 뿐이었다.

크루이 역에서 기차가 멈추자 자크는 가슴 설레면서 객차에서 뛰어내렸다.

플랫폼에는 아무도 없었다.

공기는 차갑고 투명했다.

역을 빠져나와 주위의 경치를 보는 순간 그는 가슴이 뭉클해짐을 느꼈다. 지름길과 심지어는 대로를 피해서 왼쪽편 '십자가가 서 있는 언덕'을 향해 걷기 시작했다. 삼 킬로미터 정도 돌아가는 길이었다.

사방에서 계속 몰아치는 사나운 바람이 아직 눈으로 뒤덮여 있는 적막한 풍경 위를 갑작스러운 돌풍같이 휩쓸고 있었다. 태양은 솜 같은 풍경 뒤의 어디론가, 지평선을 향해 지고 있는 것이 틀림없었다. 자크는 빠른 걸음으로 걸었다. 그는 아침부터 아무것도 먹지 않았지만 이제는 조금도 배고픔을 느끼지 않았다. 오히려 추위에 도취되어 있었다. 경사진 모퉁이 길, 수풀, 그 하나하나가 모두 기억에 떠올랐다. 십자가는 세거리가 교차하는 헐벗은 숲 사이로 멀리 눈에 띄었다. 바로 이 길이 보메닐로 가는 길이다. 감시인과 매일 산책을 하던 중에 얼마나 자주 비를 피해 이 도로 수리공의 오두막집에서 몸을 피했던가! 레옹 할아범하고는 두세 번, 아르튀르하고는 적어도 한 번. 성실한 로렌 지방 출신답게 넓적한 얼굴의 아르튀르, 그의 푸른 두 눈, 그리고 별안간 짓는 알 수 없는 그 냉소…

이 모든 추억은 지금 그의 얼굴을 쿡쿡 쑤시고 손끝이 저려오는 듯한 아픔을 주는 이 매서운 바람보다도 더 그의 가슴을 쥐어뜯고 있었다. 그는 더 이상 아버지에 대해서 생각하지 않았다.

짧은 겨울 해는 벌써 저물고 있었다. 어두워졌지만 아직은 앞을 분간할 수 있었다.

크루이에 이르자 그는 마치 아직도 개구쟁이들에게서 손가락질 받는 것이 두렵기라도 한 듯, 옛날처럼 집 뒤의 골목길로 가기 위해 길을 돌아갈 생각도 해보았다. 팔 년이 지난 오늘, 누가 자기를 알아볼 수 있을까? 게다가 길에는 인적이라고는 찾아볼 수 없고, 문이란 문은 모두 닫혀 있었다. 마을 생활 그 자체가 추위에 얼어붙어 있는 것 같았다. 다만 굴뚝만이 회색빛 하늘 위로 연기를 뿜고 있었다. 돌계단과 바람에 삐걱거리는 간판과 함께 여인숙이 보였다. 모든 것이 옛날 그대로다. 백묵 같은 땅 위에 녹아 있는 이 눈, 지금도 소년원에서 지급한 구두가 빠져들어 가는 듯한 뿌연 진흙탕. 여인숙, 그곳은 레옹 할아범이 산책을 빨리 끝낸 다음에 술집에 가서 한판 하려고 자기를 텅 빈 세탁장 속에 몰아넣던 곳이 아닌가! 한 소녀가 골목에서 나와 돌계단 위에서 구두 소리를 내고 있었다. 새로 온 식모일까? 그렇지 않으면 그때 '소년 죄수'를 보고 언제나 도망가던 작은 소녀였던 여인숙 주인의 딸일지도 모른다. 집 안으로 모습을 감추기 전에 그 소녀는 낯선 청년이 지나가는 것을 수상쩍게 쳐다보았다. 자크는 걸음을 재촉했다.

그는 지금 마을의 끝에 와 있었다. 마지막 집들을 지나자마자 들판 한가운데 일대가 높은 담으로 쌓여 격리되어 있고, 위에 눈이 덮인 큰 건물과 겹겹이 둘러쳐 있는 창살이 시야에 들어왔다. 그의 두 다리는 떨렸다. 모든 것이 옛날 그대로다. 변한 것이 아무것도 없다. 현관으로 이르는 나무 한 그루 없는 오솔길은 온통 진흙투성이었다. 이처럼 저물어가는 겨울날에 길을 잃은 나그네가 이층에 새겨놓은 노란 글씨를 보면 제대로 해독하지 못했으리라. 그러나 자크는 그 자랑스러운 글씨를 분명히 읽을 수 있었다. 그는 그것을 물끄러미 쳐다보고 있었다.

이때 비로소 그는 창립자인 아버지가 돌아가셨다는 것, 장례 행렬의 마차가 진흙 속에 바큇자국을 패게 했다는 것, 자기가 지금 이곳에 온 것은 아버지 때문이란 것이 생각났다. 그래서 이렇게 음산한 건물에 등을 돌릴 수 있다는 것에 즉시 안도감을 느끼면서 온 길을 되돌아 왼쪽으로 접어들어 묘지 입구 양쪽에 서 있는 두 그루의 측백나무 쪽으로 걸어갔다.

언제나 닫혀 있는 철문이 오늘은 열려 있었다. 마차 바큇자국이 길을 가리켜주었다. 자크는 기계적으로 화환이 산더미처럼 쌓여 있는 쪽으로 걸어갔다. 화환들은 추위에 시들어버려 꽃이라기보다는 배추 껍질을 쌓아 올린 것 같았다.

묘지 앞쪽에는 줄기가 박엽지로 쌓인, 나중에 그곳에 갖다놓은 듯한 큰 제비꽃 한 다발이 외따로 눈 위에 놓여 있었다.

'설마' 하고 그는 생각했다. 그러나 이런 우연의 일치에는 별로 흥미를 느끼지 못했다.

새로 파헤쳐진 흙을 보고 그는 이 진흙 속에 묻힌 시신, 곧 장의사가 가족을 향해 정중하게 인사한 뒤에, 이미 변해버린 얼굴 위에 영원히 수의를 덮던 비통하면서도 우스꽝스럽던 순간에 마지막으로 본 아버지의 모습을 곧 생각했다.

**'이랴! 가라! 기다리고 계신다!'**를 그는 가슴을 죄는 듯한 번민과 함께 생각했다. 그러자 갑자기 치밀어 오르는 오열에 숨이 막혔다.

로잔을 떠나온 뒤로 그는 반은 무의식적으로 사건의 흐름에 따라 시시각각으로 몸을 내맡겼다. 그러나 지금 그의 마음속에는 지난날 유치하면서도 아주 오래된 극단적인 애정, 또한 비논리적이면서도 명백한 애정이 극심한 회한의 감정과 더불어 갑자기 되살아났다. 그는 왜 이곳에 왔는지 지금은 이해할 만했다. 자신의 젊은 날을 조금씩 좀먹어가던 분노, 경멸, 증오의 감정, 복수심들이 머리에 떠올랐다. 마치 총알이 튀며 날아들듯이, 잊고 있던 허다한 일들이 오늘 새삼 기억에 떠오르면서 그의 폐부를 찌르는 듯했다. 원한도 사라진 홀가분한 기분으로 자식으로서의 본능으로 돌아가 그는 잠시나마 아버지의 죽음을 슬퍼했다. 자발적으로 공식 행사에는 참석하지 않았지만 오늘 이렇게 서로 알아보지도 못하는 상태에서 돌아가신 분의 묘소에 와서 잠시나마 마음속 깊이 슬퍼해 마지않는 두 사람 중 하나가 바로 자크였던 것이다. 오늘 티보 씨의 죽음을 진심으로 슬퍼하는 이 세상에서 단 두 사람 중 하나였던 것이다.

그러나 모든 일을 지나치게 직시하는 습관을 가지고 있는 그는 이런 슬픔, 이런 회한의 마음을 가지게 되는 부조리를 곧 간파하지는 못했다. 만일에 아버지가 아직 살아 있었더라면 자신은 또 그를 미워하고 다시 도망갔으리라는 것을 너무나 잘 알고 있었다. 그러나 막연한 감회에 사로잡혀 허탈 상태에 빠져 있었다. 무엇인지는 몰랐으나 후회하고 있었다…. 그럴 수도 있었을 텐데 하고 한순간 온화하고 아량이 넓으며 이해심 깊은 아버지를 상상해보며 흐뭇해했다. 그러면서 그런 애정이 넘치는 아버지의 나무랄 데 없는 아들이 되지 못했던 자기 자신이 안타깝게 여겨지기도 했다.

그는 어깨를 으쓱하면서 돌아섰다. 그리고 묘지를 나왔다.

동네는 올 때보다는 좀 활기를 띠었다. 마침 농부들은 그들의 하루 일을 끝내려는 참이었다. 창가에는 불빛이 밝혀져 있었다.

동네를 피하기 위해 역으로 직접 가는 길을 택하지 않고 물랭뇌프 도로로 접어들었다. 그리고 즉시 밭으로 나와버렸다.

그는 이제 혼자는 아니었다. 그것은 마치 냄새같이 끈질기게 그를 쫓아다니며 그에게 달라붙어 그의 모든 생각을 하나하나 파고들었다. 그것은 이 호젓한 들판에서, 눈 위에 반짝이는 석양빛 아래에서, 그리고 한순간 바람이 멎은 뒤의 온화해진 공기 속에서 그와 함께 걷고 있었다. 그는 그것을 뿌리치려고 하지 않고 이러한 죽음의 압박에 몸을 맡기고 있었다. 그리고 삶의 무의미, 모든 노력의 허망함을 이 순간에 뼈저리게 느낀 나머지, 마음속에서는 관능적인 흥분 같은 것이 용솟음치는 듯했다. 인간은 어째서 그토록 바라는 것일까? 무엇을 희망하는 것일까? 인생 그 자체는 모두 하찮은 것인데. 모든 것이, 정말 모든 것이 헛된 일이다, 인간이 죽음이라는 것을 알자마자! 그는 지금 저 내면 깊은 곳에 이른 기분이었다. 벌써 어떤 야심도 없었다. 지배하고 싶은 욕망도 없고, 무엇이든지 꼭 해보겠다는 의욕도 없었다. 그리고 이제 이런 고뇌에서 치유되어 평안함을 되찾을 수 있다는 것은 상상도 못 했다. 설사 인생이 짧다 해도 인간에게는 이따금 자기 자신의 일부만이라도 멸망으로부터 구할 수 있다는 생각, 또 하늘이 무너져도 솟아날 구멍이 있듯이 자신을 휘몰고 가는 풍파를 이겨내어 자신의 꿈을 다소나마 부상시킬 기회가 주어질 때도 있다는 생각은 염두에 두기조차 싫었다.

그는 다급한 걸음으로 계속 앞으로 걸어갔다. 마치 깨지기 쉬운 물건을 가슴에 안고 도망치는 사람같이 몸을 뻣뻣하게 하고 있었다. 모든 것에서 도망치는 것이다! 그것은 단순히 사회의 갈고리에서 벗어나려는 것만이 아니다. 또 가족, 우정, 사랑으로부터 도망치려는 것만도 아니다. 그렇다고 자기 자신, 격세유전이나 습관의 횡포로부터의 도피만도 아니다. 그것은 가장 심오한 자신의 본질, 가장 비참하게 쇠락한 사람을 삶에다 얽어매는 이토록 불합리하고 치명적인 생활 본능으로부터 탈주하려는 것이다. 그에게는 또다시 자살한다든가 전적으로 자의에 의해 자신을 말살한다는 아주 논리적인 생각이 추상적인 형태로 떠올랐다. 마침내 무의식의 세계로 착륙했다. 갑자기 세상을 떠난 아버지의 그 훌륭하고 평화스러운 얼굴이 떠올랐다.

'…바냐 아저씨, 쉴 때가 올 거예요…. 이제 곧 쉴 때가 올 거예요….'

몇 대의 수레 소리에 자신도 모르게 정신이 번쩍 들었다. 수레 등이 보였다. 마부들의 고함 소리와 웃음소리가 들려오는 가운데 바퀴를 흔들거리며 이쪽으로 오고 있었다. 누구를 만난다는 생각을 하니까 그는 견딜 수 없었다. 길 가장자리에 눈으로 가득한 도랑을 서슴지 않고 뛰어넘어 비틀거리면서 얼어붙은 밭을 가로질러 갔다. 작은 숲 기슭에 이르자 그는 그 속으로 뛰어들어 갔다.

얼어붙은 나뭇잎이 구두창 밑에서 바스락 소리를 냈다. 심술궂은 나뭇가지가 매질하듯 그의 뺨을 때렸다. 두 손을 일부러 호주머니에 넣고는 어디로 가든지 개의치 않고 길이고 사람이고 그런 모든 것에서 도망치고 싶어 마치 취한 듯이 덤불 숲속으로 깊이 들어갔다!

그것은 다만 나무가 우거진 좁은 지대에 지나지 않았다. 그래서 곧 건너편까지 갔다. 나무 사이를 통해, 어두운 하늘 아래 한 줄기 길이 가로질러 있는 하얀 들판과 정면으로 지평선이 굽어보이는 곳에 소년원의 등불이 켜져 있는 창틀이 다시 시야에 들어왔다. 작업실과 자습실이 있는 층이었다. 이때 어처구니없는 생각이 그의 뇌리를 스쳐갔다. 일련의 장면이 전개되었다. 헛간 낮은 지붕을 기어오른다. 지붕마루를 타고 창고문까지 간다. 유리창을 깨부수고 성냥을 그어 창살 사이로 불붙는 짚 뭉치를 던진다. 많은 예비 침대가 횃불처럼 타오르고 불은 벌써 본관 건물에까지 번져 자기가 옛날에 있던 그 독방, 그 책상, 의자, 흑판, 침대까지 모두 삼켜버린다…. 화염이 모든 것을 태워버린다!

그는 손으로 상처 난 얼굴을 만져보았다. 무력한 자신, 그리고 바보스러운 생각을 하고 있는 자신이 한심하게 여겨졌다.

그는 소년원, 묘지, 과거에 완전히 등을 돌리고 역 쪽을 향해 성큼성큼 걸어갔다.

17시 40분 기차는 몇 분 차이로 놓쳐버렸다. 하는 수 없이 19시 보통 기차를 기다리는 수밖에 없었다.

대합실은 몹시 추웠고 악취를 풍겼다.

얼굴은 상기된 채 주머니 속에 있는 다니엘의 편지를 움켜쥐고 인적 없는 플랫폼에서 한참 동안 서성거렸다. 이미 편지를 두번 다시 읽지 않기로 마음속으로 결심했었다.

그러나 결국은 시계를 비추고 있는 반사등 가까이 가서 벽에 몸을 기대고 주머니에서 편지를 꺼내 읽기 시작했다.

사랑하는 자크. 그리운 친구여! 나는 어젯밤에 앙투안한테서 편지를 받고 한잠도 잘 수가 없었어. 만일 어젯밤과 오늘 아침 사이에 너한테 가서 단 오 분만이라도 네가 살아 있는 모습을 볼 수만 있다면, 나는 너를, 내 눈앞에서 살아 있는 자크를 보기 위해 서슴지 않고, 암, 그렇고말고, 위험을 무릅쓰고라도 담을 뛰어넘을 거야! 밤새도록 코를 고는 다른 두 동료와 함께 이 하사관용 누추한 방에서 나는 달빛이 비치는 하얀 천장을 바라보면서 옛날 우리들의 소년 시절, 같이 지낸 우리의 모든 생활, 학창 시절, 그 외의 모든 것, 모든 것을 상상해보았어. 친구여, 죽마고우여, 내 형제여! 네가 없었다면 그 지난 시간을 어찌 내가 견딜 수 있었을까? 그래, 나는 단 한순간도 너의 우정을 의심해본 적이 없었어. 앙투안에게서 소식을 듣고 오늘 아침에 훈련을 마치자마자 이렇게 곧 너한테 편지를 쓰고 있어. 그러나 그 무엇 하나 정확히 알지도 못하고 또 나의 이 편지를 네가 과연 어떤 눈으로 읽을지도 모르면서, 그리고 네가 어째서 삼 년 동안 나에게 그렇게도 매정하게 침묵을 지켰는지조차 모르면서 말이야. 얼마나 네가 그리웠는지, 또 오늘도 얼마나 그리워하고 있는지 몰라! 특히 군대에 들어오기 전에 민간인 생활을 하고 있을 때 진심으로 네가 있었으면 했어! 나의 이런 믿음을 너는 알아주기나 할까? 네가 나에게 준 그 힘, 내 마음속에 잠재해 있던 여러 가지 아름다운 것들을 네가 나에게 일깨워주었지. 이 모든 것들이 결코 네가 아니면, 너의 우정이 없었다면….

자크의 손은 구겨진 종이를 눈 위에까지 올리면서 떨고 있었다. 불이 어두운 데다가 눈물 때문에 읽는 것이 무척 힘들었다. 바로 머리 위에서는 나사못으로 구멍을 뚫는 것 같은 날카로운 소리가 끊임없이 떨며 흘러나왔다.

…그리고 너는 그것을 전혀 눈치채지 못했던 것 같아. 왜냐하면 그 당시에 나는 너무나 자존심이 강해서 그 일을, 특히 너한테는 말할 수가 없었어. 그래서 네가 자취를 감춘 뒤에 나는 그것을 믿을 수 없었어. 나는 전혀 알 수가 없었지. 나는 얼마나 괴로워했는지 몰라! 무엇보다도 불가사의한 일이었으니까! 언젠가는 알게 되겠지. 그러나 아무리 견딜 수 없이 불안하고 원망스러운 순간에도, 나에 대한 너의 감정이 (네가 살아 있는 한) 변하리라는 생각은 가져본 적이 없어. 그리고 이것 봐, 오늘도 여전히 너를 의심하지 않아.

……………………………………………………

귀찮은 근무 때문에 편지가 중단됐어.

이 시간에는 금지되어 있지만 나는 지금 매점 구석에 피신하려고 왔어. 열세 달 전부터 나를 데려다가 붙들고 있는 이 병영 생활이 어떤 것인지 너는 모를 거야. 병영 이야기를 하기 위해서 너한테 쓰는 것은 아니야.

소름 끼치는 일이지. 글쎄, 우리는 서로 무슨 이야기를 해야 할지, 또 어떻게 서로 말해야 할지조차 모르고 있으니 말이야. 너도 짐작하겠지만 나는 너한테 편지로 묻고 싶은 질문이 태산 같아. 무슨 소용이 있겠어? 내가 하고자 하는 질문 중의 하나만 대답해주기 바라. 왜냐하면 그것이 줄곧 머리에서 떠나지 않기 때문이야. 어때. 나는 너를 다시 만날 수 있을까? 그 악몽은 이제 모두 끝난 거니? 너는 제정신을 되찾았니? 그렇지 않으면…. 또 도망가려고 하고 있는 거니? 이봐, 자크, 네가 적어도 이 편지만은 읽어주리라고 확신해. 그리고 또 너한테 쓸 기회란 이 순간밖에 없는 것 같으니까 이렇게 외쳐도 무방하겠지. 나는 너의 모든 것을 다 이해할 수 있어. 또 모두 다 인정해. 그러나 제발 어떤 계획이 있더라도 내 생활로부터 그렇게 완전히 모습을 감추진 마! 나한테는 네가 필요해. (나는 얼마나 너를 자랑스럽게 여기고 있고, 얼마나 큰일들을 너한테 기대하고 있으며, 그리고 또 얼마나 그렇게 자랑하고 싶어 하는지!) 나는 너의 어떤 조건도 기꺼이 받아들일 마음의 준비가 되어 있어. 만일 네가 나한테 주소를 알리고 싶지 않고, 편지도 하기 싫으며, 어느 누구한테도 너의 소식을 전해주기를 바라지 않는다면, 또 너의 형 앙투안한테까지도 알리지 말라면, 약속할게, 하고말고, 나는 모든 것을 승낙하겠어. 무엇이라도 먼저 약속하지. 다만 나에게는 가끔 너의 소식이 필요해. 네가 살아 있고 네가 나를 생각하고 있다는 표시를 원하고 있어! 나는 지금 마지막 행을 쓰면서 후회하고 있어. 나는 그것을 삭제했어. 왜냐하면 네가 나를 생각하고 있다는 것을 확실히 알고 있으니까. (이 일에 대해서도 나는 절대로 의심하지 않았어. 네가 살아 있는 한, 나와 우리의 우정을 잊어버리는 일은 절대로 없으리라고 생각해왔어.)

생각할 틈이 없어. 펜 가는 대로 계속 쓰고 있어. 그래서 내 생각을 제대로 나타내지 못하는 것을 잘 알고 있어. 그러나 그런 것은 아무래도 좋아. 견딜 수 없던 침묵 뒤의 그것은 감미로운 일이니까.

내 이야기를 좀 해야겠어. 그것은 네가 나를 생각할 때 너와 헤어질 때의 내가 아니고 현재의 나를 생각해주었으면 하는 마음에서야. 아마 앙투안한테서도 이야기가 있을 거야. 그는 나를 잘 알고 있어. 네가 집을 나간 뒤부터 우리 둘은 자주 만났지. 글쎄, 무엇부터 이야기해야 좋을지 모르겠군. 할 말이 산더미 같으니 말이야. 어찌할 바를 모르겠어! 그렇지만 너는 내 생활을 알겠지. 나는 완전히 현재에 살고, 현재에 일하고, 현재 속의 사람이 되어 과거로 되돌아갈 수는 없어. 내가 나 자신에 관해, 예술에 관해, 또 오래전부터 막연히 추구해오던 모든 것에 관해 본질적인 것을 어렴풋이나마 알게 되는 순간에 병역이 내 일을 중단시켰어. 그러나 오늘 이런 이야기를 한다는 것은 어리석은 일이지. 어쨌든 나한테는 아무런 미련이 없어. 이런 군대 생활이 나한테는 새로운 것, 무엇인가 매우 강한 것, 더구나 부하한테 명령을 하면서부터는 큰 시련과 함께 큰 경험을 가져다주었어. 그러나 오늘 이런 이야기를 한다는 것은 어리석은 일이지.

다만 한 가지 매우 유감스러운 것은 일 년 전부터 엄마와 헤어져 있어야 한다는 사실이야. 엄마와 제니 두 사람은 이렇게 헤어져 있는 것을 가장 가슴 아프게 여기고 있으니까 더 그래. 실은 제니의 건강이 시원치 않아. 그래서 우리는 얼마나 걱정했는지 몰라. 우리라고 해도 결국은 내가 그러했다는 이야기지만. 왜냐하면 너도 알겠지만, 엄마는 일이 잘못될 수도 있다는 생각을 전혀 하지 않는 분이니까. 그러나 그런 엄마도 제니가 최근 몇 년 동안 파리의 겨울을 잘 견디어내지 못했다는 것을 알게 됐어. 그래서 두 사람은 한 달 전부터 프로방스에 가 있어. 일종의 요양원 같은 곳에 말이야. 될 수 있으면 봄까지 그곳에서 제니를 요양시키려고 생각하고 있어. 엄마도 제니도 걱정과 근심거리가 하도 많으니! 아버지는 여전해. 아버지 이야기는 그만두기로 하지. 지금 오스트리아에 가 있어. 그러나 구설수가 끊일 날이 없어.

이것 봐, 나는 지금 갑자기 너의 아버님이 돌아가신 것을 생각했어. 실은 그것 때문에 이 편지를 시작하려고 했었지. 미안해. 그리고 이 슬픔은 너한테 이야기한다는 것이 거북스럽게 느껴져. 하지만 그 당시에 네가 겪었을 슬픔을 생각하니까 가슴이 뭉클해져. 이 일은 너한테 예기치 않았던 가혹한 충격을 주었으리라고 나는 믿어.

그러면 여기서 펜을 놓아야겠어. 시간이 다 된 데다가 우편계 하사가 왔기 때문이야. 나는 이 편지가 되도록 빨리 네 손에 들어갔으면 좋겠어.

잠깐, 결과야 어쨌든 또 한 가지 쓸 것이 있어. 나는 파리에 갈 수 없어. 여기에 몸이 매여 있기 때문에 너한테 갈 방법이 없어. 그러나 파리에서 뤼네빌까지는 다섯 시간 거리니까. 나를 여기에서 볼 수는 있을 거야. (연대장은 나한테 보고실의 실내 장식을 하도록 시켰어.) 나는 꽤 자유로운 편이야. 아마 하루쯤 휴가는 거절하지 않을 거야. 만일에… 네가… 아니야. 그만두자. 그런 일은 꿈에도 생각하고 싶지 않아! 다시 한번 되풀이해 두지만 나는 무엇이든지 수락하고, 무엇이든지 이해할 마음의 준비가 되어 있어. 물론 너를 영원한 나의 친구, 유일한 친구로 여기면서 말이야.

다니엘

자크는 이 여덟 페이지를 단숨에 다 읽었다. 그는 감동과 당혹감에 어찌할 바를 모르면서 몸을 떨었다. 이때 그가 느낀 것은 우정이 되살아나는 것만은 아니었다. 그의 감정이 어찌나 격렬했던지 그는 오늘 저녁 당장 뤼네빌행 열차를 타고 싶을 정도였다. 그것은 또한 그의 마음 한구석을 몹시 괴롭히는 번민, 고통스럽고 암담하며 무어라 밝힐 수도 없고 밝히기도 싫은 번민이었다.

그는 몇 걸음 앞으로 걸어갔다. 추위보다도 흥분 때문에 떨고 있었다. 편지를 그대로 손에 쥐고 있었다. 그리고 요란스럽게 울리는 벨 소리를 들으며 벽에 다시 와서 몸을 기댔다. 그리고 마음을 가다듬고 침착하게 다시 한번 읽기 시작했다.

가르 뒤 노르*를 나왔을 때는 벌써 여덟시 반을 알리는 시계 소리가 울렸다. 별이 총총하고 아름다운 밤이었다. 길가의 도랑은 얼어붙고, 보도에는 먼지가 푸석푸석 일고 있었다.

그는 배가 고파 죽을 지경이었다. 라파예트가街에서 비어홀을 찾은 그는 그곳에 들어가 긴 의자에 털썩 주저앉았다. 그리고 모자도 벗지 않고 코트 깃도 그냥 올린 채로 삶은 계란 세 개, 슈크루트** 일인분, 빵 반 파운드를 미친 듯이 먹었다.

배가 차자 맥주 두 잔을 연거푸 마셨다. 그리고 자기 앞쪽을 쳐다보았다. 가게는 거의 비어 있었다. 그의 앞쪽 다른 줄의 의자에는 한 여자가 혼자 빈 컵을 앞에 놓고 그를 지켜보고 있었다. 갈색 머리에 어깨가 넓고 아직 젊어 보였다. 그는 그 여자의

* 파리에 있는 북부로 가는 철도의 출발역.

** 양배추 절임 요리의 일종.

조용하고 동정적인 눈길을 훔쳐보았다. 자신도 모르게 가슴이 두근거렸다. 역 근처를 서성대는 직업여성치고는 옷차림이 보잘것없었다. 신출내기일까?… 그들의 시선이 서로 마주쳤다. 그는 그녀의 눈길을 외면해버렸다. 조금만 눈짓해도 그녀는 그의 자리에 와서 앉았을지 모른다. 순진하면서도 슬픈 경험을 맛본 듯한 표정을 한 여자. 그렇다고 매력이나 멋이 전혀 없는 것은 아니었다. 유혹을 느낀 그는 잠시 망설였다. 자신에 대해 아무것도 모르는 단순하고 자연스러운 여인과 오늘 밤을 지낸다는 것은 어쩌면 기분 좋은 일일지도 모른다…. 그녀는 악의 없이 그를 유심히 바라보고 있었다. 그가 주저하는 것을 그녀는 눈치챈 것 같았다. 그는 조심스럽게 그녀의 시선을 피했다.

마침내 그는 정신을 가다듬었다. 보이를 불러 계산을 하고는 그 여인을 보지도 않고 급히 밖으로 나왔다.

밖에 나오자 추위가 그를 엄습했다. 걸어서 돌아갈까? 그러기에는 너무 지쳐 있었다. 보도 끝까지 가서 택시를 잡으려고 잠시 서 있었다. 제일 먼저 온 빈 택시에 손짓을 했다.

택시가 앞에 와 섰을 때 누군가 살며시 그의 곁으로 왔다. 그녀가 뒤따라온 것이다. 그녀는 그의 팔을 만지면서 어색하게 말했다.

"원한다면 저의 집으로 가죠. 라마르틴가街."

자크는 싫다는 뜻으로 상냥스럽게 고개를 저었다. 그리고 택시 문을 열었다.

"그럼 저를 라마르틴 97번지 근처에서 내려주시면…" 하고 그녀는 그를 떠나지 않기로 결심이라도 한 것처럼 간청했다.

기사는 미소를 지으면서 자크를 바라보았다.

"그럼 손님. 라마르틴가 97번지 쪽으로 갈까요?"

그녀는 자크가 승낙한 것으로 믿었다. 아니, 그렇게 생각한 척하면서 문이 열린 차 속으로 뛰어 올랐다.

"그럼 라마르틴가로 가주세요." 자크는 마지못한 듯 수락했다.

택시는 움직이기 시작했다.

"왜 그렇게 점잖은 척해요?" 그녀는 물었다. 끈적거리는 그녀의 목소리로 보아 즉시 정체를 알 수 있었다. 계속 그녀는 달콤한 목소리로 몸을 기대면서 말했다. "당신이 그런다고 내가 모를 줄 알았군요!"

그녀는 두 팔로 부드럽게 자크를 껴안았다. 그러고는 애무와 포근한 살의 온기로 자크의 마음을 녹였다.

하소연이라도 했으면 하는 생각에 이끌려 자크는 아무런 대답도 하지 않고, 나오려는 한숨을 억제했다. 그러자 그녀는 자크의 이 한숨, 이 침묵이 모든 것을 맡긴 것으로 생각했는지 더 힘차게 끌어안으면서 모자를 벗기고는 그의 머리를 자기 가슴으로 끌어당겼다. 자크는 하는 대로 내버려두었다. 갑자기 복받쳐 오르는 슬픔을 이기지 못한 듯 자신도 모르게 눈물을 흘리고 있었다.

그녀는 목소리를 떨면서 그의 귀에 속삭였다.

"당신 나쁜 짓을 했군요, 안 그래요?"

자크는 너무 어이가 없어 아무 대답을 하지 못했다. 무릎까지 진흙투성이가 된 바지를 입고, 얼굴은 나뭇가지에 긁힌 자국을 그대로 간직한 채 얼어붙은 파리 거리를 배회한 그로서는 악당으로 취급받는 것도 무리는 아니라는 것을 즉시 알아차렸다. 눈을 감았다. 그녀에게 악한으로 보인 것이 오히려 즐거웠다.

그녀는 그의 침묵을 실토한 것으로 다시 해석했다. 그래서 열정적으로 그의 머리를 꽉 껴안았다.

그녀는 아까와는 달리 힘차고, 다 알았다는 목소리로 이렇게 권했다.

"내 집에 가서 숨지 않겠어?"

"싫어." 자크는 꼼짝도 않고 대답했다.

그녀는 전혀 알지 못하는 일도 선뜻 받아들이는 여자처럼 보였다.

"그럼" 하며 그녀는 잠깐 망설이다가 말했다. "돈을 마련해 줄까?"

이 말을 듣고 눈이 휘둥그레진 자크는 펄쩍 뛰었다.

"뭐라고?"

"나 여기 삼백오십 프랑 가지고 있는데 당신 필요 없어?" 그녀는 작은 핸드백을 들어 보이면서 말했다. 그런 말투 속에는 누나같이 무뚝뚝하고 좀 성난 것 같은 온유함이 깃들어 있었다.

자크는 어찌나 감동되었던지 즉시 대답할 수 없었다.

"뜻은 고맙지만… 사양하겠어." 자크는 고개를 저으면서 중얼거렸다.

택시는 속력을 줄이더니 입구가 낮은 어떤 집 앞에 섰다. 보도는 어둡고 사람의 그림자도 보이지 않았다.

자크는 그녀가 자기 집으로 유인할 것이 틀림없다고 생각했다. 그럴 경우에는 어떻게 하나?

그러나 그는 주저할 필요가 없었다. 그녀는 이미 일어나 있었다. 그를 돌아보더니 쿠션 위에 한쪽 무릎을 올려놓았다. 그리고 어둠 속에서 마지막으로 자크를 끌어안았다.

"가여워라." 그녀는 한숨 쉬듯 말했다.

그녀는 자크의 입술을 더듬었다. 그리고 거기에서 무슨 비밀이라도 찾아내어 범죄의 기미라도 발견하겠다는 듯이 맹렬한 키스를 퍼부었다. 그리고 곧 팔을 풀었다.

"나쁜 짓 하고 잡히지 마, 바보야!"

그러자마자 택시에서 뛰어내려 문을 꽝 닫았다. 그리고 기사에게 오 프랑짜리 동전을 내주면서 외쳤다.

"생 라자르가街로 가세요. 그리고 이 사람 좋다는 데서 내려주시고요."

택시는 다시 출발했다. 자크는 누군지도 모르는 그 여자가 뒤도 돌아보지 않고 어두운 골목길 안으로 자취를 감추는 것을 흘끗 보았다.

자크는 이마 위로 손을 갖다 댔다. 뭐가 뭔지 통 알 수가 없었다.

택시는 질주하고 있었다.

그는 택시의 유리창을 열고 얼굴에 찬바람을 받으며 깊이 숨을 들이마셨다. 그리고 미소를 띠면서 기사 쪽으로 몸을 굽혔다.

"위니베르시테가街 4번지 을 호." 하고 그는 명랑하게 외쳤다.

## 14

묘지의 행렬이 끝나자마자 앙투안은 자동차로 콩피에뉴까지 갔다. 구실은 비석공에게 가서 여러 가지 일러둘 말이 있어서라고 했지만, 실은 돌아오는 기차 속이 너무 붐비지나 않을까 해서 그랬던 것이다. 17시 30분 급행을 타면 저녁 전에 파리에 돌아갈 수 있을 것이다. 그는 혼자 여행하기를 은근히 바라고 있었다.

그것은 우연이라는 것을 고려에 넣지 않았기 때문이다.

출발하기 몇 분 전에 플랫폼에 나온 그는 뜻하지 않게 그곳에서 베카르 신부와 마주쳤다. 그래서 버럭 화가 나는 것을 참을 수밖에 없었다.

“대주교님께서” 하고 신부는 변명했다. “이야기를 좀 하자고 하시면서 고맙게도 자동차를 태워주셔서….”

그는 앙투안의 시무룩하고 피곤한 듯한 얼굴을 눈치챘다.

“아 참, 피곤하시겠군요…. 그 많은 사람…. 연설도 그렇게 많아서야…. 하지만 오늘 일은 뒷날 큰 추억으로 길이 남을 것입니다…. 자크가 안 보인 것이 유감이던데….”

앙투안이 지금 사정으로 동생이 참석하지 못한 것이 너무나 당연하다는 것을 설명하려 하자 신부는 그의 말을 막았다.

“이해하겠어요, 이해하겠어요…. 참석하지 않은 것이 잘된 일이지요. 장례식이 얼마나… 성대했는지를 이야기해주세요. 정말 성대했어요. 안 그래요?”

앙투안은 그 말을 거들지 않을 수 없었다.

“성대했다고요? 글쎄 다른 사람들에게는 그랬는지도 모르지만" 하고 그는 투덜거렸다. "그렇지만 저는 그렇게 생각하지 않습니다. 솔직히 말씀드리면 그 웅장함이라든가, 판에 박은 듯한 연설 따위가…."

그의 시선이 신부의 눈길과 마주치는 순간 그는 거기에서 짓궂은 빛이 번뜩이는 것을 얼핏 알아챘다. 신부도 오늘 오후의 연설에 대해서 앙투안과 똑같은 의견이었다.

기차가 들어왔다.

두 사람은 어둡지만 빈자리가 있는 찻간을 찾아 자리를 잡았다.

"담배 안 피우세요, 신부님?"

신부는 집게손가락을 신중하게 들어 그의 입술에 갖다 댔다.

"굉장한 유혹이군요!" 하고 그는 담배 한 개비를 들었다. 그는 실눈을 하고 불을 붙였다. 그러고는 물었던 담배를 입술에서 빼내더니 콧구멍에서 연기를 내뿜으며 만족스런 표정으로 담배를 유심히 바라보았다.

"그런 의식에는" 하며 신부는 흥겹게 이야기를 계속했다. "거기에는 어쩔 수 없이 어떤 일면이 있게 마련이지요. 말하자면 당신들이 좋아하는 그 니체의 **인간적인**…, **너무나 인간적인**…. 어찌 되었든 그러한 종교적인 감정, 도덕심의 집단적 발로란 아주 감동적인 것이어서 무감각할 수는 없지요. 그렇게 생각하지 않으세요?"

"글쎄요." 앙투안은 잠시 뒤 말했다. 그는 신부 쪽을 향해 잠시 아무 말 않고 그를 주시했다.

평화스러운 얼굴, 온화하고 상냥스런 눈길, 은근한 말투, 끊임없이 명상에 잠겨 있는 것같이 고개를 모로 하고 있는 모습,

또 가슴 위에 지그시 올려져 있는 두 손, 이 모든 것을 앙투안은 이십 년 전부터 보아왔다. 그러나 그는 오늘 저녁에 그들 사이에 무엇인가 변해 있는 것을 느꼈다. 그는 오늘까지 베카르 신부를 오직 티보 씨와의 관계에 의해서만 생각해왔다. 곧 신부는 아버지의 정신적인 지도자에 지나지 않았다. 아버지의 죽음으로 인해 그런 중개 역이 필요 없게 된 셈이다. 얼마 전까지만 해도 신부를 대할 때 아주 정중한 태도를 취해야 했던 이유도 이제는 없어져버렸다. 신부 앞에서 이제는 한 인간을 앞에 대하고 있는 입장이라는 마음가짐 이외에는 아무것도 없었다. 고통스러운 하루를 보낸 그는 자신의 생각을 속으로만 삭이기가 더욱 힘겹게 여겨졌기 때문에 홀가분한 마음으로 솔직하게 말했다.

"솔직히 말씀드려서 그런 감정은 저에게는 전혀 상관이 없는데요…."

신부는 빈정거리는 듯한 투로 이렇게 말했다.

"그러나 인간의 감정 중에서 종교적 감정이라는 것은, 내 생각이 잘못되지 않는 한 상당히 넓게 사람들한테서 인정받고 있다고 생각하는데요. …어떻게 생각하세요?"

앙투안은 농담할 생각은 없었다.

"중학교 교장이었던 르크레르 신부님의 말씀이 언제나 뇌리를 떠나지 않고 있습니다. 마침 제가 철학을 배우는 학년이었는데, 어느 날 신부님은 이런 말씀을 하셨습니다. '세상에는 총명하면서도 예술적 감각을 전혀 가지지 못한 사람들이 있어. 아마 자네들도 종교적 감각은 가지고 있지 못할 거야.' 교장으로서는 어쩌다가 잠깐 농담 삼아 하신 말씀이겠지요. 그러나 저는 그날 교장 선생님이 매우 정확하게 보신 거라고 언제나 생각해왔습니다."

"그렇다면" 하고 신부는 다정하면서도 비꼬는 듯한 어투를 버리지 않고 말했다. "당신은 정말 불쌍한 사람이군요. 세상을 반쯤밖에 모른다는 이야기가 되니까요!… 그렇지요. 종교적 감정 없이 중대한 문제에 접근하는 사람은 그 문제의 하잘것없는 부분밖에는 이해하지 못한다고 말할 수 있는 경우가 종종 있지요. 우리 가톨릭의 숭고한 점이란…. 왜 웃고 있지요?"

앙투안은 자신도 왜 그랬는지 몰랐다. 한 주일을 줄곧 흥분 속에서 지낸 데다가 오늘 하루도 초조하게 보내고 나니까 단순한 신경성 반사 작용이었는지도 모른다.

이번에는 신부가 빙그레 미소를 지었다.

"뭐라고요? 우리 종교의 훌륭한 점을 부인하시려는 건가요?"

"아닙니다. 아닙니다" 하며 그는 좀 심술궂은 투로 말을 계속했다. "저도 가톨릭이 '훌륭했으면' 하는데요…." 그는 짓궂은 투로 덧붙여 말했다. "신부님을 기쁘게 해드리기 위해서… 하지만…."

"그런데요?"

"그러나 아무리 '훌륭해도' 합리적일 필요가 있겠지요!"

신부는 그가 보는 앞에서 두 손을 조용히 저었다.

"합리적이라!" 신부는 마치 이 말이 지금 당장에는 논의할 수 없지만 해결의 실마리를 쥐고 있는 여러 가지 문제를 야기시킬 수 있기나 한 것처럼 중얼거렸다. 그는 무엇인가 깊이 생각하는 듯하더니 조금 전보다 더 도전적인 투로 말했다.

“아마 당신은 종교가 현대인에게서 그 세력을 잃어가고 있다고 생각하는 사람들 중의 한 사람이겠지요?”

“그건 모르겠습니다.” 앙투안이 대답했다. 신부는 앙투안의 온건한 대답에 놀랐다. “아마 그렇지는 않겠지요. 오히려 현대인의 노력은—제가 말하는 현대인이란 문자 그대로 신앙과는 전혀 거리가 먼 사람들이지만—암암리에 어떤 종교적인 요소들을 한데 모아서 포괄적으로 생각하면 결국 현재의 많은 신자가 하느님이라고 부르는 개념과 별로 큰 차이가 없는 관념들을 접근시켜 보자는 것이겠지요….”

신부는 여기에 동조의 뜻을 표했다.

“다른 방법이 없지 않겠습니까? 우선 인간의 조건을 생각해 보아야 하겠지요. 종교는 인간의 본능 중에서 가장 더럽다고 생각되는 모든 것에 대한 유일한 보상입니다. 인간이 가지고 있는 유일한 존엄성이지요. 또 그것은 인간의 고통에 대한 위안인 동시에 하나밖에 없는 체념의 원천이기도 합니다.”

“그것은 확실히 그렇군요.” 앙투안은 빈정거리며 외쳤다. “세상 사람들 중에는 자신의 안일보다 진리를 더 소중히 여기는 사람의 수가 적으니까요! 그런데 종교라는 것은 정신적 안락의 극치인 것입니다!… 신부님, 실례합니다만, 어쨌든 세상에는 믿는 즐거움보다 이해하는 즐거움이 좀 더 절실한 사람들이 있지요. 그런 사람들이란…!”

“그런 사람들이라고요?” 하며 신부는 반박했다. “그런 사람들은 언제나 지혜와 추리라는 좁고 허약한 처지에 서 있습니다. 그리고 거기에서 자신을 끌어 올리려고도 하지 않습니다. 딱한 자들이지요. 반면 우리의 경우는 신앙이란 더 넓고 특별한 토대, 곧 의지와 감정의 토대 위에서 살고 있고, 또 그 위에서 발전해 나가고 있습니다…. 그렇지 않은가요?"

앙투안은 아리송한 미소를 띠었다. 차 안의 불이 어두워 신부는 그것을 알아차리지 못했다. 그는 말을 계속했다. 그가 이렇게 역설하는 것으로 미루어 보아 금방 말한 '우리'라는 것에 전혀 속지 않고 있다는 것을 알 수 있었다.

"오늘날 사람들은 자신이 '이해'하고자 한다 해서 자신들이 대단히 강한 것으로 착각하고 있습니다. 그러나 믿는다는 것은 이해하는 것입니다. 그리고 이해한다는 것은 믿는 것입니다. 아니, 오히려 '이해한다'는 것과 '믿는다'는 것은 그 척도가 다른 것이라고 말할 수 있겠지요. 오늘날 어떤 사람들은 한쪽으로 치우친 교양으로 인해 그들의 이성의 기초가 충분하지 못하거나 또는 삐뚤어져 있습니다. 그래서 이런 이성으로서는 설명하지 못한다는 것을 인정하려 들지 않습니다. 이것은 그들이 충분히 모르기 때문이지요. 하느님을 분명히 안다는 것, 하느님의 존재를 이성으로 입증한다는 것은 완전히 가능한 일입니다. 분명히 말해두지만 성 토마스의 스승이었던 아리스토텔레스 이래로 이성은 명확하게 증명하고 있는데…."

앙투안은 회의적인 눈으로 그를 응시하면서 신부의 이야기를 듣고만 있었다.

"…우리의 종교 철학은" 하고 신부는 앙투안의 침묵을 좀 거북스럽게 여기면서 말을 계속했다. "우리에게 이 문제에 대해서 가장 빈틈없는 추리를 제공하며 가장…."

"신부님." 마침내 앙투안은 쾌활하게 신부의 말을 가로막았다. "신부님은 종교적 추리라든가… 종교적 철학이라고 말씀하실 권리를 갖고 계십니까?"

"권리?" 하고 베카르 신부는 어리둥절한 듯 되물었다.

"그야! 엄밀한 의미에서 종교적 사고라는 것은 거의 있을 수 없지요. 왜냐하면 생각한다는 것은 의심하는 것이니까요!"

"허허, 이거 도대체 어떻게 된 셈이지요?" 하고 신부는 외쳤다.

"물론 교회가 그런 하찮은 문제로 골치 썩인다고는 생각하지 않습니다…. 그러나 교회가 백 년 이상이나 그 신앙과 근대 철학 내지는 근대 과학 사이에 확립해보려고 애쓴 관계는 다소… 속임수였지요.—이런 말을 용서해주십시오—신앙심을 키워주고 신앙의 목적이 되며 종교적 성향을 강하게 끄는 것, 이것이야말로 철학과 과학이 부정하고 있는 초자연적인 것입니다!"

신부는 의자 위에서 안절부절못하고 있었다. 그는 지금 이것이 단순한 장난의 말이 아니라는 것을 느끼기 시작했다. 그의 목소리에는 그제야 못마땅해하는 투가 나타났다.

"그렇다면 당신은 우리 젊은이들 대부분이 철학적 추리를 통한 그들의 지식에 의해서 신앙에 도달한다는 사실을 전혀 모르시는 것 같군요."

"천만에요…." 앙투안이 말했다.

"뭐라고요?"

"솔직히 말씀드려서 저는 신앙이란 직관적이고 맹목적인 것이라고밖에는 달리 생각할 수 없습니다. 신앙이 일단 이성에 근거를 두고 있다고 할 경우에…."

"그렇다면 당신은 아직도 과학이나 철학이 초자연을 부정한다고 생각하십니까? 그것은 잘못된 생각입니다. 정말 당치도 않습니다. 그것은 과학이 초자연적인 것에 미치지 못한다는 이야기입니다. 똑같을 수는 없지요. 한편 철학으로 말할 것 같으면 적어도 그 이름에 합당한 모든 철학은….”

“그 이름에 합당하다니요…. 말씀 잘하셨습니다! 위험한 상대를 묘하게 굴복시키시는군요!”

“…그 이름에 상당한 모든 철학은 필연적으로 초자연에 이르는 것입니다.” 하며 신부는 상대에게 말할 틈을 주지 않고 계속했다. “그러나 좀 더 깊이 생각해봅시다. 비록 당신과 같은 현대 의학도가 자신들이 발견한 것과 교회의 가르침 사이에 근본적인 이율배반이 있음을 입증할 수 있다 해도—이것은 우리 호교론 입장에서 본다면 그야말로 믿을 수 없고 황당무계한 가정이지만—그것이 무엇을 증명한단 말입니까?”

“아, 저런!” 하고 앙투안은 미소를 지으며 외쳤다.

“그것은 아무것도 증명할 수 없습니다!” 신부는 열을 올리며 말했다. “그것은 인간의 지혜가 모든 지식을 통일하는 데까지는 못 갔다는 것, 비틀거리며 가고 있다는 것을 나타내는 것에 불과합니다. 그리고 이런 사실이” 하고 신부는 상냥한 미소를 띠면서 말을 계속했다. “모든 사람에게 어떤 발견이 될 수는 없겠지요….

자, 앙투안, 우리는 볼테르 시대의 인간은 아닙니다! 새삼 말씀드릴 필요는 없겠지만, 무신론 철학자들이 말하는 이른바 ‘이성’은 지금까지 종교에 대해서 기만적이고 일시적인 승리만을 거두었던 것이 아닐까요? 신앙에 관한 한 가지 점을 들어보아도 이로 인해 교회의 비논리성이 입증된 예가 단 한 가지라도 있습니까?"

"그거야 확실히 없지요!" 하고 앙투안은 웃으며 신부의 말을 가로막았다. "교회는 언제나 때가 되면 제정신을 차릴 수 있었지요. 신학자들은 오랫동안 논리학자들로부터 공격의 대상이 되는 일이 없도록 하기 위해 교묘히 논증과 허울 좋은 논리를 만들어내는 데 명수였으니까요. 제가 보기에는 특히 최근에 와서 이런 손재주는 정말 역겨울 정도로… 훌륭한 솜씨를 보여주고 있습니다! 그러나 이런 것은 환상을 품기로 작정한 사람들한테 환상을 심어주는 것에 지나지 않습니다."

"그렇지 않습니다. 오히려 그 반대로 교회의 논리는 논쟁에서 언제나 승리해왔다는 것을 아셔야 합니다. 왜냐하면 교회의 논리는 훨씬 더…"

"…더 섬세하고 더 끈질기며…"

"…당신네들 논리에 비한다면 훨씬 깊은 것을 가지고 있기 때문입니다. 이 점은 아마 당신도 인정하시겠지만, 본래 이성이란 자체의 힘에만 내맡겨져 있을 때는 고작 단어를 조립하는 정도에 이르는 것으로 끝나므로 우리의 마음은 이것에 만족하지 못합니다. 어째서일까요? 이것은 일반적인 논리에 벗어나는 일련의 진리가 있어서도 아니요, 그렇다고 하느님에 대한 관념이 보통 지성의 한계를 초월하기 때문도 아닙니다. 무엇보다도—제 말의 뜻을 잘 이해해주세요—우리들의 오성悟性은 그 자체의 힘만으로는 이런 미묘한 문제에 부딪히게 되면 아무래도 역부족인 데다가 파악하는 힘이 모자라기 때문입니다. 바꾸어 말하면 진정한 신앙, 생동감 있는 신앙일수록 이성을 충분히 만족시킬 만한 설명을 요구할 권리를 가지고 있습니다.

다만 그런 우리들의 이성 자체는 은총에 대한 계시를 기다려야 합니다. 은총이야말로 오성을 밝게 해줍니다. 진정한 신자는 신을 위해 자신의 모든 지혜만을 가지고 믿음에 뛰어들어서는 안 됩니다. 그는 또한 자신을 구해주시는 신에게 겸허한 자세로 스스로를 바치지 않으면 안 됩니다. 그리고 합리적인 사고에 의해 스스로를 신에까지 끌어 올렸을 때 자신이 순수해져 마음을 열게 되며… 그 보상으로 신을 영접하고 맞이하기 위해 몸을 굽히게 되는 것입니다!"

"그렇다면 진리에 도달하기 위해서는 사상만으로는 충분하지 않고 은총이라고 말씀하신 것이 필요하다는 이야기로 되돌아가는군요…. 대단히 중대한 말씀입니다." 하고 앙투안은 무거운 침묵을 지키다가 말했다.

그런 말투에 신부는 곧 대꾸를 해왔다.

"아, 당신은 당신 시대의 희생자이군요!… 합리주의자라!"

"저는 글쎄요….—자신이 무엇인지를 스스로 말하기란 언제나 어려운 것이지요!—솔직히 말씀드려서 저는 이성을 만족시키는 데 애착을 가지고 있습니다."

신부는 두 손을 흔들었다.

"의혹의 유혹에도 애착을 가지고 있겠지요…. 그것은 일말의 낭만주의입니다. 미망迷妄을 자랑으로 삼고, 좀 더 큰 번민을 겪는 것을 우쭐해하는…"

"천만의 말씀입니다, 신부님." 하고 앙투안은 외쳤다. "저는 그런 미망도, 그런 번민도, 신부님이 말씀하시는 몽롱한 정신상태도 모릅니다. 저만큼 낭만적이지 않은 사람도 드물 것입니다. 저는 불만 같은 것은 전혀 모르니까요."

(이렇게 말하면서 그는 자신의 단언이 옳지 않았다는 것을 깨달았다. 확실히 그는 베카르 신부가 말하는 뜻의 종교적 불안감은 전혀 가지고 있지 않았다. 그러나 최근 삼사 년 전부터 그 역시 불안감과 함께 우주 앞에서의 인간의 무력함을 느껴왔다.)

"그런데" 하며 그는 말을 계속했다. "제가 신앙을 가지고 있지 않다고 해서 그것을 잃었다고 말씀하시는 것은 옳지 않습니다. 오히려 저는 그것을 가져본 적이 없으니까요."

"자, 그만하세요!" 하고 신부는 말을 가로막았다. "어릴 때 그렇게 신앙심이 깊었던 당신이 그 사실을 잊고 있단 말입니까?"

"신앙심이 깊었다고요? 아닙니다. 순종했을 따름입니다. 열심히 공부하고 순종했을 따름입니다. 저는 천성적으로 얌전했으니까요. 선량한 학생으로 종교적인 의무를 수행했습니다. 그뿐이에요."

"당신은 스스로 어릴 때의 신앙심을 과소평가하시는군요."

"신앙심은 아닙니다. 종교적인 교육에 관해서입니다. 이 두 가지는 서로 전혀 다른 문제니까요!"

앙투안은 신부를 놀라게 하려고 했다기보다는 오히려 성실하려고 애썼던 것이다. 피곤함을 느꼈던 그에게 저항하도록 부추기는 가벼운 흥분이 뒤따랐다. 그에게는 매우 드문 일이었는데, 그는 자신의 과거를 통해서 자신이 걸어온 길을 큰소리로 늘어놓기 시작했다.

"네, 그런 교육…" 하며 그는 말을 계속했다. "글쎄 신부님, 어떻게 맥락이 이어지는지 한번 들어보세요. 네 살 때부터 어린 아이를 감싸고 있는 어머니, 식모 등 어른들 모두가 무슨 일이 있을 때마다 어린아이한테 이렇게 말했답니다. '하느님이 하늘에 계신다. 하느님은 너를 알고 계신다. 너를 만드신 분은 그 하느님이시다. 하느님은 너를 사랑하신다. 하느님은 너를 보고 계시고 너를 심판하신다. 또 너를 벌주시기도 하고 상도 주신다….' 잠깐만!… 여덟 살이 되면 대미사나 성체 강복식에, 또는 무릎을 꿇고 있는 어른들 속으로 데리고 가지요. 꽃과 등불, 향과 음악 속에서 황금빛 나는 훌륭한 성체함이 저것이라고 어른들은 가르쳐줍니다. 흰 면병 속에 계신 분은 같은 하느님입니다. 그렇다고 칩시다!… 열한 살이 되면 설교단 위에서 위엄을 가지고 아주 명백한 어조로 설명해주는 것을 듣습니다. 성 삼위일체라든가 그리스도의 강생, 그리스도에 의한 인류의 구원, 부활, 성모의 무염시태無染始胎 등을… 아이들은 귀 기울여 듣고는 모든 것을 받아들입니다. 어떻게 받아들이지 않을 수 있겠습니까? 그의 부모, 친구, 선생님들, 교회를 꽉 메우고 있는 모든 신도들이 보라는 듯이 내세우고 있는 신앙심에 대해서 어떻게 의심을 품을 수가 있겠습니까? 여러 가지 신비로운 것을 앞에 놓고 아직 어린 몸으로 어떻게 망설일 수 있겠습니까? 철부지인 데다가 태어나면서부터 온갖 신비로운 것으로 둘러싸여 있지 않습니까? …신부님, 이 점을 깊이 생각해주세요. 저는 이것이야말로 근본적인 문제라고 생각합니다. 그렇지요. 문제의 핵심은 여기에 있습니다!… 어린이한테는 모든 것이 불가해한 것뿐입니다. 이 지구는 그의 눈앞에서는 평평하게 보이지만 실은 둥글지요. 그리고 그것은 움직이지 않는 것 같지만 우주 공간에서 팽이처럼 돌고 있고요…. 태양은 싹을 트게 하고, 병아리는 산 채로 알에서 나옵니다…. 하느님의 아들은 하늘에서 내려와 우리 인간의 죄를 대속하시려고 십자가 위에 못 박히셨습니다…. 그렇고말고요…. 하느님은 말씀이신데 그 말씀이 육체가 되었다…, 참 이해하기 어려운 문제지요. 그러나 상관없습니다. 이미 주사위는 던져졌으니까요!"

기차가 멈추었다. 어둠 속에서 역 이름을 외치는 소리가 들려왔다. 한 승객이 칸막이 안에 아무도 없는 줄 알고 세차게 문을 열었다가 뭐라고 투덜거리면서 다시 닫았다. 싸늘한 바람이 두 사람의 얼굴을 스쳐갔다.

앙투안은 신부 쪽으로 몸을 돌렸다. 신부의 얼굴 윤곽이 아른거렸다. 그만큼 천장의 불빛이 약해졌다.

신부는 잠자코 있었다.

앙투안은 더욱 침착한 어조로 말을 계속했다.

"그렇다면 이런 순진한 어린아이의 믿음을 과연 '신앙'이라고 부를 수 있을까요? 물론 아닙니다. 신앙, 그것은 훨씬 뒤에 생기는 것입니다. 그것은 다른 뿌리를 가지고 있습니다. 그래서 저의 경우는 신앙이 없다고 말할 수 있겠지요."

"당신의 경우는 오히려 밑바탕은 갖추어져 있는데도 마음속에서 제대로 신앙의 꽃을 피우지 못했다고 하는 편이 낫겠지요." 신부는 갑자기 화가 난 듯 목소리를 떨면서 말했다. "신앙은 기억력과 마찬가지로 신의 선물입니다. 그리고 기억력이나 다른 모든 신의 선물과 마찬가지로 신앙의 선물은 키워가야 합니다…. 그런데 당신은… 당신은!… 다른 많은 사람과 마찬가지로 오만, 반항심, 제멋대로 생각하고자 하는 자만심, 확고부동한 질서에 항거하고 싶은 유혹에 굴복하고 말았군요…."

신부는 말이 끝나자마자 자신이 화낸 것을 뉘우쳤다. 그는 종교적 논쟁에는 더 이상 말려들지 않기로 굳게 결심했다.

더구나 신부는 앙투안의 말투에서 무엇인가를 오해하고 있었다. 날카로운 그 목소리, 그 열변, 공격하면서 환희에 가까운 듯한 말투, 그런 것들이 젊은 사람의 기백에다 더 용감한 체하는 면을 불어넣어 주었지만, 신부는 그것들이 그의 마음속으로부터 우러나오는 진실이라고는 믿고 싶지 않았다. 앙투안에 대한 그의 존경심은 여전히 깊었다. 그리고 이런 존경심에는 희망이 있었다—아니, 희망 이상의 확신—티보 씨의 장남이 그렇게 비참하고 변호의 여지 없는 입장을 고수하지는 못할 것이라는 확신이 있었다.

앙투안은 곰곰이 생각해보았다.

"그렇지 않습니다, 신부님." 그는 침착하게 응수했다. "그것은 자연스럽게 이루어진 것입니다. 무슨 거만한 마음에서나 어떤 반항심에서가 아닙니다. 더구나 그렇게 하려고 생각한 적도 없습니다. 지금 생각해보면 저는 최초의 영성체를 받을 때부터 사람들이 종교에 관해 우리에게 가르쳐주는 것 모두가 무엇인가—어떻게 말씀드려야 할지—거추장스럽고 불안하다는 것을 막연히 느끼기 시작했습니다. 무언가 확실하지 않은 것 말입니다. 우리 같은 사람이나 어린아이한테는 물론, 모든 사람에게도…. 네, 어른들에게도 말입니다. 그리고 신부님들에게도."

신부는 자기도 모르게 두 손을 내젓지 않을 수 없었다.

"오" 하며 앙투안은 말을 계속했다. "저는 제가 알고 있는 신부님의 성실성이나 그 열성, 아니, 열성을 가지시려는 그 욕구

등을 절대로 의심한 적이 없었으며, 지금도 의심하고 있지 않습니다…. 그러나 그런 사람들 자신도 어둠 속에서 답답하게 사는 듯하고, 손으로 더듬으며 다니는 듯하며, 자신도 의식 못 하는 불안 속에서 난해한 교리 주위를 맴돌고 있는 듯합니다. 그들은 단언하고 있었습니다. 그러나 무엇을 단언했을까요? 다른 사람들이 그들한테 단언한 것이겠지요. 물론 그들은 자기들이 전하는 진리를 **의심하지는** 않았을 것입니다. 그러나 마음 속의 확신이 입으로 하는 단언과 똑같이 강하고 확고한 것이었을까요? 저는 그 점이 납득되지 않았습니다…. 기분 상하실지 모르겠습니다만… 거기에는 다른 비교할 수 있는 것이 있었습니다. 곧 종교와 관계없는 선생님들의 경우입니다. 솔직히 말해서 그런 선생님들 쪽이 그들 전문 분야에서 더욱 건실하고 더욱 '확고한' 것같이 여겨졌습니다. 그들은 우리한테 문법 역사와 기하학을 말해주었습니다. 그리고 그분들은 자신들이 이야기하는 것을 완전히 이해한 것 같았습니다!"

"그렇지만 비교할 만한 것을 비교해야겠지요." 신부는 입술을 만지면서 말했다.

"그렇다고 사실 제가 그분들의 교육 내용을 생각하고 있는 것은 아닙니다. 저는 다만 그런 비종교적인 사람들이 우리한테 무엇을 가르치는지에 앞서 그들의 자세에 대해 생각한 것뿐입니다. 그들은 그들 자신이 알고 있는 것이 분명하지 않을 때도 전혀 당황하는 기색이 없었습니다. 그들의 망설임과 무지까지도 모두 백일하에 노출되었던 것입니다. 그런 점이 확실히 우리에게 신뢰를 가져다주었습니다. 여기에서는 속임수를 부린다든가… 하는 따위의 저의는 추호도 찾아볼 수 없었습니다.

아니 '속임수'라고 하면 안 되겠지요. 그러나 신부님, 솔직히 말씀드려서 제가 상급반으로 올라갈수록, 중학교의 성직자들은 대학교수에게서 느낀 것과 같은 신뢰감을 저한테 불러일으키지 못했습니다."

"당신을 교육시켰다는 성직자들이" 하며 신부는 반박했다. "진실로 훌륭한 신학자였다면 당신은 그들과의 교류에서 절대적인 신뢰를 얻었을 것이라는 생각이 드는데요."(신부는 이렇게 말하면서도 신학교의 교수, 한창 공부에만 열중했던 자신의 청년 시절을 생각했다.)

그러나 앙투안은 말을 계속했다.

"한번 생각해보십시오! 여기에 한 어린애가 있는데 이 아이한테 조금씩 수학, 물리학, 화학을 가르칩니다! 그는 갑자기 자기 눈앞에서 확장되어 가는 전 우주를 발견합니다! 그렇게 되면 종교는 그 아이에게는 좁고 기만적이며 부조리한 것으로 보이기 시작합니다…. 그래서 그 아이는 그것을 믿지 않게 됩니다…."

신부는 이번에는 몸을 뒤로 젖히면서 한쪽 손을 앞으로 내밀었다.

"부조리? 당신은 정말로 부조리라고 말할 수 있습니까?"

"그럼요." 앙투안은 힘차게 말했다. "더구나 저는 지금까지 생각 못 한 것까지도 알게 되었습니다. 곧 당신네들은 확고한 신앙에서 출발하고 그런 신앙을 지키기 위해 그 방책으로 추리에 의존하고 있습니다. 반면에 저와 같은 인간들은 회의와 무관심으로부터 출발하며, 이성이 우리를 어디로 인도하는지도 모르면서 이성에 의해서 이끌려 가는 것입니다."

“신부님,” 하고 앙투안은 미소를 지으면서 말을 계속했다. 그리고 신부에게 반격의 틈도 주지 않았다. “만일 저와 논쟁을 해 보시면 신부님은 제가 이 모든 사실에 대해 아무것도 모르고 있다는 것을 증명해 보여주실 수 있을 것입니다. 저는 먼저 그것을 인정합니다. 하여튼 저로서는 거의 생각하지도 않았던 문제입니다. 아마 지금까지 오늘 밤처럼 이 문제에 대해서 깊이 생각해본 적은 없을 것입니다. 보시다시피 저는 자유사상가인 체하지는 않습니다. 다만 제가 받은 가톨릭 교육이 저로 하여금 어떻게 해서 이 지경에까지 이르는 것을 막지 못했나 하는 점을 말씀드리고 싶을 뿐입니다. 송두리째 회의를 하는 지경에까지 말입니다.”

“당신의 견유주의犬儒主義에는 놀라지 않지만” 하고 신부는 약간 마음이 언짢아지는 것도 참으면서 말했다. “당신 자신이 당신을 평가하는 것보다 당신은 훨씬 좋은 분 같소! 자, 더 계속하시지요.”

“그래서 실은 저는 오랫동안, 정말 오랫동안 다른 사람들과 마찬가지로 종교상의 의례를 지켜왔습니다. 저도 모르게 무관심한 태도로 말입니다. 일종의 예의적인 무관심이라고 할까요. 어쨌든 훨씬 뒤에도 저는 알아보고 싶다든가 음미해보려는 마음이 내킨 적은 한 번도 없었습니다. 요컨대 제 자신이 그런 것에 비중을 두지 않았던 것이겠지요…. (그래서 저는 직업 미술학교의 시험 준비를 하던 동료 중의 한 친구와는 생각의 방향이 아주 딴판이었습니다. 깊은 회의에 빠져 있던 그 친구는 어느 날 이런 편지를 저한테 보내왔습니다. ‘나는 링크를 전부 조사해보았어. 여보게, 믿지 말게. 그것이 지탱되기에는 볼트가 너무 모자란단 말이야….') 저는 그 당시 의학을 시작했습니다. 그렇게 되자 저는 절연의—아니, 오히려 이탈이라는 것이 좋겠지요—경지가 이미 절정에 이르렀습니다. 저는 첫해에 예과 공부를 하면서 증거 없이는 믿지 못하겠다는 생각이 들었습니다…."

"증거 없이라니요!"

"…그리고 확고부동한 진리의 관념도 버려야 된다는 것을 알았습니다. 왜냐하면 우리는 유보했다가 반증이 정립될 때까지는 그 어느 것도 진실로 인정해서는 안 되기 때문입니다…. 계속 언짢게 해드리는지 모르겠습니다만, 신부님—그런데 이것이야말로 말씀드리고 싶었던 것입니다—저의 경우가 그러한데, 말하자면 기형적이라고나 할까요. 자연 발생적이고 본능적인 무신앙의 증세 말입니다. 그것은 사실입니다. 저는 몸도 건강하고 상당히 훌륭하게 균형도 잡혀 있다고 생각하며 활동적인 기질을 지니고 있습니다. 그리고 이런저런 신비적 사상 없이도 잘 지내왔습니다. 제가 알고 있는 바, 그리고 제가 관찰해온 바에 의하면 소년 시절에 생각했던 하느님의 존재를 믿도록 하는 것은 아무것도 없었습니다. 그리고 솔직히 말씀드려서 저는 지금까지 하느님 없이도 훌륭하게 지내왔습니다. 저의 무신론은 저의 마음가짐과 동시에 이루어졌습니다. 저는 아무것도 저버릴 만한 것이 없었습니다. 특히 저를, 마음속으로 끊임없이 하느님을 부르면서도 믿음을 잃은 신자의 한 사람, 또는 무의미한 것을 알면서도 하늘을 향해 절망적으로 팔을 뻗으며 괴로워하는 사람이라고는 생각하지 말아주시기를 부탁드립니다. 네, 그렇습니다. 저는 손을 내미는 인간은 절대로 아닙니다.

이 세상에 하느님이 없다고 해도 저한테는 불편한 것이 아무것도 없습니다. 보세요, 이렇게 편하게 지내고 있지 않습니까."

신부는 부인하는 표시로서 그의 앞에서 손을 흔들었다.

앙투안은 자신의 주장을 굽히지 않았다.

"정말 편안합니다. 그럭저럭 십오 년 동안 이 상태가 지속되니 말입니다…."

그는 신부의 노여움이 곧 폭발할 줄 알았다. 그러나 신부는 침묵을 지키고 있었다. 그러다가 조용히 고개를 저었다.

"그렇다면 순전히 유물론적 이론이란 뜻이군요." 신부는 드디어 입을 열었다. "아직 그 정도인가요? 이야기를 들으니까 당신은 다만 육체만을 믿을 수 있다고 하는데, 그렇다면 결국 자신의 반쪽밖에는 믿지 않는다는 말이군요. 반쪽! 당신 자신의…. 이 모든 것이 겉으로만, 곧 현상으로만 나타나니 다행입니다. 당신은 당신 자신의 진정한 정신적 힘이 무엇인지, 또 당신이 받은 기독교적 교육이 당신 속에 얼마만큼의 숨은 힘을 남기고 있는지 모르고 있어요. 그런 힘, 그것을 당신은 부정하고 있어요. 그러나 그 힘이야말로 당신을 인도하고 있는 것입니다!"

"글쎄, 뭐라고 대답해야 좋을지? 분명히 말씀드립니다만, 저는 무엇 하나 교회에서 받은 것이 없습니다. 저의 지식, 저의 의지, 저의 성격 등 이 모든 것은 종교라는 테두리 밖에서 발전되어 왔습니다. 아니, 종교와 대립된 입장에서라고 할 수 있겠지요. 저한테 가톨릭의 신화는 이교의 신화와 마찬가지로 전혀 무의미한 것이라 여겨집니다. 저한테 종교와 미신은 한 가지입니다. 네, 허심탄회하게 말씀드려서 기독교 교육이 저한테 남겨준 것이라고는 전무합니다!…"

"눈이 멀었군요!" 신부는 갑자기 팔을 쳐들면서 외쳤다. "매일 당신이 하고 있는 일, 의무, 가까운 사람들에게 베푸는 봉사 등 이 모든 것이야말로 당신의 유물주의를 명백히 부인하고 있다는 사실을 미처 생각하지 못했단 말이군요! 실은 당신만큼 하느님을 가지고 있는 사람도 많지 않아요! 당신만큼 맡은 바 임무를 충실히 하는 사람도 없지요! 이 세상에서 당신만큼 책임감에 불타는 사람도 없을 것입니다! 어때요? 이것이야말로 암암리에 하느님의 위임을 받은 증거가 아니고 무엇이겠습니까? 하느님에 대한 것이 아니라면 도대체 누구에 대한 책임이란 말입니까?"

앙투안은 즉시 대답하지 않았다. 순간 신부는 정곡을 찔렀구나 하고 생각했다. 그러나 실은 앙투안 처지에서 본다면 신부의 반격은 아무런 근거가 없는 것 같았다. 일하는 데 빈틈없다는 것이 신의 존재, 기독교 신학의 가치, 형이상학적 확실성을 의미하는 것이라고는 생각할 수 없었다. 자신이 그것을 증명하고 있지 않은가? 그러나 그는 처음으로 정신적 신앙이 부족하다는 것과 살아가는 데 있어서 최대한의 양식을 갖는다는 것 사이에서 뭐라고 설명할 수 없는 모순이 있음을 느끼고 있었다. 인간은 자기가 하는 일을 사랑하지 않으면 안 된다. 그러나 왜 그렇게 사랑하지 않으면 안 되는 것일까? 그 이유는 사회적 동물인 인간은 자신의 노력을 통하여 사회의 순조로운 발전에 기여하지 않으면 안 되기 때문이다…. 얼마나 근거 없는 단정이며 가소로운 가정인가! 어떠한 명목으로 말인가? 언제나 제기되는 질문이었지만 이것에 대해서 그는 지금까지 한 번도 진정한 해답을 찾아내지 못했다.

"흥…" 하고 앙투안은 마침내 코웃음을 치듯 말했다. "그런 성실성 말입니까? 그것은 기독교가 천구백 년에 걸쳐 우리 저마다의 마음속에 남긴 것입니다…. 그렇다면 제가 받은 교육, 아니, 저의 유산이라 하는 편이 낫겠군요. 그 계승을 전무하다라고 하는 것은 좀 성급한 결정이었는지 모르겠군요…."

"아닙니다. 이렇게 당신 속에 남아 있는 것, 이것이야말로 내가 말한 하느님의 효모라는 것입니다. 언젠가는 이 효모가 활동을 시작할 것입니다. 그리고 전부를 발효시켜 줄 것입니다! 그러면 그날이야말로 지금까지 당신의 생각하고는 상관없이, 그럭저럭 끌려오던 당신의 정신생활이 그 중추, 그 진정한 의미를 발견하게 될 것입니다. 신은 인간이 부정하고 있는 한, 아니 신을 추구하고자 할 때도 이해할 수 없는 것입니다…. 그런데 어느 날 생각지도 않게 당신 자신이 항구에 들어온 것을 알게 될 것입니다. 그리고 바로 그날에 하느님만 믿으면 모든 것이 밝아지고 모든 것이 조화를 이루게 된다는 것을 알게 될 것입니다!"

"그런 것이라면 지금도 인정하고 있습니다." 앙투안은 미소지으면서 말했다. "흔히 우리의 욕구 자체가 그 구제책을 만들어내고 있다는 사실을 저는 충분히 알고 있습니다. 그래서 대부분의 경우 믿고자 하는 욕구가 무척 강하고 본능적인 것이어서 그들은 자신들이 믿고 있는 것이 과연 믿을 만한 가치가 있는지 어떤지조차 알려고 하지도 않습니다. 그들은 신앙의 욕구를 일으키는 것은 모두가 진리라고 생각합니다. 더구나…" 하고 그는 독백처럼 말했다. "지식 있는 대부분의 가톨릭 교도

들, 특히 교양 있는 많은 신부님들은 자신들도 모르는 사이에 어느 정도는 실용주의자가 되어 있다는 것이 저의 생각입니다. 제가 수용할 수 없는 교리라면 현대의 교양 있는 사람 모두가 마찬가지로 수용할 수 없을 것입니다. 다만 신자들은 자신의 신앙에 애착을 가지고 있기 때문에 자신의 신앙이 흔들리지 않기 위해서 생각하기를 기피하고, 종교의 감정적인 측면과 도덕적인 측면에만 매달려 있는 것입니다. 더구나 교회는 오래전부터 모든 이론異論을 당당하게 반박함으로써 그들을 교묘하게 납득시켜 왔기 때문에 그들은 스스로 그 이론에 부딪쳐보려는 생각도 하지 않습니다…. 이거, 실례했습니다. 공연히 말이 딴 데로 흘렀군요. 곧 믿고자 하는 욕구가 아무리 일반적이라 해도 그것만으로는 애매모호하고 낡아빠진 신화로 가득 찬 기독교를 충분히 정당화시킬 수 없다는 것을 말씀드리고자 했던 것입니다."

"인간이 신을 느낄 때 신을 증명하는 것은 중요하지 않습니다." 신부는 말했다. 그리고 처음으로 항변을 용서할 수 없다는 듯한 어조를 띠었다.

그는 곧 우정 어린 태도로 몸을 굽혔다.

"아무리 생각해도 내가 이해할 수 없는 것은, 앙투안 티보, 당신이 그렇게 말할 수 있다는 그 사실입니다! 우리의 수많은 기독교 가정의 경우를 봅시다. 어린아이들한테 하느님이 계시다고 사람들은 가르치고 있지만, 유감스럽게도 그 부모들은 마치 하느님이 존재하지 않는 것처럼 생활하며 그날그날 지내는 것을 이 아이들은 보고 있습니다. 그러나 당신의 경우는! 아주 어려서부터 당신 가정에 언제나 하느님이 계신 것을 인정해온 당신이! 더구나 아버님의 일거일동이 하느님의 뜻에 따라 움직이던 것을 보고 자란 당신이…."

잠시 침묵이 흘렀다. 앙투안은 마치 대답을 자제하기로 마음먹은 듯이 신부를 응시하고 있었다.

"그렇습니다." 앙투안은 입술을 꼭 다물면서 말했다. "저는 유감스럽게도 언제나 아버지를 통해서만 하느님을 보아왔습니다." 그의 태도나 말투 속에는 그의 생각을 마무리 지어주는 뜻이 깃들어 있었다. "그러나 오늘은 더 이상 그 문제를 논의하지 않기로 하지요." 그는 끝마무리를 지으려고 덧붙였다. 그러고는 이마를 유리창에 갖다 대었다.

"벌써 크레이군요." 앙투안은 말했다.

기차는 속력을 줄이더니 멈추었다. 천장의 불빛이 좀 더 밝게 비쳤다. 앙투안은 누군가 딴 승객이 들어와 더 이상 이야기가 이어지지 않기를 기대했다. 그러나 역 구내에는 아무도 없었다.

기차는 다시 천천히 움직이기 시작했다.

꽤나 오랜 침묵이 지속되었다. 두 사람은 제각기 자신의 생각에 잠겨 있는 것 같았다. 드디어 앙투안이 다시 신부 쪽으로 몸을 굽히며 말을 꺼냈다.

"저어, 신부님, 저한테는 적어도 두 가지가 가톨릭으로 되돌아가려는 저를 언제나 방해하는 것 같은데요. 우선 그 하나는 죄에 관한 문제입니다. 저는 아무래도 죄에 대해 공포심 같은 것을 느낄 것 같지 않습니다. 다음은 신에 대한 문제인데, 인격을 지닌 신의 개념을 저는 결코 생각할 수 없을 것 같습니다."

신부는 침묵을 지키고 있었다.

"그렇습니다" 하며 앙투안은 말을 계속했다. "당신들 가톨릭 신자분들이 죄라고 부르는 것을, 저의 경우는 그것을 오히려 반대로 여기고 있습니다. 생생하고 힘찬 것이지요. 본능적이라고 할까요.—도움이 되는 것이지요! 이거야말로—글쎄, 뭐라고 하면 좋을까요? 물건을 만지는 것 같은 것이지요. 그리고 전진도 시켜주고, 아마 어떤 진보라도… 오, 저는 그 '진보'란 말에 속지 않지만, 그래도 상당히 편리한 말이지요! 만일 인간이 언제나 순순히 죄를 거부했다면 어떤 진보도 불가능했을지 모릅니다…. 그러나 이것은 우리한테 상당한 문제를 제기할 것 같습니다." 하며 그는 신부가 가볍게 어깨를 으쓱해 보이는 것에 대해 비꼬는 듯한 미소로 응수하면서 덧붙였다. "한편 신의 가정이란 것은 정말 있을 수 없는 것입니다! 제가 무조건 받아들이는 관념이 있다면 그것은 확실히 보편적인 무관심이라고 할 수 있는 관념이겠지요!"

신부는 소스라쳐 놀라면서 말했다.

"그러나 당신네들이 말하는 과학 그 자체가, 싫든 좋든 지고至高의 법칙을 인정하는 수밖에 딴 방법이 없지 않을까요?(나는 일부러 '하느님의 뜻'이라는 더 정확한 말을 피했지만….) 만일 인간이 이런 모든 현상에 군림하고 있고, 더구나 이 세상 모든 것에 그 발자취가 남아 있는 그 높은 지혜를 부정한다면, 또 만일 자연의 모든 것이 어떤 목적을 지니고 있고, 모든 것이 어떤 조화를 위해서 창조되었다는 것을 부정한다면 결국 아무것도 이해할 수 없게 될 것입니다!"

"아, 그러나… 그렇다고 하지요! 우리한테 우주는 불가사의

한 것입니다. 저는 그것을 하나의 사실로 인정하고 있습니다.”

“불가사의한 것은 하느님이지요!”

“저한테는 그렇지 않습니다. 저는 아직까지 저 자신이 이해하지 못하는 것을 모두 ‘하느님’이라고 부르고 싶은 유혹에 빠져본 적이 없었습니다.”

앙투안은 슬며시 웃었다. 그러고는 잠시 침묵을 지켰다.

신부는 방어 태세를 취한 채 그를 바라보고 있었다.

“그런데” 하고 앙투안은 여전히 미소를 띠면서 다시 말했다. “대부분의 가톨릭 신자들에게서 신의 관념은 ‘고마우신’ 하느님, 또는 친근하고 개인적인 하느님 식으로 어린애 같은 개념에 귀착됩니다. 곧 우리 모두를 똑바로 내려다보시고 우리 마음 한구석에 미미한 동요가 있어도 따뜻한 손길로 보살펴주시는 하느님, 그래서 우리 모두가 기도를 통해 끊임없이 의논을 드릴 수 있는 하느님 말입니다. ‘주여, 나를 이끌어주소서…. 주여, 해주소서… 등….’”

“신부님, 저의 말을 이해해주세요. 저는 입에서 나오는 대로 아무렇게나 지껄여 신부님의 마음을 상하게 해드릴 생각은 추호도 없습니다. 다만 우주의 생명체 중 아주 작은 소산(심지어 먼지 속의 먼지밖에 안 되는 이 지구라고 해도 되겠지요)인 저희 가운데 한 사람과 그리고 전 우주의 법칙인 전지전능하신 하느님과의 사이에 최소한의 심리적인 관계, 최소한의 문답의 교환이 성립될 수 있는지를 알려고 해도 저의 능력으로는 미치지 못하기 때문입니다! 이런 신이 어떻게 인간적인 감각이라든가 아버지 같은 상냥함이라든가 동정심 같은 것을 베푼다고 여길 수 있겠습니까? 성사聖事의 효용이라든가 기도 등등—제가 무엇을 알겠습니까?—돈을 내고 드리는 누구 **아무개를 위한** 미사, 또는 지금 연옥에 가 있는 어떤 **영혼을 위한** 미사 같은 것을 어떻게 진지하게 받아들일 수 있겠습니까? 글쎄! 가톨릭의 이런 의례나 신앙과 그 주변의 원시 종교, 이교도의 제사, 미개인들이 우상 앞에 바치는 제물 같은 것과 비교해볼 때 실제로 본질적인 차이는 조금도 없다고 봅니다!”

신부는 사실 자연 종교라는 것이 있어서 그것은 모든 사람에게 공통적인 것이며 이것 또한 하나의 신앙에 속한다고 대답하려 했다. 그러나 신부는 다시 입을 다물었다. 그는 자기 자리에 몸을 깊이 파묻고 팔짱을 낀 채 손끝을 소매 안에 넣고는 끈기와 체념과 또 약간 빈정대는 듯한 태도로 이런 즉흥 연설의 마무리를 기다리기라도 하는 것 같았다.

그들의 여행은 이럭저럭 끝나가고 있었다. 기차는 벌써 파리 교외의 몇 개의 전철기 위를 지나면서 심한 요동을 보였다. 김이 서린 유리창 너머로 어둠 속에서 무수한 별빛이 반짝이고 있었다.

아직 몇 마디 덧붙여야 할 말이 남아 있었던 앙투안은 서둘러 말했다.

“그런데 신부님, 제가 얘기한 몇 가지의 말에 대해서는 오해 말아주세요. 물론 그런 철학 방면에 관한 이야기를 감히 한다는 것이 저의 분수에 넘치는 줄은 압니다만 저는 어디까지나 솔직하고 싶었을 따름입니다. 저는 ‘거대한 질서’, ‘우주의 법칙’이란 말을 했는데… 그것은 누구나 일상적으로 말하는 식으로 했을 따름입니다…. 사실 이런 질서는 이것을 믿는 것과 마찬가지로 이것을 의심할 이유도 있다고 봅니다. 현재 제가 처해 있는 처지에서 본다면, 인간적 동물로서 미쳐 날뛰는 무수한 힘의 큰 혼란을 인정합니다. 그런데 그런 힘은 하나의 일반적인 법칙, 곧 그런 힘 외부에 있고, 그런 힘과는 별개의 또 다른 힘의 법칙을 따르고 있는 것일까요? 그렇지 않으면 다른—글쎄요, 뭐라고 말해야 좋을까요?—내면적인 법칙, 곧 일종의 '개별적인' 운명을 수행하도록 함으로써 개개의 원자로서 존재하는 법칙을 따르는 것일까요? 그래서 외부에서 그런 힘을 지배하는 것이 아니고 그런 힘과 합쳐지는, 말하자면 그런 힘에 생기를 불어넣어 주는 법칙 같은 것을 따라가고 있는 것이 아닐까요?… 그리고 여러 가지 현상의 장난은 과연 어느 정도까지 통일되어 있을까요? 저는 오히려 하나하나의 원인은 다른 결과들의 원인이며, 하나하나의 결과는 다른 원인의 결과이기 때문에 모든 원인은 무한히 그들 원인으로부터 태어나는 것이라고 말하고 싶습니다. 어째서 무리하게 지고의 법칙을 생각하고자 한단 말입니까? 논리학적 정신의 유산이지요. 무한에 걸쳐 서로가 물수제비 뜨듯 하는 이런 움직임에서 공통적인 방향을 모색할 이유가 어디에 있습니까? 저는 가끔 이런 것을 생각해보았습니다. 모든 것은 아무런 목적도 없는 것같이, 또 아무런 의미도 없는 것같이 지나가버리는 것이라고…."

신부는 아무 말 않고 앙투안을 쳐다보다가 시선을 떨구었다. 그러고 나서 씁쓸한 미소를 지으며 말했다.

"과연, 이제 그 이하의 생각은 없을 것 같군요…."

그러고 나서 그는 두이예트*의 단추를 잠그려고 일어섰다.

* 신부가 입는 솜을 넣은 긴 외투.

"공연히 이런 말씀을 드려 죄송합니다, 신부님." 앙투안은 진심으로 미안한 생각이 들어 말했다. "이런 대화는 결국 상대방을 불편하게 할 뿐 아무런 소용이 없는데, 왜 오늘 제가 이런 생각이 들었는지 모르겠습니다."

두 사람은 나란히 서 있었다. 신부는 측은해하는 표정으로 앙투안을 바라보았다.

"당신은 친구를 대하듯 거리낌 없이 나에게 말해주었습니다. 적어도 이 점 고맙게 생각합니다."

그는 또 다른 말을 하려고 망설이는 것 같았다. 그러나 기차는 이미 플랫폼에 와 있었다.

"댁까지 차로 모셔다 드릴까요?" 앙투안은 지금까지와는 다른 투로 말했다.

"고맙습니다. 부탁드리지요…."

택시를 탄 앙투안은 벌써부터 기다리고 있는 복잡한 생활에 마음이 어수선해져 거의 말을 않고 있었다. 상대방도 아무 말 없이 무엇인가 생각에 잠겨 있는 것 같았다. 그러나 차가 센강을 지날 때 신부는 앙투안 쪽으로 몸을 굽혔다.

"당신… 몇 살이지요? 서른 살?"

"이제 곧 서른둘이 됩니다."

"아직 젊으시군…. 이제 곧 알게 될 겁니다. 다른 사람들도 역시 그랬으니까…. 이제 곧 당신 차례가 올 것입니다. 인생에는 하느님 없이는 살 수 없는 때가 있습니다. 무엇보다도 무서운 순간이 있는데, 그것은 임종의 순간…."

'그렇다.' 하고 앙투안은 생각했다. '죽음의 공포…, 이것이야말로 개화된 유럽인 전체를 그토록 무섭게 짓누르고 있는 것이다…. 그리고 그것 때문에 살려는 마음마저 얼마쯤 상실당하고 있다….'

신부는 티보 씨의 죽음을 빗대어 얘기하려다가 참았다.

"상상하실 수 있겠어요?" 하며 신부는 말을 계속했다. "하느님을 믿지 않고… 피안에 서서 손을 뻗고 계시는 자비로우시고 전지전능하신 아버지의 모습을 보지 않고, 영원한 기슭에 도달할 수 있으리라고? 그리고 아무것도 안 보이는 캄캄한 암흑 속에서 조그마한 희망의 빛도 없이 죽어간다는 것을?"

"오, 그거라면 신부님, 저도 신부님과 똑같이 알고 있습니다." 앙투안은 힘차게 대답했다. (그 역시 아버지의 죽음을 생각하고 있었다.) "저의 직업도" 하고 그는 좀 망설이다가 말을 계속했다. "신부님과 똑같이 죽어가는 사람을 보살펴주는 일이니까요. 더구나 저는 신을 믿지 않는 사람들이 죽어가는 것을 아마 신부님이 보시는 것보다 훨씬 더 많이 보아왔을 것입니다. 그리고 저는 하도 끔찍스러운 추억을 가지고 있어서 in extremis* 환자들한테 신앙의 주사를 놓아주었으면 할 때가 있습니다…! 저는 임종에 처한 사람에게 견인주의를 부르짖는 것에 대해 신비로운 존경심을 느끼는 사람에 속하지 않습니다. 저로서는 그런 순간에 처했을 때 아무런 부끄러움 없이 충분히 안심할 수 있는 확신을 가지기를 바라고 있습니다. 그리고 모르핀이 없는 임종은 희망이 없는 마지막과 같이 무서운 것이라고 생각합니다…."

* 라틴어로 '임종에 처한'이라는 뜻.

그는 떨리는 신부의 손이 자기 손 위에 놓이는 것을 느꼈다. 어쩌면 신부는 뜻밖의 이 고백을 애써 길조의 표지로 여겼는지 모른다.

"그래요, 그래요." 신부는 뜻밖이라는 듯이 앙투안의 손을 꽉 잡으며 말했다. 거기에는 무언가 감사의 뜻이 깃들어 있었다. "그럼, 내 말을 믿으세요. 성령으로 이르는 온갖 구원의 길을 외면하지 마세요. 우리 모두와 마찬가지로 당신도 언젠가는 그것이 필요하게 될 날이 올 테니까요. 그리고 기도하는 것을 게을리하지 마세요."

"기도라고요?" 앙투안은 머리를 저으면서 반문했다. "도대체 그런 미치광이 같은 호소··· 무엇을 향해 하라는 것입니까? 수수께끼 같은 '질서'를 향해서! 맹목적이고 아무런 대답 없는, 냉정한 '질서'에다 하라는 것입니까?"

"그거야 아무래도 좋겠지요···. 그래 그 '미치광이 같은 호소' 말입니다! 제발 내 말을 믿어주세요! 일시적으로 당신 생각의 종점이 어디가 되든지 간에, 또 여러 가지 현상을 넘어 가끔 당신 눈에 반짝 비치는 그 '질서'나 '법칙' 같은 불투명한 관념이 어찌 되었든 간에 그런 것은 아무래도 좋아요. 당신은 그쪽으로 돌아서서 기도를 하시는 것입니다! 나의 간절한 부탁입니다. 그런 고독 속에 파묻히지 말고 모든 것을 바쳐보세요! 비록 지금 이 순간에 어떤 감응이 없더라도, 그리고 그냥 건성으로 하는 독백에 지나지 않더라도 제발 무한으로 가는 길과 접촉을 게을리하지 말고, 그것과 이야기할 수 있는 말을 유지하도록 하십시오!··· 헤아릴 수 없는 이 암흑, 이 비인격성, 불가사의한 이 '수수께끼', 이것이 무엇이라도 상관없어요. 그냥 그것에 기도하는 것입니다! 알 수 없는 것에 대해 기도하는 것입니다. 그저 열심히 기도하는 것이지요. '미치광이 같은 호소'를 계속하는 것입니다. 언젠가는 알게 될 것입니다. 그 부름에 대해서 갑자기 마음속의 침묵이 대답을 하고, 기적적인 마음의 평정이 응답해줄 테니까요…."

앙투안은 대답을 하지 않았다. '완전한 장벽….' 하고 앙투안은 생각했다. 그러나 그가 보기에는 신부가 극도로 흥분되어 있는 것 같았다. 그래서 그를 가슴 아프게 하는 말은 더 이상 하지 않기로 결심했다.

그들은 그르넬가街에 이르렀다.

차가 멈추었다.

베카르 신부는 앙투안의 손을 잡고 힘차게 악수했다. 그러고는 차에서 내리기 전에 어두운 차 속에서 몸을 굽히면서 떨리는 목소리로 이렇게 속삭였다.

"가톨릭이라는 것은 완전히 다른 것입니다. 내 말을 믿으세요. 그것은 당신이 지금까지 어렴풋이 알고 있는 것보다 훨씬 더 훌륭한 것입니다…."

## 작품 해설

정지영

**6부 「아버지의 죽음La mort du père」**

자신의 죽음이 임박한 것을 알게 된 티보 씨는 고해 신부의 도움으로 체념 속에서 훌륭한 최후를 맞이할 준비를 한다. 티보 씨와 신부의 대화를 통하여 우리는 작가가 일생 동안 교회나 성직자를 비판해왔으나 '인간 생활에서 종교는 필요하다'라고 생각하고 있음을 알 수 있다. 마르탱 뒤 가르는 소년 시절부터 종교 문제로 고민해왔지만 무신론자는 아니었다. 이것은 그의 작품에서 종교 문제가 큰 비중을 차지하고 있는 것을 보면 알 수 있다. 다만 작가는 가톨릭적 부르주아 사회와 견고한 인습성을 지탱하고 있는 성직자를 외면했을 뿐이다.

앙투안과 자크는 함께 파리로 돌아온다. 형제가 집에 도착했을 때 티보 씨의 요독증은 더욱 악화되어 있었다. 임종을 앞두고 육체적으로 고통을 겪고 있는 아버지의 모습을 보는 두 아들의 심정은 착잡하다. 그리하여 하루빨리 이런 괴로움에서 벗어나고 싶다는 이기적인 욕구가 생긴다. 여기에서 인간의 나약한 육체가 정신에 미치는 영향을 엿볼 수 있다.

티보 씨는 요독증으로 발작이 계속되며 심한 경련을 일으킨다. 그것은 마치 티보 씨의 전 생애를 상징하는 듯하다. 회복의 기미가 전혀 보이지 않은 채 발작만을 되풀이하며 괴로워하는 아버지를 차마 볼 수 없었던 자크는 모르핀 주사로 안락사시킬 것을 형에게 권고한다. 그러나 앙투안은 아버지를 편하게 해드리기 위해 목욕을 시킬 것을 결심한다. 티보 씨를 목욕시키는 장면은 작가의 사실주의적 묘사 기법을 이해할 수 있는 좋은 예라 하겠다.

죽어가는 아버지를 보면서 형제는 다시 한번 안락사 문제를 거론하기에 이른다. 아버지에게 모르핀 주사를 놓은 뒤에 앙투안은 동생과 함께 아래층으로 내려와 저녁 식사를 하는데, 이것이 어떤 '축제'와도 같은 느낌을 준다. 죽어가는 자와 살아남는 자, 인간의 정신과 육체가 참을 수 있는 고통의 한계 등이 이야기되고 있는데, 이런 것은 삶 자체가 보여주는 현실이라 하겠다.

아버지의 유해 앞에서 앙투안은 새삼 죽음의 의미를 되새기며 모든 것이 '허무'하다고 생각하게 된다. '죽음만이 엄연히 존재한다'라는 생각에 사로잡히면서도 그는 이것을 떨쳐버리려고 노력한다. 한편 자크는 형과는 달리 죽음만이 인간을 사고의 괴로움으로부터 벗어나게 해주며, 죽음은 침묵 속의 안식이라고 생각한다. 그는 제네바에서 혁명가들과 행동을 같이하지만 폭력 혁명론자는 될 수 없었다. 반항적인 인간이라고 해서 모두가 혁명가가 될 수 있는 것은 아니다. 왜냐하면 혁명은 피를 요구하기 때문이다. 자크는 오히려 혁명에 대해 저항하는 절대 평화주의자라고 할 수 있겠다.

티보 씨의 장례식은 크루이 소년원에서 성대히 거행되었다. 자크는 장례식에 참석하지 않고 대신 묘지를 찾는다. 그리고 역으로 돌아오면서 그는 줄곧 죽음에 관한 강박 관념에 사로잡힌다.

앙투안은 장례를 마치고 돌아오는 기차 안에서 베카르 신부와 신앙 문제에 관해서 토론을 벌인다. 그는 신부가 말하는 종교적인 불안감을 전혀 느끼지 않는다고 역설한다. 그러면서도 "최근 삼사 년 전부터 그 역시 불안감과 함께 우주 앞에서의 인간의 무력함을 느껴왔다"라고 스스로에게 말한다. 이 작품의 마지막을 "가톨릭은 (…) 당신이 알고 있는 것보다 훨씬 더 훌륭한 것"이라는 신부의 말로 장식하는 것을 보더라도 작가가 종교 문제에 대해서는 긍정적인 판단을 하고 있음을 엿볼 수 있다.

티보 씨의 죽음과 함께 한 세대가 막을 내린다. 이와 동시에 대하소설의 전반부를 이루는 평화스러운 프랑스 사회에도 종지부가 찍힌다.

## 미행에서 만든 책들

| | | | | |
|---|---|---|---|---|
| 1 | 소설 | 마르셀 프루스트 | 최미경 | **쾌락과 나날** |
| 2 | 시 | 조르주 바타유 | 권지현 | **아르캉젤리크** |
| 3 | 소설 | 유리 올레샤 | 김성일 | **리옴빠** |
| 4 | 시 | 월리스 스티븐스 | 정하연 | **하모니엄** |
| 5 | 소설 | 나카지마 아쓰시 | 박은정 | **빛과 바람과 꿈** |
| 6 | 시 | 요제프 어틸러 | 진경애 | **너무 아프다** |
| 7 | 시 | 플로르벨라 이스팡카 | 김지은 | **누구의 것도 아닌 나** |
| 8 | 소설 | 카트린 퀴세 | 권지현 | **데이비드 호크니의 인생** |
| 9 | 르포 | 스티그 다게르만 | 이유진 | **독일의 가을** |
| 10 | 동화 | 거트루드 스타인 | 신혜빈 | **세상은 둥글다** |
| 11 | 산문 | 미시마 유키오 | 강방화·손정임 | **문장독본** |
| 12 | 소설 | 마르셀 프루스트 | 최미경 | **익명의 발신인** |
| 13 | 시 | E. E. 커밍스 | 송혜리 | **내 심장이 항상 열려 있기를** |
| 14 | 시 | E. E. 커밍스 | 송혜리 | **세상이 더 푸르러진다면** |
| 15 | 산문 | 데라야마 슈지 | 손정임 | **가출 예찬** |
| 16 | 칼럼 | 에릭 사티 | 박윤신 | **사티 에릭 사티** |
| 17 | 산문 | 뤽 다르덴 | 조은미 | **인간의 일에 대하여** |
| 18 | 르포 | 존 스타인벡·로버트 카파 | 허승철 | **러시아 저널** |
| 19 | 소설 | 윌리엄 포크너 | 신혜빈 | **나이츠 갬빗** |
| 20 | 산문 | 미시마 유키오 | 손정임·강방화 | **소설독본** |
| 21 | 소설 | 조르주 로덴바흐 | 임민지 | **죽음의 도시 브뤼주** |
| 22 | 시 | 프랭크 오하라 | 송혜리 | **점심 시집** |
| 23 | 산문 | 브론테 자매 | 김자영·이수진 | **벨기에 에세이** |
| 24 | 소설 | 뱅자맹 콩스탕 | 이수진 | **아돌프 / 세실** |
| 25 | 산문 | 안드레이 플라토노프 | 윤영순 | **전쟁 산문** |
| 26 | 소설 | 안토니 포고렐스키 외 | 김경준 | **난 지금 잠에서 깼다** |
| 27 | 소설 | 모리 오가이 | 전양주 | **청년** |
| 28 | 소설 | 알베르틴 사라쟁 | 이수진 | **복사뼈** |
| 29 | 산문 | 페르난두 페소아 | 김지은 | **이명의 탄생** |
| 30 | 산문 | 가타야마 히로코 | 손정임 | **등화절** |
| 31 | 산문 | 고바야시 히데오 | 유은경·이재창 | **비평가의 책 읽기** |

| | | | | |
|---|---|---|---|---|
| 32 | 소설 | 조르주 바타유 | 유기환 | **마담 에드와르다 / 나의 어머니 / 시체** |
| 33 | 시론 | 라헬 베스팔로프 | 이세진 | **일리아스에 대하여** |
| 34 | 시 | 하트 크레인 | 손혜숙 | **다리** |
| 35 | 산문 | 다니자키 준이치로 | 이한정 | **문장독본** |
| 36 | 소설 | 로제 마르탱 뒤 가르 | 정지영 | **티보가 사람들(전 11권)** |

## 한국 문학

| | | | |
|---|---|---|---|
| 1 | 시 | 김성호 | **로로** |
| 2 | 시 | 유기환 | **당신이 꽃 옆에 서기 전에는** |

로제 마르탱 뒤 가르(Roger Martin du Gard, 1881-1958)는 예술의 중흥기인 '벨 에포크'에서 전란과 이념의 시대로 이행하는 20세기의 역사의 한복판에서 활동한 작가이다. 1881년 파리 근교의 뇌이쉬르센에서 태어났다. 페늘롱 중학교를 졸업하고, 국립 고문서 학교에서 공부했다. 마르탱 뒤 가르는 이곳에서 면밀한 자료 수집, 과학적 논리 전개, 객관적 문장력 등의 훈련을 쌓았다.
1908년에 장편소설 『생성』을 발표하면서 문단에 데뷔한 그는 1913년 『장 바루아』를 발표하면서 두각을 나타내기 시작했다. 그 뒤로 『오래된 프랑스』, 『아프리카의 비화』 등의 소설과 『를뢰 영감의 유언』 등의 희곡 작품들을 발표했다.
1920년부터 대하소설 『티보가 사람들』을 집필하기 시작했으며, 그중 1936년에 발표된 「1914년 여름」으로 이듬해 노벨문학상을 수상했다. 그리고 「에필로그」는 1940년에 발표했다. 『티보가 사람들』의 완성 뒤로 전원에 칩거하며 제2차 세계대전을 다룬 제2의 대하소설 『모모르 중령의 수기』를 집필하였으며, 이 작품을 자신이 죽은 뒤에 출판할 것을 조건으로 국립도서관에 맡겼다. 1958년 8월 벨렘에서 사망했다.
로제 마르탱 뒤 가르의 대표작 『티보가 사람들』은 1, 2차 양차 세계대전 사이에 위치한 작가가 참혹한 전쟁의 소용돌이 속에서도 20세기의 역사를 웅장한 인간 벽화로 그려낸 대작이다. 총 여덟 편의 연작 소설로 이루어진 이 작품은 신과 인간, 예술과 이념에 대한 작가의 고찰을 고스란히 보여주면서 영원히 해소되지 않을 인간 본원의 갈등을 그리고 있다.
알베르 카뮈는 로제 마르탱 뒤 가르를 "영원한 현대인으로 남을 작가", 앙드레 지드는 "20년 후에야 진정한 평가를 받을 작가"라는 찬사를 보냈다.

옮긴이 정지영은 1937년 함경북도 회령에서 출생하였다. 서울대 불문과 및 동 대학원을 졸업하고 프랑스 그르노블 대학에서 문학박사 학위를 받았다. 서울대 불문과 교수를 역임하였고, 현재 같은 과 명예교수로 있다. 저서로는 『프라임 불한사전』이 있고, 주요 논문으로는 『티보가 사람들』에 대한 다수의 논문을 비롯 「까뮈의 『이방인』에 쓰인 자유 간접 화법」, 「빅토르 위고의 시의 형식」 등이 있다. 『티보가 사람들』을 국내에 처음 완역하여 소개했다.

# 티보가 사람들

## 6부 아버지의 죽음

로제 마르탱 뒤 가르
정지영 옮김

초판 1쇄 발행 2025년 10월 31일

펴낸곳 미행
출판등록 제2020-000047호
전화 070-4045-7249
메일 mihaenghouse@gmail.com
인쇄 제책 영신사

ISBN 979-11-92004-37-2 04860
979-11-92004-31-0 (세트)